AGAMENON

E A GUERRA DOS TRÊS MUNDOS

EDILSON PIEDRAS

Sumário

AGAIN

ENON

PRÓLOGO

Na arena, nenhum vento soprava para amenizar o forte calor do sol a pino. Nova Athenas, a capital do reino de Creonte, era assim: calor escaldante durante o dia e frio à noite. Frente a frente, dois gigantes se encontravam no palco derradeiro do grande desafio. Já diziam os crentes: A verdadeira justiça dos militares é decidida pelo Deus dos Quatro Ventos no combate na arena. De acordo com sua fé, o vitorioso seria aquele que estivesse lutando ao lado do bom direito. Essa era uma fantasia motivada por Creonte, recontada de geração em geração sobre a história de um rei considerado um semideus. Ele soube eliminar os oponentes de seu governo alimentando essa falácia, criando assim seu reino embasado numa norma fundamental elaborada por ele próprio.

A areia da arena era tão branca que refletia a luz do sol. As disputas entre os gladiadores eram espetáculos assistidos por todos, nobres e plebeus. Os atletas recebiam treinamento em seus *ludos*, que eram ginásios especializados na arte da luta.

Os combates corpo a corpo eram um grande *show* recheado de acrobacias elaboradas e repetidamente ensaiadas. Acidentes eram inadmitidos. Uma morte nos jogos seria fatal ao prestígio do *munerário*, que era o organizador dos jogos, e prestígio era o seu bem mais precioso. Mas, no caso do desafio, isso já era diferente. Era uma antiga tradição que há muito tempo não era vista no reino de Acart. De fato, era um artigo do código militar que estava em desuso e foi aplicado poucas vezes na história do reino, mas estava lá positivado na lei, em vigor, já que nunca foi revogado.

O que ninguém poderia imaginar naqueles dias é que um louco rebelde, que ninguém sabia de onde saiu, poderia invocar em seu julgamento o desafio supremo na arena. Mas aconteceu, e o acusado desafiou o próprio rei Creonte. Normalmente, pelas regras, sua majestade poderia indicar algum militar em seu lugar, um campeão, caso achasse que o desafiante não fosse digno de desafiá-lo. Porém, mesmo sabendo do risco envolvido para seu reinado, Creonte aceitou, ao contrário do que imaginaram os membros do Conselho de Anciãos. O rei fez correr os proclames da luta pelas nove cidades. Todos os nobres dignos de prestígio se deslocaram para Nova Athenas.

Os populares, a baixas vozes, comentavam que o rei Creonte queria com esse desafio demonstrar a sua força e que o passar dos anos não o havia enfraquecido. Realmente, o seu objetivo maior era sepultar de vez qualquer vislumbre de vitória da rebelião. Um movimento dedicado a pôr fim na ditadura milenar de Creonte. A rebelião só tomou corpo depois do ingresso do jovem Agamenon.

Como mandava a lei, no exato momento em que o mastro principal do estandarte do rei não projetasse mais sombra na areia, ou seja, exatamente na metade do dia, começaria a luta.

Creonte, como de costume, estava com sua máscara de metal maleável reluzente, que lhe cobria a metade direita do rosto até a sua nuca, revelando em sua face esquerda uma barba branca e bem aparada, e um cabelo também branco e curto, como o corte de seus militares. Ele vestia, como era o protocolo, apenas uma faixa de couro pintada de vermelho sangue, cruzando seu peito da direita para a esquerda, unindo-se ao seu kilt, que possuía as cores de seu estandarte, indicando pertencer à Casa Real.

— Tragam as armas! – Impôs Creonte aos armeiros.

Sob um olhar criterioso, decidiu-se pela espada e indicou que a espada de seu oponente fosse a mesma que ele levantou contra suas tropas. Agamenon pegou sua espada e verificou que a de Creonte era feita de um metal muito semelhante ao seu, já que possuía o mesmo brilho, sem a tradicional coloração avermelhada do cobre.

— Surpreso, garoto? Eu também tenho os meus segredos. – Provocou Creonte, enquanto fazia movimentos marciais com a espada, sob a vibração da plateia que gritava seu nome.

— Vamos ver, carcaça velha! – Respondeu Agamenon com certo desdém, dando uma gargalhada debochada.

O jovem tinha o mesmo porte de Creonte, alto para os padrões dos moradores do reino, e possuía uma força que a todos impressionava. Alguns simpatizantes da rebelião chegavam a dizer que ele era o escolhido do Deus dos Quatro Ventos para libertá-los da tirania de Creonte. Faziam alusão a uma profecia perdida nos tempos, que ninguém sabia ao certo se realmente existia ou se foi inventada para justificar as vitórias que a rebelião conquistou sobre o bem armado exército do reino.

Agamenon foi bem tratado na prisão. A única justificativa para esse tratamento benevolente era por ter desafiado o rei. Para que a disputa fosse justa, e como a lei previa, o desafiante deveria estar nas mesmas condições do desafiado.

O líder rebelde, que no passado possuía cabelos negros com franjas tão longas que as amarrava à nuca, agora estava com cabelos e barba raspados, obedecendo a uma regra de higiene da prisão. Como vestimenta, usava apenas seu kilt de couro cru e sandálias também de couro, amarradas aos tornozelos por cadarços grossos. Seu porte físico amedrontava o mais corajoso dos soldados da guarda. Impunha sempre uma postura confiante, achava-se invencível, o escolhido para estar ali, por isso destilava uma arrogância até debochada para com seus carcereiros. Esses, apesar do medo, o admiravam como um detento famoso por seus feitos. Ele era o assunto preferido nas rodas de cerveja dos soldados.

A sombra desapareceu, a trombeta soou e a luta começou. A partir de agora, ao final, sobrará apenas um vencedor. E a este bem-aventurado, tudo, até o próprio reino. Inclusive o direito de reinar ao lado da rainha Esther.

Os dois gigantes correram um ao encontro do outro no centro da Arena. O som causado pela euforia dos assistentes chegava a ser ensurdecedor. O resultado daquela disputa poderia mudar tudo em suas vidas. Para alguns privilegiados, poderia ser o fim de uma vida de regalias há muito aproveitada, desde seus ancestrais era assim. Já o restante da população, que sempre teve os prazeres da vida renegados, estava apreensivo do lado de fora da arena, apenas ouvindo. Poderia ser o fim da miséria, da escassez de comida e da falta de água. Sim, era o surgimento de uma nova esperança, uma nova vida sob um novo reinado.

A rainha, em seu camarote, assistia com seu rosto coberto pelo véu. Não podia demonstrar sua aflição. O coração, perdendo o compasso, deu-lhe a impressão de que iria explodir. A tensão do incerto lhe esmagava a alma. Ao vencedor uniria seu destino. Tudo e todos estavam profundamente envolvidos com o final daquela disputa.

I

O FORASTEIRO

Nove luas antes, em Al-Kibar, a menor das cidades do reino.

Naquela manhã, a sombra guardava ainda o frio da noite e apenas um manto marrom e sujo protegia aquele corpo caído no passeio público. Esse lado da muralha que cercava a cidade só veria a luz do sol após o meio-dia, e, mesmo com a secura tradicional do deserto de Gave, a temperatura ali naquele momento do dia beirava os cinco graus, enquanto no lado nascente da cidade o calor já alcançava os vinte graus naquela hora da manhã. Características desta terra estranha, onde a água um dia foi abundante, mas que, infelizmente, pela ganância dos homens, foi reduzida a uns poucos lagos, um ou outro rio e muitos poços.

Timidamente, uma sombra se aproximou, rompendo a barreira do medo do tamanho daquele homem caído. Aquele pequeno rapaz estava claramente atraído pelo brilho estranho daquela espada. Como deixar de pegá-la? Deveria valer muito dinheiro. Poderia comprar água da boa e comida, ah! Muita comida. Seu estômago roncou só de pensar em mastigar um bom naco de pão recém-saído do forno. Aquele corpo estava imóvel, com certeza não tinha sobrevivido ao frio da noite. Mas, não passou de um infeliz engano, pois, ao notar que ele se abaixara para pegar a espada, o homem afastou a capa com a espada em punho, pronto para lutar.

— Calma! Calma, meu senhor! – Disse o franzino curioso.

Tão magro que era só o trapo. O homem, pálido pelo susto, possuía os cabelos pretos encaracolados, com duas falhas já surgindo acima das têmporas, olhos esbugalhados, que talvez fossem do medo. De tão baixo, não alcançaria o ombro do desconhecido. Logo o gigante entendeu que, apesar do fato de tentar se apossar de sua espada, ele não lhe causava ameaça.

— Ladrão! Você queria pegar a minha espada!

O homem, agora em pé, parecia muito mais assustador do que imaginava o pobre coitado. A capa suja, feita de um tecido desgastado, cobria o corpo de um verdadeiro gigante. Aparentava ter facilmente a força de três homens. Seu braço era forte como um tronco e o peito, semelhante a uma carapaça. Possuía a pele morena, olhos escuros e cabelos pretos compridos presos à nuca. Rosto sem barba, o que também o diferenciava dos outros homens de Acart, que tradicionalmente ostentavam uma barba bem cuidada. Estar de posse daquela espada demonstrava que era um homem de guerra. Mas, no momento, o suposto soldado apenas conseguia rir do coitado medroso após tê-lo xingado de ladrão. Como ele poderia se manter sério após ser surpreendido com a careta assustada do pequeno? Seus olhos pareciam querer fugir de suas órbitas. A tentativa desesperada de se defender em meio a gaguejos provocou-lhe acessos de risos.

— É, na verdade, sim. Mas pensei que você estava morto. É comum encontrar cadáveres de pessoas que não sobreviveram ao frio da noite, o que agora, vendo você em pé, noto que não é o seu caso.

O rapaz examinou o homem com aqueles olhos estalados de baixo para cima, ficando espantado com o seu tamanho. Ele percebeu que era um estrangeiro, talvez fosse um descendente de alguma família que foi banida há muito tempo.

— E quanto a roubar... Fale baixo, a lei de Creonte não tolera roubos e pune com amputações os que infringirem essa regra. Por favor, baixe a sua espada antes que chame a atenção de um soldado da guarda do governador. Aqui, matar ou tentar matar alguém é o crime que possui a pena mais severa.

— Entendo – Disse o gigante.

— Outra coisa: esse brilho da sua espada revela que ela é feita de um metal diferente e pode aguçar o interesse de alguém, assim como atraiu o meu. É melhor deixá-la longe de olhos curiosos.

O rapaz franzino foi empurrando lentamente a espada para baixo com a ponta dos dedos, sem tirar os olhos assustados do rosto de seu mais novo conhecido, e este foi a escondendo por baixo da capa, acreditando nas palavras dele.

— Está certo, mas do que são feitas as espadas aqui?

— Ora, de bronze e cobre, como todas. Essa sua parece ser uma peça muito aprimorada. Ela até me lembra as histórias que eu ouvia quando era criança, nas rodas em torno da fogueira. Nestas fábulas existiam armas que cuspiam fogo, carroças voadoras e muita magia. Mas tudo ficava na imaginação desses contadores de histórias.

— Onde estamos? Qual o nome deste lugar?

— Aqui é Al-Kibar! E você vem de alguma das outras oito cidades?

— Realmente não sei, aliás, não consigo me lembrar de nada com clareza. só me vêm à cabeça algumas imagens de combates que acredito serem de guerras. E, por mais que eu tente, não consigo lembrar. Está tudo muito confuso, como se fosse um vazio, uma escuridão. Só sinto muita sede.

— Isso é muito estranho, pois não ocorrem guerras há muitos anos. O seu tamanho também é diferente do padrão dos outros cidadãos. Eu acredito que você deve beirar uns oito palmos e meio de altura, semelhante ao rei. Ele é, segundo seus seguidores, *o escolhido pelo Deus dos Quatro Ventos para nos liderar.* – O magrelo falou com desdém, imitando a voz de uma criança. – Os homens do reino atingem no máximo sete palmos, você, além de alto, aparenta ser muito mais forte que qualquer um. Por isso, é fácil concluir que você não é daqui. Mas não consigo imaginar de onde você possa ser. Você não vai passar despercebido pelos guardas. – Constatou o pequeno.

— Sim, é verdade. Já estou notando os olhares dos mercadores na rua. Estão todos curiosos, espantados, poderia até dizer que estão intimidados comigo.

— Vamos caminhar, antes que algum guarda venha averiguar.

Os dois seguiram pelas ruelas construídas seguindo um padrão no qual essas eram paralelas aos muros da cidade e ao centro eram cortadas por avenidas que levavam cada uma a um dos quatro portões. Quanto mais próximo ao muro, mais valorizada e maior é a importância do morador para a cidade.

— Qual é o seu nome? Não posso chamá-lo de gigante, meu amigo.

— É... – Ele se esforçou, mas nenhum nome veio à sua mente. – Não consigo me lembrar. Também não guardo nenhuma memória dessas casas, tendas, ruelas e até mesmo das vestimentas que essas pessoas estão usando. É como se eu nunca tivesse vindo aqui nesta cidade. Estou verdadeiramente preocupado, pois eu sinto que sei muitas coisas, mas não consigo lembrar quem eu sou, ou de onde eu vim. Está tudo muito confuso.

Sabe, Ladrão, só penso em uma coisa... – Ele deu uma pausa para encaixar a resposta.

— O quê, grandão? Disputas, vinho, *mulheres*? – O rapaz deu ênfase nesta última opção, esperando ouvir confissões picantes, mas...

— Não! Água, rapaz, eu quero água! Minha garganta chega a doer de tão seca.

O jovem forasteiro riu, decepcionando as expectativas do pequeno amigo. Mas, intimamente, estava muito preocupado. O medo do desconhecido tomava conta de sua mente. Estava ansioso, mas acreditava que seria melhor não demonstrar sua fragilidade.

— Então vamos até um poço. Acredito que você talvez não tenha vindo mesmo de uma das outras cidades do reino. Deixa-me ver aqui essa espada, pode ser que tenha alguma pista. Eu notei que possui algumas inscrições.

O estrangeiro, meio desconfiado, mas sem vislumbrar nenhuma alternativa, mostrou a espada ao seu recém-encontrado amigo, sem largá-la totalmente.

— Nossa! É pesada mesmo, quase não aguento o peso. Como você consegue empunhar?

— Não acho pesada – respondeu, dando de ombros. – Não sou mole como você. – Ele não resistiu e soltou uma boa risada ao ver a careta de desdém do franzino.

— Olha aqui! As inscrições estão em uma língua antiga. Ainda bem que essa eu sei ler. Possui um nome seguido de um brasão, parece estar escrito Αγαμέμνων, o que pode ser traduzido por *Agamemnon*. É esse o seu nome? Agamenon? É, pode ser o seu ou de quem você pegou essa espada.

— Então, de agora em diante, sendo ou não sendo, meu nome será Agamenon. Agora você, eu já sei o nome... Ladrão! – Disse o agora Agamenon em tom de brincadeira, dando uma gargalhada confiante.

— Mas meu nome é... – Ele não terminou a frase, entendendo que não adiantaria relutar. – Deixa pra lá! Já que você não é daqui, acho melhor eu te explicar algumas coisas sobre Acart, o reino de Creonte.

Os dois companheiros voltaram a caminhar pelas ruelas em direção ao tal poço. Conforme avançavam no seu caminho, iam despertando os olhares curiosos das pessoas, principalmente os das moças cobertas com seus véus azuis.

— Temos quatro castas... – Começou a explicar o Ladrão. – a dos nobres, que moram do lado de dentro das muralhas das cidades, é composta pelos generais, magistrados, políticos e os bem -afortunados. Lá, ficam protegidos pela guarda do governador. Aqui fora, as outras três castas estão divididas em três zonas, alocadas pela distância dos muros; nelas ficam a casta dos mercadores e artesãos, militares, prestadores de serviço e funcionários públicos, agricultores e pastores. Os escravos estão excluídos das castas; normalmente, são condenados que preferem a escravidão a viver na prisão ou serem banidos.

Os mercadores ficam próximos às muralhas para comercializarem seus produtos, tanto com os moradores de dentro quanto de fora das muralhas; os artesãos produzem vários itens para os mercadores negociarem. Numa zona intermediária, moram as famílias dos funcionários públicos, prestadores de serviço e dos soldados do exército do governador. Mais afastados do centro da cidade, naturalmente, ficam os agricultores e pastores, pois necessitam de campos irrigados para sua atividade. Os escravos vivem onde moram seus amos.

— É fácil notar, pelas dunas ao longe, que a cidade é cercada por uma região árida. Não vejo rios, então como conseguem água para essa gente toda?

— Antigamente, mas há muito tempo mesmo, aqui onde se encontra Al-Kibar havia um grande lago. Agora, a água encontra-se no subsolo. Um imenso reservatório subterrâneo que nem imagino onde termina, mas o local de onde ela é extraída influencia na sua qualidade. Creonte mandou fazer poços para a coleta dessa água. Em torno dos poços que possuíam a melhor qualidade da água, foram construídas as cidades; e onde a água era inferior, com mais impurezas, foram estabelecidas as áreas de plantio e pastoreio, ou seja, aqui fora – Informou o Ladrão com um sorriso cínico.

— Já notei que há desvantagem ao povo que habita as periferias das cidades. E a população, bebe dessa água?

—Infelizmente, sim. Aqueles que não podem pagar por uma água melhor acabam por ter que beber dessa mesma. Segundo contam os antigos, é essa falta de água e nutrientes necessários para um desenvolvimento sadio que influenciou a formação das castas. Um habitante da cidade que more na periferia tem uma expectativa de vida de menos de quarenta anos, enquanto um nobre espera viver em torno de setenta; mas alguns sortudos conseguiram atingir até um século de existência.

— Quantas pessoas moram aqui, dentro e fora das muralhas?

— Acredito que vinte e cinco mil, mais ou menos. Umas vinte mil pessoas aqui fora e próximo a cinco mil lá dentro. E essa é a menor das nove cidades do reino de Creonte. A maior é Nova Athenas, de onde ele governa sobre a sua Norma. Lá, sim, tem muita gente, deve ter mais de dois milhões de habitantes. A cidade possui várias escolas, hospitais, arenas, palácios, grandes mercados, quartéis, fábricas, entre outras instituições importantes como Corte de Justiça, Senado e outros serviços públicos. Mas claro que toda cidade tem uma versão menor do que existe na Capital.

— Quem é esse Creonte?

— Creonte é o rei, o imperador, o mandachuva. Ele se intitula o Senhor da Norma.

— E essa Norma é bonita? – Uma pergunta quase inocente, se não fosse irônica.

— O quê? Norma é a Lei, as regras, as ordens de Creonte, seu mulherengo! Cuidado com as mulheres, as leis são rígidas – Advertiu o Ladrão com o dedo em riste, deixando bem claro que é preciso conhecer bem as leis e as normas de comportamento para evitar uma confusão que pode ter um fim desastroso.

— Creonte afirma ter mais de mil anos e todos acreditam.

— E tem? Ele é algum tipo de ser imortal? – Agamenon se espantou com a idade de Creonte.

— Como saber? Como eu já disse, a vida é curta. Existem lendas de que no passado as pessoas podiam viver bem mais. Essa imortalidade alegada por ele não tem como ser comprovada. Existem monumentos e histórias antigas de como ele organizou as tribos depois do Armagedom. Mas ninguém estava lá para saber. Os livros contam a história que Creonte diz ser a verdadeira. Você nunca ouviu falar que os vencedores é que contam a sua versão da história?

— Que história é essa de Armagedom?

— É uma longa história para dois esfomeados ficarem discutindo. O que você precisa saber é que Creonte venceu a guerra de Gogue e Magogue, uma disputa entre dois irmãos pelo reino de Acart, muito tempo depois do Armagedom. A partir daí, o autointitulado rei criou a Lei e organizou a base da nossa sociedade e não admite desvios ao que determinou.

— Não parece tão mal...

— Creonte é um tirano! – Respondeu com tom de ódio e amargura. – Ele criou a Norma para escravizar o povo ao seu bel-prazer. É ele que decide quem vive e quem morre, quem pode ou não pode ser feliz, o que todos devem ou não fazer, quem bebe água limpa e quem come as sobras. Seus governadores comandam as cidades no intuito de tirarem o máximo proveito que sua função possa lhes dar, não importando o sacrifício do povo. Para Creonte, na lei não existem princípios, apenas a norma positivada na pedra.

— Ele se sente acima da lei?

— Não, isso não! Ele não passaria por cima da própria lei que criou. Essa atitude o enfraqueceria perante seus súditos. E assim está sendo, segundo ele, desde então.

O Ladrão foi passando tudo o que sabia, mas o que mais atraiu Agamenon foi a história dos gladiadores. Chegou a se imaginar numa arena lutando pela sua própria vida. Chegou a sentir um arrepio.

Agamenon ia prestando atenção a tudo que via: Os casebres, as tendas dos mercadores, os animais presos em cordas, as mulheres caminhando em duplas trafegando em todas as direções. Admirou as frutas e os outros alimentos que desconhecia sendo vendidos. E toda essa comida ofertada nas bancas a preço de moedas de bronze despertou nele ainda mais fome e relembrou sua sede.

— Ladrão! Falta muito para chegarmos nesse poço?

— É logo ali, após a próxima ruela. Mas é bom saber que a água tem um sabor ruim e o cheiro é até um pouco pior do que o gosto.

— Com a sede que estou, beberia até lodo.

— É mais ou menos isso – O ladrão disse isso com uma cara de conformidade que chegou a assustar Agamenon. – Chegamos, temos que pedir para a senhora do poço gentilmente, pois não temos dinheiro para comprar da água boa.

Um menino se aproximou de Agamenon e o encarou com espanto e simpatia.

— Você é o escolhido? Aquele que veio nos salvar, como dizem as profecias? – Perguntou o menino.

— Não, meu amiguinho, sou apenas um homem que cresceu demais.

A cara do pequeno passou a impressão de que não acreditou na versão daquele gigante. Para muitos, era melhor vivenciar essa ilusão de que existe uma espécie de semideus para acabar com o sofrimento deles. Não que isso não passasse pela sua cabeça. Não a parte do escolhido, mas sentia um impulso sincero de fazer algo por aquela gente tão sofrida e sem perspectiva nenhuma de mudança.

— Senhora, que o Deus dos Quatro Ventos a encha de saúde e lhe dê muitas filhas mulheres para que consagrem a sua existência. – Saudou-a o Ladrão. Em seguida, claro, veio o pedido de água. – Por favor, permita a senhora que dois homens sedentos possam beber um pouco da água da sua fonte e levar um pouco consigo para abrandar a sede no decorrer deste dia de Creonte.

— Vá lá, velhaco matreiro, não me afague com suas palavras macias que posso gostar. Para você tenho sempre água. Mas quem é esse estrangeiro com você? Parece um feroz guerreiro das dunas. E, se assim o for, não o quero aqui e da minha água não beberá. – Disse a senhora.

Ela não deveria ter mais de quarenta anos, mas possuía as marcas de idade mais avançada. Era senhora de uma Casa e, por ter a posse documentada e registrada do poço, tornara-se a pessoa mais influente naquele setor da cidade, pois todos deviam a ela favores e dinheiros.

— Senhora, como se chama? – Perguntou Agamenon na esperança de persuadi-la a mudar de ideia. Sua sede não podia esperar.

— Rebeka, a Senhora da Casa de Tellas. Diga-me, rapaz: Qual é o seu nome e de onde veio?

— Meu nome é Agamenon, venho de Nova Athenas, fui treinado nas arenas, por isso sou forte – Disse ele, aproveitando-se da história que recém tinha ouvido do Ladrão.

— Hum! É um gladiador então. Gosto muito de gladiadores, são os melhores amantes. Venha para perto de mim, beba a água que quiser e leve o quanto conseguir levar consigo. – Disse a senhora, com o interesse estampado em seu rosto.

— Pelo menos água você nos conseguiu. Não é só um monte de músculos, tem um pouquinho, mas bem pouquinho de tutano. – Sussurrou o Ladrão.

Enquanto Agamenon puxava o balde do fundo do poço, Rebeka ficava o admirando, sentada em sua cadeira, com um olhar de malícia que o forasteiro até se sentia ofendido.

— Diga para mim, formoso guerreiro, não deseja dormir em minha casa esta noite? Posso fornecer boa comida para os dois, mas quero sua atenção em troca. Um homem como você pode reproduzir filhos e filhas fortes para minha casa.

— Linda Senhora de Tellas, temos um compromisso com Zaede, o marido de Jade, a Senhora da Casa de Ur. Vou levar esse guerreiro para ensinar novas estratégias de lutas para seus gladiadores – Explicou rapidamente o Ladrão, com certa inveja; gostaria de poder aproveitar uma noite com a Senhora de uma Casa.

— Está bem, mas, se mudarem de ideia, minha humilde casa estará aberta para vocês, e meu quarto para esse grandão. – Disse com certa inconformidade. Ela não queria perder uma oportunidade como essa de ter filhas fortes.

— Ladrão, imaginei que ela fosse casada... – Sussurrou Agamenon enquanto bebia o máximo de água que conseguia, pois somente o Ladrão tinha um cantil, e pelo jeito não dava para os dois.

— Sim, ela é, mas não entendi. O que é que tem ela ser casada ou não?

— Não sei, de repente achei que quem era casado devia fidelidade ao parceiro.

— Confusa essa sua ideia... As mulheres decidem com quem querem ficar, a hora que desejam ficar; são donas de seus corpos e de suas casas. Vamos indo, que acho que tenho que te explicar mais algumas coisinhas.

Despediram-se de Rebeka e saíram em direção ao poente. O Ladrão, demonstrando inabalável paciência, continuava com sua aula de comportamento ao novato.

— O número de mulheres é aproximadamente de uma para cada dois homens, então, para uma casa, o nascimento de uma menina é uma bênção do Deus dos Quatro Ventos. Então, a lei de Creonte preconiza o que ele denominou matriarcado. A mulher é a senhora da casa, e seu marido é seu companheiro e guardião, podendo usufruir da riqueza e exercer atividades por ela determinada, como cuidar dos negócios, da lavoura, da oficina. Portanto, não existe nenhuma obrigação nos relacionamentos amorosos. O visitante que recebe a grata satisfação de passar uma noite de amor com a senhora da casa se sente um grande privilegiado. Será considerada uma ofensa grave, caso o convidado, compartilhando do jantar, recuse o desejo da senhora da casa de deitar-se com ele. Por isso, só aceite um convite para jantar, principalmente no seu caso, que, pelo visto, sempre atrairá esse desejo, se quiser ter uma noite de amor com a senhora de uma casa. Entendeu?

— Está bem.

Agamenon concordou, mas sua imaginação já estava visualizando que ia namorar muitas garotas. Mas o que ele não sabia é que o destino haveria de lhe pregar uma peça.

— Agora, temos é que conseguir comida. E tenho uma ótima ideia para atingir esse objetivo – Disse o Ladrão.

O olhar que o Ladrão lançou para Agamenon o deixou desconfiado de que ele fosse a parte importante deste plano.

— Quem nós vamos roubar? – Perguntou Agamenon de pronto.

— Você está louco! Caso te peguem roubando, a pena é a amputação de um braço, ou os dois, se forem muitos roubos. Eu estava pensando em vender a sua espada, daria para comprar comida por muito tempo, talvez até um ano. – Explicou já fazendo menção de pegar a espada.

— Sai pra lá, boneco! Na minha espada, ninguém toca. É minha, e só pegarão a espada me matando.

— Então, só temos uma saída. – Falou puxando o lábio para o lado, com semblante pensativo. – Estou com fome e você também. Então vamos aproveitar o que temos...

— O quê?

— Você, seu grande bebezão! Vamos fazer o que falei para Rebeka. Iremos até Zaede para propor uma luta de demonstração. Quem sabe recebamos uma refeição como pagamento?

— Eu é que vou ter que levar uma surra para você poder comer?

— Nós, meu caro colega. Somos uma dupla: eu com meu cérebro invejável e você com essa carcaça superdesenvolvida. Pode dar certo. É... Realmente pode dar certo. – Fez uma cara de uma pessoa desmiolada, abrindo exageradamente os olhos e a boca.

— Água você já conseguiu, e eu não quero virar brinquedo da Rebekinha só para poder fazer uma refeição. E, por sinal, a fome está aumentando; vamos logo falar com esse Zaede das lutas.

– Mas devo te avisar que, com seu tamanho, pode ser que ninguém queira lutar com você e só aceitem se seus opositores compuserem uma dupla ou trio.

— Ei! Você está querendo me colocar numa roubada?

— Temos que ter algo para apostar, Agamenon.

— Quem sabe a sua liberdade? Caso eu perca, você vira um escravo de Zaede.

— Engraçadinho. Mas, pensando bem, ao contrário, quem não quereria um escravo como você? Pode ser um valoroso guardião. Talvez Jade, a Senhora da Casa de Ur, assim o desejasse?

E devo lhe dizer: Qualquer homem gostaria de ser seu escravo, a não ser que ela resolvesse...

— O quê? – Perguntou o curioso Agamenon.

– Querer um escravo eunuco! – O Ladrão dava gargalhadas com o desespero de Agamenon.

— Sai fora! Eu, eunuco... Você está louco? Mas, do jeito que você falou, ela parece muito bonita.

— Bonita não, meu caro amigo, ela é a mulher mais linda de Al-Kibar. Mas agora vamos ao que importa. Deixe que eu negocie com o Zaede, ele é uma raposa do deserto. Nós temos que ter muito cuidado. Precisamos de um chamariz para sua atenção. Talvez uma grande luta, deixando a espada em jogo.

— Não, a espada de novo, não! Não quero ter que matar alguém para não perder a minha espada.

— Matar? Quem falou em matar? Não pode haver mortes na arena. O crime de morte pode ser punido também com a morte, dependendo da sentença do conselho de anciãos da cidade. Você vai ter que distribuir uns tabefes somente. Bem, muitos tabefes, na realidade. Há, há, há...

— Bobalhão. Vai sobrar para eu fazer o trabalho sujo. Mas vamos lá. A fome está apertando – Eles aceleram o passo a caminho do *ludo* (ginásio de gladiadores) de Zaede. – Mas, mudando um pouco de assunto, estou curioso. Em que ano estamos?

— O ano é mil e oitenta e quatro do reinado de Creonte. Se existia algo antes, como contam as lendas, foi apagado e destruído, não sobrou nada para formar uma identidade diferente da que Creonte escreveu nas pedras da história.

— Pedras da história? O que é isso?

— São pedras que se encontram nas praças centrais de todas as cidades do reino. Nelas estão escritas as passagens principais do livro da história do reino. Mas por que a pergunta? Você lembrou alguma coisa?

— Não, é que, para mim, tudo parece muito antigo.

— Você lembra de algo diferente?

— Não, apenas tenho essa sensação de estar no passado.

— Então pare de ter sensações e se concentre em ter cara de bobo. Zaede tem que achar que você é grande, mas idiota. Precisamos fazê-lo acreditar que seus gladiadores juntos conseguem derrotá-lo.

— E não podem? – Fez caretas deformadas.

— Pois é, espero que eu não esteja te superestimando. Pois, senão, não conseguiremos dinheiro para nos manter pelos próximos dias. Vamos lá falar com ele, fazer umas apostas. É o que ele gosta: encarar grandes desafios, apostas de risco. Zaede é o *munerário* (organizador de jogos) da cidade e possui um dos mais famosos *ludos* do reino. A Casa de Ur é responsável pelo circo de Al-Kibar. Ele fez fortuna multiplicando a riqueza de Jade, descobrindo bons gladiadores para seu *ludo.* O rei, por sinal, é assíduo frequentador da arena da capital. Dizem os soldados que ele mesmo é o maior gladiador de todos os tempos.

II

O CIRCO

Ao entrarem na sala de Zaede, os dois jovens se surpreenderam com a organização. Os móveis eram de estilo clássico, de madeira com assentos aveludados na cor vermelha. Havia muitos artefatos decorativos, como quadros da Senhora da casa de Ur, do rei Creonte e do próprio Zaede. Um perfume muito agradável de jasmim pairava no ar. Outra coisa que chamou a atenção de Agamenon foi a limpeza; a sala estava impecável para uma cidade frequentemente inundada por tempestades de areia. A presença dela pelas ruas era a principal característica da periferia da cidade. O local nem parecia um *ludo*.

Eles só conseguiram chegar àquela parte da casa porque mostraram a estranha espada para um servo. Como ele ficou impressionado com o brilho da espada, achou que seria uma boa oferta de aposta e resolveu chamar seu amo. Ele pensou que essa era uma boa oportunidade de conquistar algum prestígio junto a Zaede.

Foram convidados a sentarem-se nas poltronas estofadas, com braços dourados, que ficavam em frente a uma mesa grande de madeira de cor escura e de brilho sem igual. As paredes eram decoradas com mosaicos ricamente ilustrados, mostrando vários feitos de Creonte. O pequeno empregado serviu-lhes chá de ervas cultivadas na parte superior da instalação.

— É Creonte? – Sussurrou Agamenon ao Ladrão, indicando as gravuras.

— Sim. Ele tem uma face coberta por uma máscara de metal maleável e um braço direito mecânico do mesmo material. Conta a história que ele perdeu o braço na guerra pela libertação do nosso povo.

— Bom dia, senhores! – Saudou Zaede.

O *munerário* se dirigiu à sua mesa e, após se acomodar, olhou-os nos olhos, meio desconfiado e intrigado com o rosto do desconhecido gladiador *tirone* (atleta novato). Agamenon teve a impressão de que Zaede já o tinha visto, ou alguém parecido com ele.

— Pelo que posso notar, você deve ser um gladiador, mas não é veterano, nem *primo* nem *secundo palus* (atleta de primeira ou segunda linha sucessivamente), nunca o vi nas arenas do reino. E, sinceramente, não tenho por que querer você na minha arena. É fora dos padrões e pode me trazer prejuízos. Não vamos perder tempo, podem se retirar!

O ímpeto em dispensá-los espantou a dupla, mas não o suficiente para esmorecer sua intenção, já que a fome era uma excelente incentivadora.

— Senhor Zaede, não viemos apenas para apresentar um gladiador *tirone* para sua Arena, mas para desafiá-la. Mas, se não tem coragem, vamos a outra cidade. Sempre ouvi dizer que quem levava os melhores lutadores para a arena de Nova Athenas era o grande Zaede, mas, nos últimos anos, quem estava se destacando era o senhor Capile. Acho que devemos procurá-lo então.

— Sua fama de bajulador ultrapassa as fronteiras, meu caro Nikolas de Ebrão. Não vai me forçar a fazer nada que eu não queira, mesmo usando essa sopa de palavras envaidecedoras temperadas com desafios à minha coragem, nem tampouco estimulando minha rivalidade com Capile. Caso não tenha um bom dote, não arriscarei meus gladiadores contra uma pedra bruta. Custa muito dinheiro treiná-los para depois perdê-los temporariamente por alguma lesão num desafio descabido.

— Eu tenho isso para apostar.

O Ladrão abriu sobre a mesa a capa de tecido marrom que estava encobrindo a espada. O brilho refletiu no rosto do homem, cujas barbas passaram de um vermelho a uma cor quase laranja. Os olhos claros esbugalharam e ele engoliu em seco.

— Bem, agora podemos começar a conversar. Eu compro! Não precisam lutar. Façam seu preço!

— Não, meu grande senhor das arenas. Queremos sim o benefício da luta para reconquistá-la, mas por um terço das apostas.

— Nunca! Você quer me roubar. Isso é demais, no máximo pagamos cinco por cento para o gladiador. E tem que ter sido uma luta que enlouqueceu a plateia.

— Mas algum atleta já endossou sua luta com uma joia como essa? Se meu atleta perder, você ficará com a espada e com toda a arrecadação. Mas, não abrimos mão de uma refeição da vitória. O que acha?

— Acho que estão famintos e que, se meus guardas pegarem essa espada, não terão como provar o roubo.

Agamenon já ia se levantar e enfiar a mão na cara do gordinho rosado, mas o Ladrão o segurou, dando a entender que estava tudo sob controle.

— Nervosinho o seu amigo – Protestou Zaede.

— Entendo o seu ponto de vista, senhor Zaede, mas veja o que está escrito na espada na língua dos ancestrais. Sei que o senhor tem o conhecimento para decifrar essa inscrição.

— Sim, está escrito *Agamemnon*.

— Pois então, eu estou te apresentando ele – O Ladrão indicou Agamenon, erguendo suas mãos na direção dele. – Acho que esse tipo de metal você não conseguiria derreter, nem apagar a inscrição. Fora que iria desvalorizar muito a peça. Eu sei que quem pagaria muito bem por ela está homenageado nas gravuras de seus mosaicos.

— Você está me saindo um bom negociador. Gosto de negociantes astutos. Mas me deixe ver bem essa espada, para ter certeza de que não foi roubada do arsenal de Creonte.

Zaede começou a examiná-la minuciosamente com o auxílio de uma lente grossa de vidro que aumentava muito o tamanho dos detalhes.

— Parece legítima, sem o brasão do rei, mas esse brasão é desconhecido. Vamos tratar da seguinte maneira: Deixarei que desfrutem do alojamento dos atletas e descansem. Por acaso, amanhã, receberemos vários *munerários* de outras cidades num evento que durará três dias para negociarmos atletas. Quem sabe, consigo boas apostas? E se, ao final, ele permanecer de pé, a espada retornará para vocês, mais dez por cento das apostas contra ele. Os outros noventa serão meus, e todo mundo sai ganhando.

Os dois desafiantes estavam satisfeitos, já imaginando uma refeição quente preenchendo seus estômagos. O perfume da comida àquela hora já se espalhava pelas dependências da casa. Os dois já estavam se levantando quando Zaede resolveu interromper.

— Pensando bem, tenho mais uma exigência, que pode ser encarada como um contra desafio. É pegar ou largar! Caso ele vença e se revele um excelente lutador, pago dez por cento, mas ele fará parte do meu time por mais dois circos. Caso recusem, podem ir embora agora e nunca mais voltem aqui.

O senhor Zaede deu sua última cartada. A fome estava falando mais alto, e, para eles, o que seriam mais dois Circos? Seria mais uma chance de angariar mais dinheiro e mais tempo com acesso a comida de qualidade.

— Sim, aceitamos. Agora, onde está a comida? – Agamenon se precipitou e respondeu pelo Ladrão.

— Não, seu idiota! Agora já aceitou... – Sussurrou um Ladrão inconformado.

Entre gargalhadas, Zaede chamou seu servo.

— Aloje-os nos dormitórios, alimente esses pobres coitados. E vocês – dirigindo-se aos amigos – por favor, tomem um banho! Estão infestando a minha sala com esse fedor.

— A espada fica comigo – Disse Agamenon, já pegando a espada e enrolando-a na capa.

— Tudo bem, rapaz. Mas lembre-se: se não estiver com a espada para entregar em garantia amanhã, não participará das lutas, e sem lutar... Nada de comida ou moedas.

* * *

Aquele dia transcorreu de forma surpreendente. Após o banho, almoçaram, descansaram nas camas macias e, à noite, foi servido um belo banquete, onde conheceram seus oponentes. Agamenon se impressionou com a quantidade de atletas. Eles não se misturavam, ao menos no início, e ficavam agrupados por *ludos*, cada grupo interagia entre si. O vinho começou a ser servido em abundância, e poderia quebrar essa timidez inicial. O banquete era servido tradicionalmente a todos os integrantes das delegações como forma de confraternização na noite da chegada.

Os combates só se iniciavam no segundo dia. Assim, todos estariam descansados da viagem e em condições de igualdade para as lutas. Era essa a recomendação dos *doctores* (treinadores dos gladiadores). O salão de festas era em formato oval. Era amplo, com pé direito alto. Colunas encorpadas sustentavam vigas finamente decoradas, feitas de mármore branco com tonalidade rosa. Grandes cortinas vermelhas desciam do teto bloqueando as janelas. As cadeiras dos anfitriões estavam posicionadas no extremo oposto ao portal de entrada do salão. Ali também ficavam as mesas com comida, água e sucos de frutas para quem quisesse se servir. Nas extremidades, ficavam inúmeras almofadas para que os convidados pudessem se sentar à vontade. Ao centro do salão, um grupo de nove dançarinos, tendo como estrela principal uma mulher de traços orientais, realizava lindas performances ao som de música suave tocada por músicos que se encontravam em um pequeno palco.

De repente, a música cessou, e a companhia de dança ficou em posição de respeito. A Senhora de Ur entrou e atravessou o salão lentamente até sua cadeira, que se encontrava em patamar superior em relação ao de seu marido Zaede. Este, que já se encontrava com certo grau de embriaguez, levantou-se e fez a reverência como bem ditava o protocolo. Todos ficaram perplexos com tamanha beleza. Jade era uma mulher de curvas acentuadas, olhos grandes e pele negra de um tom inigualável. O rosto e o seu corpo estavam cobertos por véus de um azul do mar profundo. Seu cabelo negro encaracolado caía sobre as costas, preso com uma tiara coberta de pedras azuis, que possuía o mesmo tom dos véus. Seus braços nus impunham grossos braceletes de ouro e em suas mãos apenas os polegares não exibiam anéis decorados com essas mesmas pedras azuis. O seu perfume marcou o trajeto por onde ela passou. Zaede sentiu na alma a inveja de todos os homens que se encontravam no salão. Dos lutadores aos senhores dos *ludos*, todos sabiam da fama da beleza da Senhora da Casa de Ur, mas agora estavam comprovando ali, bem diante de seus olhos.

— Por favor, continuem o cerimonial.

Autorizou a Senhora da Casa com sua voz suave, mas segura, como quem, desde sempre, comandou a muitos. Com isso, a festa tradicional dos atletas teve início.

— Ladrão, como devo me comportar?

— Rapaz, para de me chamar de Ladrão em voz alta. Vão acabar me entregando pra guarda – Respondeu o Ladrão, já abocanhando petiscos servidos na mesa e tomando um gole de vinho. – Basta aproveitar, seja respeitoso, todos aqui, com exceção de nós, estão acostumados a essa cerimônia inicial.

— Mas a luta não seria de demonstração? Tem muitos competidores aqui e de muitos lugares.

— O destino às vezes é traiçoeiro, meu caro anão superdesenvolvido. Nem lembrava que era a semana do circo em Al-Kibar.

A maneira de falar do Ladrão deixou Agamenon muito desconfiado.

— Não sei por que não estou acreditando em você...

— Agora relaxa e aproveita. Estamos comendo bem, temos onde dormir e ainda estamos cercados de músicos e dançarinos fazendo suas apresentações. Eu estou me sentindo um rei aqui, com tanta bajulação.

O banquete se realizou como era a tradição. Os olhares de Jade não conseguiam escapar da figura diferente de Agamenon, um homem grande e que, ao mesmo tempo, lhe parecia um menino perdido no meio daqueles atletas fanfarrões, os quais ela estava acostumada a ver em muitos banquetes. Já Agamenon estava preocupado em conhecer seus oponentes, avaliando seus comportamentos. Entre eles, um se destacou: Brutus. Ele não tinha como passar despercebido, falava alto e, com o efeito do vinho, já bravateava seus feitos. Aparentemente, recebia a admiração dos outros gladiadores. Era muito largo e entroncado, não parecia em nada com os outros competidores.

— Ladrão, olhe aquele tal de Brutus.

— O que é que tem? – Já meio grogue de tanto tomar vinho, forçou o olhar na direção do gritão.

— Parece diferente dos outros, não acha?

— E você é a cara da normalidade. Mas, olhando mais detalhadamente, ele, assim como você, tem qualidades que propiciam o combate. Poderia dizer que possui o biótipo de guerreiro. Mas, Agamenon... Por acaso você está com medo dele?

O semblante do magrinho ficou entre deboche e apreensão. Tinha apostado todas as suas fichas em Agamenon, mesmo não tendo ficha alguma.

— Ah! Claro que não! Não sou homem de ter medo. Apenas estava estudando os adversários e notei que, caso ele lute comigo, pode ser um bom oponente.

Internamente, Agamenon sabia que não se lembrava de como lutar. Vivia uma guerra consigo mesmo. A insegurança marcava cada minuto da sua vida. Será que poderia ser páreo para gladiadores bem treinados? Percebeu nas conversas que eles eram profissionais e que todos ali vinham de escolas muito bem-organizadas. Mas não podia demonstrar ao Ladrão, seu mais recente amigo e aliado, que estava realmente ansioso.

— Sei...

O Ladrão fez uma careta desconfiada, mas voltou a beber seu vinho. Era melhor nem imaginar outra opção que não fosse a vitória.

Algum tempo já havia se passado quando a música cessou novamente e todos se levantaram; Jade iria se retirar para seus aposentos. No deslocamento, ela aproveitou para dar uma boa olhada no seu mais novo atleta. Os olhos se cruzaram quase que instintivamente. Ela então, sem parar, baixou o véu e sorriu. Assim que saiu do recinto, a música voltou a tocar. E, sob o som, os competidores e seus senhores se retiraram sem pressa, mas o banquete havia sido encerrado.

No alojamento, Agamenon não conseguia dormir, tentando entender tudo o que estava vivenciando. Por mais que tentasse, não conseguia se lembrar de nada, mas sentia os acontecimentos como uma fantasia, um sonho do qual não conseguia despertar. Queria acordar e descobrir que tudo era um sonho. Mas não sabia nem como seria o local onde acordaria se fosse realmente um sonho.

— Vai dormir, bobalhão, ela está muito acima das suas possibilidades – Alertou o Ladrão.

— Não estava pensando em ninguém. Na realidade, ainda estou intrigado comigo mesmo. Por que não me lembro de nada?

— Caso eu fosse fanático religioso, diria que o Deus dos Quatro Ventos o colocou aqui para acabar com a tirania de Creonte, conforme acreditava aquele garoto na fonte da sua namorada Rebeka.

Rindo-se da bobagem que estava falando, ficou olhando para Agamenon deitado na cama ao seu lado. Mas começou a desfazer o sorriso e a olhar meio desconfiado.

— Não, não pode ser...

— O quê?

— Nada. Uma bobagem que passou pela minha cabeça. Agora, vamos dormir. Amanhã, vamos fazer um reconhecimento na Arena onde serão realizados os combates.

Mal raiou o dia, e os atletas já estavam em busca da refeição da manhã, normalmente servida quando o sol atingisse um quarto do caminho do dia. Enquanto isso, Agamenon resolveu passear pelo jardim que separava a casa da Senhora de Ur do *ludo*, que, por sua vez, dava acesso à arena da cidade, administrada por Zaede. No jardim havia muitas flores e árvores que não se encontravam do lado de fora das instalações. Também havia fontes de água pura circulando entre esculturas de pedra branca de lindas mulheres e de gladiadores. Enquanto

Agamenon admirava, distraído, uma dessas esculturas, alguém se aproximou.

— Como é o seu nome, garoto? – A voz suave só poderia ser de Jade.

— Agamenon. Pelo menos é como meu amigo Ladr... meu amigo me chama.

Agamenon chegou a gaguejar diante de tanta beleza. Jade estava agora com véus brancos quase transparentes, que deixavam sua silhueta exposta. Para Agamenon, o rosto de Jade estava radiante àquela hora da manhã.

— Como assim, você desconhece o seu próprio nome? – Ela se sentou em um banco de madeira. – Sente-se aqui ao meu lado.

— A verdade é que acordei um dia ao lado da muralha. E ainda não me lembrei de como cheguei aqui e nem se sou daqui.

— Daqui você não é! Isso é certo. Mas não conte essa história a mais ninguém. Pode motivar pessoas mal-intencionadas a divulgarem que o escolhido chegou.

— Já ouvi de um menino essa fábula. Mas eu só sou um homem que perdeu a memória. E não sei nem o motivo, pois não estou com nenhum ferimento na cabeça.

— Veja, se um menino disse isso, imagine uma pessoa que queira usar isso para motivar uma revolta contra os guardas do rei. Faça de tudo para não dar motivos para que os abutres usem a sua história.

— Mas, como é essa lenda toda?

— Há muitos anos, talvez mais de mil, houve uma guerra que envolveu os três mundos conhecidos. A consequência dessa guerra foi chamada por alguns de Armagedom. Invasores vindos das estrelas influenciaram o povo a destruir seu próprio planeta, que na época possuía uma tecnologia que não temos nem ideia de como era. Creonte, o rei, era um dos generais que ajudou a derrotá-los. Mas, em sua tentativa de retirada frustrada, o povo invasor destruiu quase toda a vida do planeta, animal e vegetal. Acabaram com os rios, mares e estragaram até o ar. Os que sobraram foram alocados nessa região protegida, onde foram construídas nove cidades. Depois de uma nova guerra entre os dois irmãos que lideravam duas facções, Gogue e Magogue, Creonte sozinho os derrotou e recriou uma nova sociedade. E desde então é assim.

— E como Creonte continua sendo o Rei?

— Isso se perdeu com o tempo. Ninguém sabe. Os crentes vão dizer que foi o Deus dos Quatro Ventos que escolheu Creonte e que agora outro escolhido virá para derrubá-lo para salvar a população da pobreza. Mas eu não acredito em nada disso. A miséria tem várias causas, e uma delas é a mentira propagada como verdade. O povo desprovido de sabedoria se deixa levar pelas palavras bem elaboradas dos sacerdotes, que, na verdade, atuam em proveito próprio.

— Muitas informações...

— Desculpe, mas não posso falar dessas coisas em público, nem com Zaede.

Seus olhos sorriam por trás dos véus. Estava se sentindo como uma menina, devido à pureza infantil do jovem à sua frente.

— Preciso me retirar, mas vou torcer por você. Vou apostar em você, portanto, não me decepcione. Vença!

— Agora fiquei pressionado.

Agamenon ficou admirando seu caminhar enquanto ela se dirigia à casa, onde duas damas a recebiam e a acompanhavam. Jade sentiu uma conexão instantânea com Agamenon; não sabia explicar por quê.

III

A ARENA

A arena estava lotada, famílias inteiras aglomeravam-se nas arquibancadas; todos estavam ali para ver o grande gladiador: Brutus, o *primo palus* do *ludo* de Capeli, até então imbatível. Vendedores de petiscos e água se exprimiam com suas bandejas, indo e voltando oferecendo seus produtos. Algumas torcidas ensaiavam cânticos em homenagem a seus atletas preferidos.

A arena tinha um formato circular, onde, em uma parte desta, ficavam os camarotes e o setor destinado à elite que vinha da cidade. No camarote principal, estavam a Senhora da Casa anfitriã, seu marido e os demais *munerários* dos outros *ludos*.

Nos anúncios das bilheterias, um gladiador *tirone* não recebeu nada de apostas; todos queriam apostar nos *primos palus* de cada *ludo*. Agamenon, como se sabe, era totalmente desconhecido e tinha o maior valor de pagamento. Sabendo disso, Zaede desafiou seus colegas a vencerem seu novo *tiro*.

— Tenho um *tirone* e quero testá-lo. Concedo a vocês a vantagem de três contra um – O senhor Zaede lançou seu desafio.

Os olhares dos velhacos se cruzaram. Zaede não tinha ficado louco; devia ser um bom lutador para impressioná-lo, e, de repente, poderiam comprá-lo se realmente se destacasse. Jade se assustou; sabia que Agamenon era forte, mas era apenas um menino inocente contra gladiadores de *primo palus*.

— Aceitamos a sua oferta, e pagamos três por um se ele vencer nossos atletas juntos.

O senhor Capile desdenhou, afirmando que pagava, mas que não colocaria um gladiador veterano contra um *tirone*. Então, escolheram três lutadores *secundo palus* para enfrentar o tal desafiante.

As lutas finalmente começaram. Algumas eram até demoradas, mas o público estava empolgado com as performances dos atletas. Havia muita acrobacia nos golpes, muitos saltos, voadoras, derrubadas e alguns eram lançados para fora do pátio da Arena, o que era uma derrota vergonhosa para um gladiador. Agamenon estava ansioso dentro do *ludo*, juntamente com os outros atletas que ainda não haviam entrado na arena. Chamaram Brutus, que estava em posição de oração, concentrado na luta que estava por vir.

— Vamos lá fazer a festa! – Disse Brutus empolgado, dando tapas no peito e no próprio rosto. Passou por Agamenon e debochou: – Não vá se urinar aí, bebezinho! – Subiu a escadaria que dava acesso à arena.

— Deixa comigo – Disse Agamenon, apenas rindo para ele. Mas, por dentro, estava em verdadeiro pânico. Não sabia quem seriam seus oponentes, apenas recebeu o aviso de um ajudante de ordens de que poderiam ser mais de um ao mesmo tempo.

O portão se abriu, e a plateia foi ao delírio; enfim, surgiu quem todos estavam esperando: o grande Brutus. Ele iria enfrentar dois gladiadores armados com *rudos* (espada de madeira), e ele estaria de mãos nuas. Os gladiadores que aguardavam sua vez de lutar ficavam no salão num nível abaixo da arena. Ali havia uma abertura estreita que dava visão para a arena. Essa luta fez com que eles se acotovelassem pelo melhor lugar para assistir à performance do famoso gladiador, mas estavam torcendo pelos desafiantes, é claro.

Brutus sabia entreter a plateia, deixava o oponente tentar golpeá-lo para contra-atacar com tapas na cara de cima para baixo, deixando o oponente tonto, mas sem machucá-lo seriamente. Tabefe a tabefe, Brutus conseguiu desarmá-los e jogou os dois para fora da arena. A multidão enlouquecida gritava seu nome, e ele saudava a plateia. Em seguida, se dirigiu até a frente do camarote principal, onde estava seu amo, senhor Capile, e fez a reverência, e este correspondeu, levantando sua taça de vinho em sua direção e depois em direção aos outros *munerários* .

Agora seria a luta esperada pelo senhor Zaede e, principalmente, por sua esposa Jade. Soaram as trombetas; fez-se silêncio à espera do anunciado. O locutor informou que um gigante iria desafiar três gladiadores, e pagaria três para um nas apostas. Neste instante, entraram os desafiados. O *doctor*, segurando Agamenon pelo braço, não o deixou entrar até que todas as apostas estivessem encerradas. Ao final, as apostas ficaram quase que integralmente do lado dos desafiados, sendo que uma pequena fortuna foi apostada em Agamenon, realizada por Zaede, é claro.

Agamenon entrou na arena e assustou a todos com seu tamanho, mas não era o bastante para três lutadores. Recebeu uma vaia estarrecedora; toda a plateia estava contra ele. Isso motivou os oponentes, que, na verdade, não achavam que teriam grande dificuldade. Afinal, era só um garoto mais crescido.

— Será que me enganei, Jade? – Cochichou Zaede, demonstrando sua insegurança no momento.

— Acho que não. Espere e confie em mim quando eu interceder.

— Como?

— Apenas confie!

As trombetas soaram e a luta começou. Agamenon não sabia como agir e, na primeira investida de um dos lutadores, esmurrou o rosto dele, fazendo que lhe saltasse um dos dentes. O coitado do lutador caiu para trás, com um filete de sangue nos lábios.

— Mais leve, porra! Tabefes... Não é para matar os caras! – Avisou o Ladrão na beirada da mureta de madeira.

Enfim, Agamenon entendeu que era uma luta performática, e agora sim saiu distribuindo tabefes em quem se aproximava, mas, por ser mais forte e não ter controle ainda de sua força, acabava fazendo-os girar e saltar conforme executava seus golpes. A plateia começou a se empolgar. Os lutadores caíam, levantavam-se e partiam para uma nova investida. Era um tal de tabefe pra cá, tabefe pra lá, pegar e jogar longe o oponente.

O Ladrão se utilizou de um artifício fonético e começou a gritar embaixo das arquibancadas.

— Menon, Menon, Menon...

Aos poucos, a plateia começou a ressoar o nome de Agamenon e logo boa parte da torcida já começou a mudar de lado. Até Zaede começou a ter confiança. Mas os lutadores, mesmo sendo de *ludos* diferentes, notaram que, para vencê-lo, teriam que unir forças, uma atitude covarde, mas não ilegal no teatro das lutas. Jade sussurrou algo para Zaede, mas, mesmo com o interesse dos outros senhores, eles não conseguiram ouvir.

Na arena, o mais forte dos gladiadores experientes estava dependurado nas costas de Agamenon, usando uma chave de braço para sufocá-lo, enquanto outro segurava seus braços e um terceiro desferia socos e pontapés contra ele, que, na realidade, não faziam qualquer efeito. Isso deixou a torcida contra eles. E todos agora estavam gritando o nome de Agamenon.

A trombeta soou novamente, interrompendo a luta. Quando isso acontecia, a aposta tinha que ser melhorada, pois a derrota de Agamenon parecia certa. O locutor então passou a nova informação:

— A Senhora da Casa de Ur lançou um novo desafio a todos os gladiadores presentes no evento: Cada Gladiador lutará por si mesmo e o que ficar em pé terá direito a dez por cento das apostas e como prêmio maior terá uma noite com a senhora Jade e duas damas de companhia. Aos apostadores, elevamos o pagamento de quatro para um. Mas, para isso, todos devem apostar contra Agamenon, o campeão da Casa de Ur. Portanto, senhores, não percam a oportunidade de ficarem ricos. Façam suas apostas!

A euforia dos participantes foi muito grande. O intervalo rendeu uma quantia imensa de apostas; até gladiadores estavam apostando. Os *munerários* também resolveram fazer apostas apartadas com Zaede; só não podiam concorrer a uma noite com Jade. Zaede gostava de apostar, mas, desta vez, não conseguia disfarçar o pânico frente à possibilidade do prejuízo. Agora seriam quarenta e três atletas lutando ao mesmo tempo, sem alianças.

A plateia vibrou e, como era tradição, jogaram moedas na arena, as quais o Ladrão rapidamente tratou de recolher. Mas notou o olhar reprovador de Zaede. Então, com um sorrisinho amarelo, juntou todas as moedas e entregou ao furriel (funcionário responsável pela logística, pagamentos e armazenamentos) do *ludo*. Não deixando de engolir algumas para pegar depois do funcionamento natural de seu trato digestivo.

A luta passou a ser bravia, com combates severos e empolgantes. Mas nenhum lutador se arriscava a partir na direção de Agamenon. Já Brutus corria atrás de seus oponentes e os puxava para o combate. Agamenon tentava, mas os outros se afastavam. E lutavam apenas entre si. Os *munerários*, insatisfeitos, reclamaram da falta de iniciativa contra Agamenon.

— Caro Zaede, eu acredito que os outros lutadores estão deixando seu *tiro* para o final. Isso é injusto. Eu aconselho a mexer mais uma vez na disputa. Conceda um prêmio extra ao *ludo* vencedor – Recomendou o senhor Capeli, o que já era entendido pelos outros como uma exigência para continuarem na disputa.

A trombeta soou novamente e todos pararam de lutar, não antes de Brutus jogar mais um oponente para fora da arena. Ele nunca perdeu uma luta sequer, por isso a confiança do senhor Capeli. Era o grande campeão de Nova Athenas e costumava ser o preferido das apostas de Creonte. Mas ele não possuía um contrato de *Lanus*, que é um contrato firmado entre os gladiadores livres e os *munerários* de seus *ludos*. Ao contrário, apesar de ser o mais famoso atleta no momento, era escravo e possuía uma severa pena a cumprir junto ao seu amo e senhor.

— Acredito ser uma quantia satisfatória e justa dez por cento da renda total da bilheteria. – Sugeriu Capeli com as mãos com dedos entrelaçados à frente da boca, tentando de alguma maneira esconder o sorriso jocoso.

— Capeli, é muito! Nunca firmamos uma aposta utilizando a bilheteria. Sempre foi respeitado que a bilheteria seria do *ludo* que organiza os jogos – Protestou Zaede firmemente.

Ele não podia arriscar seus investimentos. Já estava correndo muito risco. Zaede serviu-se de mais um pouco de vinho; seus olhos estavam esbugalhados, demonstrando o medo do prejuízo. A fama de Brutus era de ser um gladiador invencível. Jade decidiu dar o seu toque pessoal à situação.

— Confie, meu marido. Hoje você dará o primeiro passo para ser o *munerário* mais influente do reino. Você terá um lugar ao lado de Creonte, como sempre quis. Grandes riscos podem trazer grandes lucros.

— Ou não, meu amor, mas confio em você – Zaede se conformou e deu sinal ao locutor para fazer o seu proclame.

— Atenção a todos os combatentes! O atleta que vencer o *tirone* da Casa de Ur levará para seu *ludo* uma participação da renda das bilheterias dos jogos, na proporção de dez por cento.

Todos na plateia entenderam que a luta seria mais emocionante e que os *munerários* estavam numa disputa pessoal. Os atletas sabiam que receberiam grandes prêmios se levassem essa vantagem para seus *ludos*.

A Luta recomeçou. Agora, um ou outro se animava contra Agamenon e Brutus, mas, ao levar um tabefe bem dado, recuava e procurava outro adversário, dos vinte e oito que restavam até aquele momento. Brutus corria até o mais próximo e o levantava acima de sua cabeça, mostrava para a plateia sua força e jogava seus oponentes para fora da arena, deixando Agamenon para o final. Já este, além de buscar algum oponente, se colocava entre os que estavam brigando e nocauteava os dois, um após o outro. Quase sem notar o tempo passar, a trombeta soou avisando que restavam apenas dois atletas e que a competição havia chegado ao seu clímax.

— Agora que restaram dois combatentes em pé: O grande campeão Brutus, do *ludo* do senhor Capeli e o gladiador *tirone* Agamenon, do *ludo* da Senhora de Ur. Serão apresentadas as armas para a escolha do veterano que agora é desafiado – Proclamou o mestre de cerimônias.

O silêncio tomou conta da plateia. Murmúrios entre os espectadores revelavam a curiosidade sobre qual seria a sequência de armas escolhida por Brutus.

— Serão disponibilizados o *Rokushaku Bõ* (bastão cilíndrico longo de madeira), os *tanbos* (dois bastões cilíndricos curtos de madeira) e o *rudo* (espada de madeira curta) – Complementou o locutor.

Servos vestidos com mantos pretos bem alinhados carregavam uma caixa decorada com símbolos em homenagem ao rei Creonte "O Invencível". Os jogos tinham essa intenção de reviver as conquistas de Creonte nos desafios das arenas. Eles se dirigiram ao centro da arena e aguardaram a escolha de Brutus, que informou a sequência somente para eles. Ele tinha experiência em grandes finais e nunca perdeu uma sequer. Já Agamenon estava sendo surpreendido a cada novo momento que se revelava.

— Pergunto aos atletas: Prontos? – Brutus e Agamenon responderam que sim com um aceno de cabeça. – Então, ao soar a trombeta, Lutem!

No meio da arena, dois homens muito fortes se encaravam à espera da arma escolhida para a primeira parte. Poder-se-ia dizer que Brutus era uma versão menor de Agamenon: era muito forte, mas não tinha a altura dele, talvez um palmo e meio mais baixo, o que já era bem mais alto que a população. Ele possuía apenas um rabo de cavalo saindo de um ponto da cabeça, o restante da cabeça brilhava pelo suor ao sol do entardecer. Sua barba era negra e fechada, mas cortada simetricamente. Vestia apenas um *kilt* pintado de preto que chegava até o meio da coxa. O armeiro, com formalidade ritualística, entregou a ambos os *tanbos* para começarem a disputa. Tanto Zaede quanto Capeli se ajeitaram nas cadeiras, bebendo de seus cálices o vinho mais caro do reino. Jade disfarçava seu interesse, bebendo seu licor e evitando olhar para a arena, mas só resistiu até o primeiro golpe.

A luta começou com os pequenos bastões de madeira que exigiam muita destreza e atenção, pois o mínimo descuido poderia resultar em um golpe violento na cabeça, o que poderia levar à derrota. Brutus apostou na inexperiência de Agamenon.

Ele também temia o gigante e, ao mesmo tempo, queria um oponente à sua altura para provar o seu valor. As batidas secas começaram a aumentar a velocidade. Um ou outro pontapé e cotovelada eram notados pela plateia. O que se seguiu foi um show de golpes perfeitos, uma demonstração de perícia nas artes do combate homem a homem. A plateia vibrava, gritando enlouquecida a cada golpe que furava a defesa do oponente e se silenciou com um golpe que atingiu o rosto de Agamenon, fazendo-o sangrar.

— Você sangra, grandão! Prepare-se, que agora eu vou te dar uma surra!

Brutus se sentiu confiante a ponto de gargalhar. Agamenon limpou o sangue do canto dos lábios. Ele notou que algo mudou em sua cabeça, uma chave foi acionada. Talvez o golpe tenha o ajudado a se lembrar de antigas disputas.

Brutus acenou para o armeiro; queria a segunda arma, o bastão longo. Esse era perfeito para destruir as defesas do grandão. Os dois, com os bastões nas mãos, fizeram a reverência à Senhora de Ur, que, neste momento, não conseguia mais se enganar, estava nervosa. Apesar de ter lançado o desafio, não queria outro homem em sua cama que não fosse o seu pretendido. Ela começou a cogitar em seus pensamentos a perda de dinheiro, caso Agamenon perdesse a luta. Jade voltou a si com o som de uma batida forte: eram as costas de Brutus na parede da Arena. Ele quase foi lançado para fora da arena. Brutus sabia como transformar uma luta em um espetáculo performático, e, com isso, a assistência delirava.

— Garoto... Até que enfim um oponente de valor. Depois que te derrotar, vamos beber no banquete – Brutus estava convencido de que tinha encontrado um grande atleta.

— A bebida é certa, mas a vitória é minha!

Agamenon entrou na brincadeira e desafiou o veterano. A luta continuou com golpes e contragolpes, nada que definisse a luta. Mas, um golpe equivocado de Brutus quase pôs fim à disputa. Ele encaixou seu bastão no de Agamenon e tentou fazer a alavanca com o corpo, mas não levantou Agamenon do chão. Brutus então se desvencilhou rapidamente, com medo do contragolpe. pela primeira vez, sentiu que errou na estratégia. Fez sinal para parar e resolveu trocar as armas, sabendo ser o melhor espadachim do reino. Foi um erro maior ainda, pois essa última arma era a que Agamenon tinha a maior destreza. Quanto mais a luta continuava, mais fortes eram os golpes, e, por fim, a espada de Brutus foi quebrada. Agamenon levantou-o acima de sua própria cabeça, como Brutus havia feito com seus oponentes, que, sem ter como reagir, foi jogado para dentro dos vestiários. A plateia levantou-se aos gritos, proclamando o novo campeão. O nome ensinado pelo Ladrão era aclamado em uníssono por toda a arena. Já o diminuto magrelo estava comendo os dedos, pois unhas ele já não possuía mais.

Zaede agora estava aliviado e com uma felicidade indisfarçável. Cumprimentou Capeli erguendo sua taça de vinho na sua direção. No entanto, Capeli não conseguia disfarçar a frustração com seu atleta, baixando os olhos e apertando com força sua taça.

Jade agora trocou sua preocupação com o desfecho da luta por um misto de felicidade e nervosismo. Teria uma noite com aquele homem misterioso que mexeu com seu coração já no primeiro olhar e, por essa oportunidade, tinha arriscado muito, inclusive acabar indo para a cama com qualquer um dos gladiadores que vencesse o circo. Não era de sua natureza se expor tanto. Na sua mente, uma dúvida a incomodava: será que ele valia todo esse risco? Um sorriso lhe escapou dos lábios.

— Sim! Vale muito a pena! – Ela avistou Agamenon de cima do camarote passando no jardim ao lado de um magrelo de caminhar esquisito.

O circo foi encerrado, e a arena se esvaziou lentamente. À noite, realizou-se o jantar da vitória, e a Senhora da Casa de Ur abriu o cerimonial realizando o pronunciamento tradicional.

— Boa noite a todos! Nobres *munerários* dos vários *ludos* aqui presentes, agradeço a sua presença nesta cerimônia comemorativa de encerramento dos jogos. Dedico este jantar ao Deus dos Quatro Ventos e peço a Ele que nos traga muita saúde, felicidade e sucesso. E, como de praxe, solicito que, em conjunto, patrocinem o banquete especial que será servido aos gladiadores pelos magníficos embates oferecidos aos cidadãos de Al-Kibar. Que toquem as músicas, que comecem as danças e que sirvam as comidas e bebidas.

Todos concordaram com a solicitação da Senhora de Ur, que agora aparentava mais beleza ainda, se é que isso poderia ser possível. Mas, uma coisa era certa: seus olhos marcantes agora revelavam um brilho apaixonado. Apenas Capeli demonstrava certa contrariedade, mas não deixaria de cumprir com o protocolo. Mas, em silêncio, ele preparava sua vingança pessoal.

O senhor Capile chamou e orientou seu servo em tom baixo por cima do ombro, para que não fosse ouvido pelos outros *munerários*:

— Claudius, não permita que o Brutus participe do banquete. Seria um desaforo, depois da vergonha que ele me fez passar, ainda ter uma noite de agrados.

O servo do senhor Capile saiu rapidamente para fazer cumprir a ordem de seu amo.

No alojamento, muitas brincadeiras, gargalhadas e homenagens ao novo campeão. Inclusive Brutus não deixou de cumprimentá-lo, e selaram a amizade com um forte abraço, enquanto o servo de Capeli chegou devagar, cabisbaixo.

— Brutus, você não poderá participar do banquete. Deverá ficar no seu alojamento.

— Por quê? É tradição todos participarem, vencedores e vencidos – Protestou Brutus.

— Ordens do senhor Capile. Não tenho o que fazer. Você sabe da minha admiração por você, mas, infelizmente, não posso ajudar – Disse Claudius com um semblante inconformado, conduzindo-o ao alojamento.

Todos os atletas ficaram revoltados; Brutus era um herói para muitos, era o espelho do que almejavam ser. Uma única derrota em uma história constituída apenas de vitórias não poderia destruir a reputação de um grande lutador.

— Ladrão, nós precisamos fazer alguma coisa! Isso não é justo. Ele lutou com muita bravura e por pouco não me venceu. Deu um grande espetáculo para o público.

— Agamenon, não temos nada a ver com isso. Podemos ter problemas. Além disso, o que poderíamos fazer? Somos novatos neste circo. Daqui a pouco vão nos chamar para recebermos a coroa de louros da vitória. Por favor, veja lá o que você vai fazer.

— Não se preocupe. Entendi que não devemos enfrentar os *grandes senhores* – Disse Agamenon, demonstrando sua revolta com o ocorrido.

— Grandão... Não vá fazer besteira. Parece até que estou vendo nós dois acordando na prisão.

Agamenon adentrou a sala de jantar, onde os senhores *munerários* estavam confraternizando. Nessa sala, existia uma mesa de pedra para talvez vinte pessoas. As muitas lamparinas distribuídas pelo ambiente revelavam paredes finamente decoradas com afrescos. O piso era constituído de um mármore branco onde se encontravam tapetes com complexas gravuras. As cortinas eram feitas de um tecido vermelho escuro e muito grosso que servia de bloqueio à entrada do frio, que, àquela hora, já se fazia sentir.

À cabeceira da mesa, encontrava-se Jade com seu marido à sua direita. Ela estava radiante, coberta agora com seus véus de cor rosa, revelando em seu colo um esplêndido colar de pedras com tonalidade rosa escuro, quase puxando para o vinho. O véu de seu rosto deixava para apreciação apenas seus olhos, que de pronto já miravam o jovem guerreiro que à frente da mesa se postava. Seus cabelos, agora soltos, se espalhavam encaracolados por seus ombros e costas.

— Eis o meu grande campeão! Acredito que encontrei um *primo palus* – Declarou Zaede, colocando-se em pé, satisfeito com o seu mais novo atleta.

Agamenon e o Ladrão, com sorrisos abertos, não conseguiam esconder a satisfação pela vitória.

— Meu senhor Zaede, sinto-me muito orgulhoso de ter encontrado esse atleta para compor seu grande *ludo*, que é famoso em toda a terra do nosso rei Creonte. E o trouxe aqui para sua admiração. Seu nome é Agamenon – O Ladrão, que possuía o dom da palavra ou da lábia, apresentou o novo guerreiro.

Todos os senhores queriam conhecê-lo e rapidamente já começaram a questioná-lo: De onde ele vinha? Por que nunca o tinham visto nas arenas? A qual cidade pertencia?

— Vim de longe – Respondeu Agamenon.

— Mais um misterioso... – Balbuciou Capile, demonstrando impaciência. – Semelhante à história de Brutus, que não lembrava nem quem era. Acabei por dar-lhe esse nome quando o comprei na prisão. Achei o nome sugestivo com sua agressividade.

O senhor Capile, sem perceber, deixou escapar um rápido sorriso. Agamenon se interessou pelo comentário, o que foi notado também pelo Ladrão pela pequena troca de olhares.

— Sim, meu grande senhor, Capile, seu atleta, o renomado Brutus, grande campeão de toda a terra de Creonte, até então invencível, lutou bravamente. Ele proporcionou a todos um grande espetáculo e se fez merecedor de participar das festividades de encerramento, uma tradição positivada na lei do nosso rei.

Habilmente, o Ladrão tenta cercar-se de argumentos que não possam ser refutados pelo não tão nobre *munerário*, conhecido por seus ardis embasados em sofismas e na eloquência argumentativa.

— Nunca! Ele foi derrotado. Envergonhou meu *ludo*, que é famoso por possuir vários títulos.

Capile, que já tinha perdido toda sua paciência, foi grosseiro além da conta, ultrapassando os limites da compostura na boa mesa dos nobres, o que revoltou muitos dos presentes, mesmo aqueles que lhe eram aliados.

— Senhor Capile, eu, como a Senhora da Casa de Ur, devo zelar pela Lei de nosso rei Creonte. O atleta tem o direito de participar das festividades, vencendo ou perdendo, pois os jogos, apesar de nos trazerem muita riqueza, têm como objetivo a confraternização e o culto às conquistas de nosso rei na guerra da salvação do nosso povo.

— Perdão, minha senhora. Não é o caso. Brutus não possui um contrato de *Lanus*, é um escravo condenado, um bem que comprei para obter lucro com suas lutas, e tenho o direito de castigá-lo como eu queira, desde que não ofenda sua saúde. E, convenhamos, deixar de participar de uma festividade não é um castigo tão gravoso. Ele não vai ficar com fome, receberá sua etapa de ração normalmente, e a dele, eu garanto, é sempre reforçada.

— Mas, caro senhor Capile, deixe-me entender. Você está dizendo que ele é um bem. Estou correta? – Replicou Jade, olhando diretamente para Zaede, como tentando dizer o que estava tramando.

— Sim, minha senhora, ele é um bem de minha propriedade.

— E, sendo um bem, tem um preço. Certo?

— É... Sim, mas... – Respondeu Capile aos gaguejos, agora constrangido pelo imbróglio que acabou criando. – Mas esse seria muito alto. Posso garantir – Tentando inibir qualquer oferta vinda de qualquer um dos colegas.

— Diga seu preço então, Capile – Já se antecipou Zaede, sob o olhar de todos os membros da mesa e total atenção de Agamenon e do Ladrão.

Zaede entendeu onde Jade queria chegar. Sua cumplicidade já os acompanhava há muitos anos, não só no casamento, mas também nos negócios. Muitas vezes, em conjunto, já haviam auferido altos rendimentos.

Aragão, o *munerário* da Lemúria, que é um primo do pai de Cael, governador da sua cidade natal, resolveu se intrometer, fazendo referência ao que diz a lei de Creonte sobre os gladiadores:

— Devo lembrar que a Lei dos Contratos do reino é muito rigorosa no trato dos negócios com bens patrimoniais, principalmente quando envolvam gladiadores escravizados. Caso um escravo seja valorizado monetariamente por um preço em moedas, esse preço será válido como oferta. E, se for abusiva a precificação, será então estabelecido o valor de mercado do bem, no caso, o preço de um gladiador escravo. E, caso o detentor do bem se recuse a aceitar, terá que libertá-lo e contratá-lo por *Lanus*.

Aragão nunca escondeu o ciúme que cultivava da proximidade que Capile possuía com o rei. Aproveitou para emparedar mais ainda seu desafeto nessa confusão que ele mesmo havia criado.

— Um lutador com as qualidades de Brutus, um grande campeão, deve valer...

— Não mais, senhor Capile, agora é um gladiador como os outros. Ele possui grandes vitórias e uma derrota vergonhosa – Interrompeu novamente Aragão, querendo ver o circo pegar fogo e, claro, se puder, também fazer um bom negócio.

Zaede e Agamenon observavam atentos para onde estava seguindo a negociação, agora notando os múltiplos interesses envolvidos.

— Bem, como eu estava dizendo, um atleta como Brutus, mesmo com essa pequena derrota, não suja o seu cartel, pois ninguém atingiu tamanha invencibilidade. Portanto, valorizo o meu atleta em três mil moedas de ouro.

— É muito! – Explodiu Zaede, claramente já desistindo do investimento. O que dá chance a Agamenon de interromper, tentando puxar a atenção para sua presença novamente.

— Senhor Zaede, vim buscar meu prêmio.

— Sim, está aqui – Chamou o furriel para pagar ao vencedor, como de costume. – Você conseguiu um prêmio muito bom na sua primeira luta: trezentas e oitenta moedas e aquele objeto que conversamos; pode pegar depois com o armeiro, é seu por direito.

Zaede escondeu o fato de Agamenon ter apostado a espada dos outros convidados.

— Senhor Zaede, fui o último a ficar em pé, e, como foi anunciado, tenho direito a dez por cento das apostas – Jade concordou com um gesto de cabeça a Zaede, este já demonstrando certa frustração.

— Furriel, quanto deram as apostas?

— Sete mil oitocentas e noventa e quatro moedas de ouro, meu senhor. Ao *tirone*, devemos setecentas e oitenta e nove moedas.

— Mais o pagamento a que tenho direito por bonificação. Quem me vencesse levaria dez por cento da arrecadação para seu *ludo* e, como eu venci, nada mais justo que dividirmos esse valor, cinco por cento para mim e cinco por cento para a casa.

— Mas os dez por cento já são meus! – Protestou Zaede em voz baixa e moderada, colocando a mão no rosto.

Aragão soltou uma gostosa gargalhada, sem entender o que estava se armando. Já Capile demonstrou em seu olhar profunda preocupação. Mesmo perdendo a luta, obteve bons lucros nas apostas, e perder o seu mais hábil lutador poderia ser o começo de uma fase de diminuição nos rendimentos e prestígio na corte de Creonte.

— Marido, caso o seu mais novo contratado perdesse, nós teríamos que pagar dez por cento da arrecadação para outro *ludo*. Como ele logrou a vitória, nos poupou cinco por cento. É justo.

Jade piscou o olho para Zaede, dando a entender que sua estratégia estava dando certo. Ele então resolveu continuar na encenação, pois confiava cegamente no discernimento de Jade.

— Está bem, minha senhora. Por gentileza, furriel, qual foi a arrecadação da bilheteria?

— Doze mil cento e noventa e duas moedas. Portanto ao gladiador devemos pagar mais seiscentas e nove moedas.

— Furriel, faça um relatório do prêmio, por favor – Ordenou Zaede.

— Trezentas e oitenta moedas de ouro do contrato de *lanus*, setecentas e oitenta e nove referente ao desafio de ser o último a ficar em pé e seiscentas e nove moedas dos cinco por cento da bilheteria por não ter sido derrotado. Total de mil setecentas e setenta e oito moedas de ouro.

— Nossa, que beleza!

Vibrou o Ladrão, impressionado com o valor atingido na empreitada. Já imaginando que tão cedo não precisaria se preocupar com comida, água ou onde dormir, pois ainda teria mais duas etapas do circo e, caso Zaede quisesse renovar o contrato, ele saberia fazer um contrato bem lucrativo para eles.

— Graças ao bom Deus dos Quatro Ventos – Capile suspirou e agradeceu baixinho.

— Meu Senhor Zaede, tenho uma proposta: entrego esse valor e assino um contrato para dez anos por esta casa, e o senhor completa o valor para a compra de Brutus. Então, o senhor o liberta e o contrata para a equipe. Imagine quão vitorioso seria o *ludo* da Senhora de Ur.

— Não! Impossível! Não vou disponibilizar tanto dinheiro para libertar um escravo condenado. É muita burocracia – Esbravejou o senhor Zaede.

Novamente, Capile vai do céu ao inferno e vice-versa. Aragão se manteve atento à discussão, desanimado por não ter a autonomia para realizar a compra de tão alto valor. Seu padrinho, Cael (governador da Lemúria), gostaria muito de subtrair de Capile o seu maior astro nas arenas.

Jade lentamente retirou os brincos e depois o colar, ambos de ouro ornados com pedras preciosas, e entregou a Zaede.

— E agora? Acredito não faltar mais nada.

— Sim, minha senhora, temos agora um valor muito maior do que foi pedido, o que impede a recusa por parte do proponente – Informou o furriel.

— Marido, eu quero os dois na minha equipe. Logo vou poder vê-lo sentado ao lado do rei Creonte nos jogos de Nova Athenas.

Jade sussurrou ao ouvido de Zaede, que involuntariamente sorriu por ouvir de sua esposa o seu desejo de vê-lo como o *munerário* mais influente do reino, cargo até então ocupado pelo senhor Capile.

Zaede entregou as joias e o dinheiro a Capile, que recebeu mais do que pediu e, pela lei, não poderia recusar.

— Está bem! Ele é seu. Avise aos furriéis para providenciarem a papelada. Mas aviso, como amigo que sou: Ele está ficando velho; veja que hoje ele perdeu para um novato. Ainda pode reconsiderar e desistir do negócio – Relutou Capile.

— Senhor Capile, o senhor está insultando a minha inteligência e envergonhando a sua casa.

Protestou Jade, usando argumentos que afetam qualquer homem pertencente a uma casa, ainda mais uma casa tão importante quanto a Casa de Fakur, cuja senhora fazia parte da nobreza de Nova Athenas. Capile era casado com uma general do exército de Creonte.

— Então, está feito. Negócio fechado! – Capile se entregou ao fato de que perdeu mais essa disputa.

— Pois então, como estabelece o princípio *pacta sunt servanda*, o contrato fez lei entre as partes.

Jade deu por fechado o negócio e se voltou para outra parte das apostas, a que ela se sentia a grande vencedora do prêmio e não o contrário.

— Agamenon, vá para a preparação. Minhas damas de companhia irão buscá-lo quando eu estiver pronta. Seu amigo magrelo pode voltar para as festividades e já pode comunicar a Brutus que ele participará da noite em homenagem ao nosso rei e que não viajará de volta com seu *ludo*, pois agora pertence à minha equipe.

Agamenon foi levado para uma sala de banhos afastada do salão de jantar por um serviçal que estava notadamente com medo dele.

— Zaede, meu marido, vou me retirar – Jade aproximou o seu rosto do ouvido de Zaede e complementou:

— Esta noite, nós começamos a fazer a nossa história no reino de Acart.

Todos então se levantaram, enquanto a senhora se retirava. Em seguida, sentaram-se e voltaram a beber e comer, faceiros que estavam com seus lucros, com exceção de Capile, que levou um sério e inesperado golpe. Até os *ludos* que tiveram mínimas vitórias individuais lucraram pelas ousadas apostas dos assistentes. E, por estarem muito contentes com essa etapa do Circo, levantaram um brinde em homenagem a Jade, Senhora da Casa de Ur, o que envaideceu muito a Zaede.

IV

O REI

O reino de Creonte era formado por nove cidades estado. Nova Athenas era sua capital, com quase um milhão de habitantes, enquanto as outras tinham populações menores, com média de algumas dezenas de milhares de habitantes. Lemúria era a maior e mais desenvolvida delas. As outras eram York e Nova Tebas ao norte, Al-Kibar e Summer no nascente, Delfos e Atlantis no poente, e Baalbek, que, junto com Lemúria, formavam o sul do reino.

A capital, Nova Athenas, possuía um porto marítimo e um canal de acesso ao lago Itgos. Era uma cidade esplêndida, com muitos prédios construídos seguindo uma arquitetura focada na grandeza e na harmonização dos ambientes. Os serviços públicos eram bem desenvolvidos, com excelentes escolas, saneamento, segurança, justiça e saúde.

No esporte, havia várias modalidades, mas o que o povo mais gostava eram as disputas na arena. Qualquer cidadão gostaria de fazer parte do circo das governador da capital, fez parte de um *ludo* na juventude e era uma grande campeã, desafiando até gladiadores *primo palus* e desmoralizando-os com suas técnicas de luta inigualáveis.

A vida na capital, principalmente no interior das muralhas, era muito tranquila para seus cidadãos. O mesmo não poderia ser dito das periferias, que, mesmo sob o olhar atento e preocupado do governador, não paravam de crescer desordenadamente, o que desagradava profundamente o rei. Para Creonte, pobreza e miséria eram bolsões de revolta. O empenho dos governadores em impedir que essa situação perdurasse era imprescindível. No entanto, a corrupção há muito dominava as camadas mais altas da sociedade, e os ricos, que habitavam a parte interna das cidades, não queriam dividir sua riqueza com as pessoas da periferia, quase as qualificando como uma espécie inferior. Buscando sempre maior crescimento financeiro, combinavam-se em gestões que cada vez mais empobreciam a periferia e enriqueciam os nobres.

A retórica era embasada no mérito, afirmavam que seus filhos concorriam com os meninos e meninas da periferia em igualdade de condições e venciam porque eram melhores e por isso mereciam. Fome, sede e dificuldades de sobrevivência não eram consideradas obstáculos ou qualquer forma de desvantagem na disputa, o que já feria as leis seculares do rei Creonte.

O palácio de Creonte era a pérola da arquitetura de todo o reino, composto por vários aposentos, incluindo grandes salões de pedra polida que proporcionavam um brilho intenso. A limpeza das casas do governo e o asseio de seus agentes era uma exigência quase sagrada, e a mínima falha era punida com rigor.

A sala do trono, onde Creonte recebia seus súditos, tinha forma retangular. O trono de Esther ficava no lado poente, e o de Creonte ao seu lado direito. Do trono, podia-se ver um grande portal, que era aberto em todo solstício de verão ao final da noite. O momento do nascer do sol era admirado pelo casal real, com o astro surgindo bem ao centro das duas torres que demarcavam cada lado do portão principal de acesso à cidade. O solstício era um feriado sagrado na cultura do reino, uma singela homenagem ao Deus dos Quatro Ventos, uma reverência à peregrinação do sol pelas casas do dia e da viagem das estrelas sob o céu noturno.

Creonte e Esther estavam sentados em seus tronos, como faziam todos os dias, concentrados em receber seus súditos e desenvolver sua agenda de governo. Uma pequena equipe de escribas e conselheiros os acompanhava, sendo dispensados apenas em caso de informações que demandassem alto sigilo.

— Meu senhor, trago notícias da Lemúria – disse o homem adentrando o salão.

Creonte ouviu atentamente as informações trazidas por seu general Abissalau. Há muito tempo, Creonte estava preocupado com os boatos sobre seu governador Cael. Abissalau era um militar de muita confiança do rei, possuía habilidades que considerava muito interessantes aos seus propósitos, como a astúcia e a fidelidade. Diziam que ele lia as entrelinhas, devido ao seu raciocínio lógico apurado, vendo mais do que era mostrado. Era impecável com seu uniforme; mesmo depois de longa jornada de retorno a cavalo, arrumou-se primeiro para depois ter com seu rei.

— Abissalau, meu amigo leal, como foi a sua viagem? Espero que tenha me trazido notícias que me desembaracem dessa angústia e desconfiança.

— Meu senhor, farei um breve relato sobre a administração do governador nomeado da Lemúria, o senhor Cael: A produção agrícola está muito bem encaminhada e deve atingir um alto nível de produção na colheita de verão. As obras de saneamento da cidade estão condizentes com os planos do reino e devem ser concluídas bem antes do tempo estabelecido. Suas tropas militares dobraram o contingente. Seus livros contábeis estavam com a escrituração em ordem, condizente com o que estava sendo mostrado. Tudo muito perfeito, como eu nunca tinha visto antes. Nos passeios pela cidade, era possível ver a felicidade do povo, demonstrando até idolatria para com o governador Cael.

— Verdade? – Creonte fitou o relato com notada desconfiança.

— Pois é, majestade, também não engoli essa perfeição. Resolvi, por bem, visitar as cercanias da cidade, ponto nevrálgico de todas as cidades do reino. Isso causou um súbito protesto dos conselheiros do governador. Diante dessa atitude, concordei que não era necessário, notei que sempre estava acompanhado de um ou outro conselheiro nas minhas inspeções.

— Você deixou limitarem sua inspeção? Você é um general a serviço do rei. Um governador não pode, de maneira nenhuma, se negar a fornecer todas as informações necessárias a uma inspeção – Protestou Creonte, sentindo-se ultrajado pelo governador com cara de fuinha.

— Não, meu senhor. Fiz um recuo estratégico, pois a informação que tinha para lhe trazer era mais importante, e se caso não agisse desta maneira, talvez não tivesse retornado com vida.

O relato chamou a atenção da rainha Esther. O sentimento envolvido tocou sua essência. O ódio estava crescendo no reino. Ela podia saborear o gosto de ferro do sangue na garganta.

— Pois bem! O que você fez então? – Perguntou o rei.

— Enquanto aceitava seus rapapés, sem deixar de ser firme em pequenas falhas para que não percebessem que eu estava desconfiado do engodo que estavam me apresentando, fui montando minha estratégia para sair de lá com minha comitiva viva e em boa saúde. Cael é suscetível a bajulações, então, em algumas obras em que ele se detinha mais, fingi admiração e lhe fazia elogios não muito elaborados para não estranharem. Deixava claro que o rei ficaria muito satisfeito com sua administração. Sem que percebessem, despachei dois membros da comitiva, dois lemurianos que, por óbvio, facilmente se misturariam aos habitantes da cidade e obteriam as informações que eu desejava para confirmar ou não minhas suspeitas – Esther e Creonte entreolharam-se com ar de preocupação.

Outras revoltas no passado foram abafadas à custa de muitas vidas inocentes, que acabaram sendo atingidas por terem sido iludidas por falsas promessas.

— Pois então. O que realmente está acontecendo na Lemúria? Afinal, as denúncias possuem algum fundamento?

— Sim, meu senhor. O pujante crescimento da riqueza da casta nobre da Lemúria se deve à miséria cada vez maior da população da periferia. A fome é tanta, que meus observadores ficaram chocados com a quantidade de cadáveres encontrados nas ruas todo amanhecer. A falta de comida e água de qualidade está deixando milhares de crianças desnutridas. As atividades econômicas dos pequenos trabalhadores estão estagnadas; somente os grandes empreendedores estão atingindo lucros expressivos. Para sobreviverem, muitos homens e mulheres estão ingressando na guarda da Lemúria, pois é uma forma justa e honesta de trazerem comida para suas mesas. A Norma não representa mais a justiça para eles, mas sim uma sentença certa de morte pela fome. O furto, o roubo, o sequestro de mulheres, os assassinatos, crimes já extintos em muitas cidades, voltaram a ser comuns na periferia da cidade. O que se vê novamente é a banalidade do mal. O governador estimula que a população se arme para defender sua vida, o que provocou o surgimento de milícias armadas, que se preparam, não contra Cael, mas contra a norma estabelecida. O governador se utiliza de falácias e mentiras para instigar o povo contra o rei. Afirma que o senhor é a fonte de todo mal que estão sofrendo.

— O quê? – Esther colocou a mão sobre a boca.

— Infelizmente, Cael cresce à custa da fome e da miséria e de distribuir regalias aos nobres detentores dos meios de produção.

— Mas com qual objetivo ele está fazendo isso? – Questionou Creonte.

— Meu rei, o governador Cael prepara uma rebelião. Penso que o que foi mostrado era apenas uma pequena parte do exército que ele montou. Caso as milícias estejam juntas com a guarda do governador, o reino irá enfrentar uma grande tormenta.

— Não seria a primeira – disse Esther, que se ajeitou no trono. Ela pressentiu que existiam mais detalhes do que o que estava vindo à tona.

— Senhor, eu aconselho a não subestimá-lo. Meus espiões descobriram que as fundições estão produzindo dia e noite, utilizando-se de trabalho escravo. Os artigos produzidos eram compostos de uma nova liga metálica, desconhecida por eles, capaz de quebrar nossas espadas com facilidade. Veja este punhal – Abissalau entregou a arma ao rei. – o brilho, a dureza, o fio se mantêm por muito mais tempo.

Creonte segurou o punhal, sem qualquer interesse, sabia que era composto de Ferro, Carbono, Manganês e Silício. Olhou para Esther com resignação; tudo começaria novamente.

— Enfim, redescobriram o Aço – Disse Creonte.

— Não entendi, meu senhor.

— Nada de importante, estava pensando alto. Continue, por gentileza, Abissalau.

— O que mais me assustou foi a distorção dos fatos históricos. Nas escolas, estavam ensinando uma história diferente da que é ensinada para as crianças do resto do reino. Segundo essa nova roupagem patrocinada pelo governo da cidade, a verdadeira história conta como a Casa, que era a herdeira legítima do trono, foi usurpada de seu direito sagrado de governar o reino, ou seja, Cael intitulou sua irmã como única e verdadeira herdeira do trono. E o meu senhor... – Abissalau baixou os olhos, envergonhado com o que iria dizer a seguir – seria um grande traidor do povo que se associou a uma bruxa muito poderosa, a qual eles chamam de Grande Mãe, e com todo esse poder tornou-se um tirano. E foi ela que lhe deu o poder da imortalidade, mas ela mesma não possui esse dom, tendo que migrar de corpo a cada ciclo de vida.

— Que absurdo! De onde tiram essas fantasias? – Questionou Esther, revoltada com tanta besteira.

— Minha rainha, eu tenho até vergonha de falar na frente de vossa majestade.

— Não se restrinja comigo, nobre general. Essas informações são muito importantes para que meu marido possa tomar uma atitude adequada – Respondeu a rainha.

Esther, a grande rainha, era uma mulher magra, com longos cabelos castanhos claros, olhos grandes de um azul muito claro, nariz fino e uma boca com lábios carnudos. Vestia-se sempre com véus brancos e evitava qualquer tipo de joia ou ostentação, com a única exceção da tiara real, pois esta ela era obrigada a sustentar sob a cabeça, conforme a lei.

— Sim, Abissalau, continue – Ordenou Creonte.

— Minha senhora, meu rei, é com tristeza que informo que estão ensinando as crianças que a senhora é essa Grande Mãe. A bruxa toda poderosa que profana nossa fé no Deus dos Quatro Ventos – Esther ouviu apenas baixando um pouco os olhos em sinal de desaprovação ao relatado.

— Abissalau, isso é muito grave. Lutar contra um governador ambicioso que se rebela é fácil, tenho poderio suficiente para extirpá-lo da história do reino rapidamente. Mas uma mentira contada como verdade, iludindo e se aproveitando da ignorância do povo, torna-se um pouco mais complicado. A população iludida vai ser estimulada a odiar quem pense diferente dela e que não pode ceder a quem contrarie seus princípios, tornando todas as pessoas que não concordam em diferentes. E esses diferentes serão seus inimigos, mesmo que esse inimigo seja um amigo próximo ou até um parente que está apenas mais informado e queira abrir-lhe os olhos. Será a política dos nós contra eles. Combater esse tipo de artimanha é um pouco mais complicado, pois qualquer ato contra eles é interpretado como uma agressão à sua ideologia e reforça suas convicções falaciosas. E mesmo que pessoas percam suas vidas por acreditarem nas mentiras, eles continuarão marchando cegamente para a morte. E caso esse tipo de líder venha a ser morto, transforma-se em mártir e, mesmo eliminado o tumor, a metástase prossegue.

— Verdade, senhor. O que devemos fazer, então?

— Agora vá para casa e descanse. Convoque uma reunião para daqui a dois dias com todos os ministros. Mas não antecipe nada a ninguém. É primordial que ninguém saiba dessa crise que se aproxima. Quanto a seus espiões, cuide para que sejam recompensados e que fique bem entendido que devem guardar sigilo absoluto, para não vazarem essa informação a ninguém, ou serão julgados por traição.

— Assim será, meu senhor – O general fez a reverência e se retirou.

O silêncio pairou por alguns minutos. Creonte agora estava concentrado em achar uma solução sob a observação de Esther. Pelo olhar dela, Creonte não era mais o guerreiro jovial que recebeu a incumbência de reconstruir uma nova civilização. Esse rei duro, seco, sempre firme, às vezes até impiedoso, foi sendo forjado através da passagem dos séculos.

Creonte se dirigiu até a sacada; dali, ficou admirando as crianças recebendo suas lições no passo real. Os fundamentos de ensino do reino estavam embasados na escola peripatética, intercalando passeios educativos na cidade com experimentação dos fenômenos naturais e sociais. Logo, algumas crianças avistaram o rei e começaram a acenar. Quanta sorte elas tiveram de ver o rei tão de perto, com sua famosa máscara de ferro, e ainda receberem de volta um aceno com a mão.

— Revivendo lembranças profundamente guardadas?

Esther se aproximou compadecida. Não precisava de muito para saber o que estava revirando na mente do velho rei. Dias de um passado longínquo, onde Creonte era feliz vendo seus filhos crescerem.

— Sim, por mais que tenham aproveitado suas vidas intensamente, a dor de enterrar os próprios filhos é demais para qualquer ser humano. Essa dádiva da "imortalidade" que recebi veio acompanhada dessa maldição. Ver os filhos nascerem, crescerem e morrerem repetidas vezes. Isso é contra a ordem natural das coisas. E quando sequestraram o nosso filho com dois anos, foi demais para mim. Quando o tempo de uma vida humana se passou, o meu coração se fechou. Pai agora, somente do povo.

Os olhos do velho rei estavam marejados. Ele ainda sofria com as perdas de uma vida, mesmo que já tivessem se passado mais de duzentos anos desde a última vez que abraçou seu pequeno Atreu. Seus filhos só gerariam descendentes se chegassem ao trono, pois apenas com uma descendente da linhagem de uma rainha teriam a combinação genética para gerar filhos.

— Creonte, não se puna pelo que ocorreu há tantos anos. Tenho guardado comigo todos os acontecimentos.

— Como eu deixei que o ódio me dominasse? Estava totalmente fora de mim. Quando me lembro de como matei todos que acreditei estarem envolvidos. Não reconheço em mim aquela crueldade. E mesmo assim, ninguém revelou uma única pista do paradeiro do nosso filho. Matei pessoas inocentes, acreditando em denunciações caluniosas. O que depois se revelou serem motivadas pela conquista dos bens dos acusados. Foram os tempos em que um vazio profundo tomou conta da minha alma.

Creonte nunca mais seria o mesmo após o episódio do sequestro. Ele decidiu que não teria mais filhos. Enfim, esse era o seu ponto fraco. Compreendeu que era incapaz de suportar novamente aquele sentimento de perda.

— Nunca sonhei com um reino. Osíris confiou a mim algo que ia além das minhas capacidades. Eu preferiria mil vezes que tivesse dado essa árdua tarefa àquele baixinho metido do Carter. Eu era apenas um cara rústico.

Ele não conseguiu conter um sorriso ao se lembrar do amigo que gostava de provocar. Qualquer menção à altura dele era motivo para puxar uma briga e rolar uns tabefes.

— Estou aguardando desde então que Osíris me chame para junto dele. Mas o tempo passou, e o que seria breve tomou forma de eternidade. Conto os dias para me juntar a ele. O tempo do descanso já foi alcançado. Osíris, ouça minhas preces, por favor, leve-me.

Ele ergueu as mãos para o céu. Mas, enquanto essa tarefa não terminasse, ele teria que manter essa carga.

Após todos aqueles eventos da vingança de Creonte, ele decidiu reformular todo o seu códex, fabulou uma nova história e a linhagem da rainha ficaria protegida até que enfim se juntasse a Osíris.

— E, desde então, você não foi mais o mesmo, cortando o laço entre você e a essência da vida. Por isso, estou aqui, presa a você. Mas lembre-se de que a essência dos seus filhos retornou a mim – Disse a rainha, pondo sua mão sobre o ombro de Creonte.

— Todos retornaram? – Questionou ele, olhando fixamente nos olhos azuis da rainha.

— Você sabe a resposta. A alma de Atreu não retornou à essência da Grande Mãe. Mas, agora, você deve se concentrar no crescimento do ódio e em todas as consequências que ele pode trazer.

— Sim, eu sei. Agora estou em um impasse, pois, segundo a lei, a decisão de fazer a guerra fica a cargo do conselho de ministros. Só posso argumentar e defender a minha posição; meu único poder é o voto de minerva, caso resulte em empate a votação, aí eu poderei decidir.

— Que transcorra como deve ser. O bem ou mal são conceitos humanos, o que existe são caminhos a seguir – Disse Esther, apoiando-se na grande sacada de mármore.

— Minha natureza humana me força a discordar. O ódio carrega a natureza do mal, que responde com guerras, pestes, fome e morte. Já o amor fecunda a natureza com a fertilidade, paz, diversidade e vida.

— Os dois são poderes, meu marido: um da destruição, o outro da criação. A humanidade tem esse poder e já usou das duas formas. Destruiu a natureza, destruiu seu mundo e acabou por se destruir. Mas também construiu muitas maravilhas do nada, levando o bem a muitos. A sabedoria consiste em saber administrar esses dois poderes, pois muitas vezes é necessário destruir algo para a reconstrução de algo melhor. Saber quando encerrar ciclos malévolos e abrir eras de ouro.

— Sim, minha flor, mas os homens possuem medo, e é esse sentimento que os transforma no mais perigoso dos animais. O homem é o lobo do homem. Pessoas com amor no coração são pacíficas, felizes e procuram a evolução construindo coisas que beneficiem a todos. Já as dominadas pelo ódio são insatisfeitas, lutam com ferocidade para obterem vantagens e privilégios individuais. E mesmo sendo em menor número, são elas que corrompem, destroem e matam pelos seus interesses mesquinhos.

— Meu amor, eu preciso dizer que estou sentindo o ódio crescer e ele está ficando cada vez mais forte. Cuidado para não cair novamente nas armadilhas do mal – A rainha resolveu se retirar e deixar Creonte com suas lembranças.

V

A RAINHA

Dois dias depois.

— Minha rainha, onde está nosso rei? – Perguntou o general Abissalau, fazendo a reverência protocolar.

Ele recebeu a rainha em pé ao lado do assento que seria ocupado por Creonte. Na mesa encontravam-se quatorze ministros membros do conselho convocados pelo chefe do Estado-Maior, composto pelos generais de mais alta patente do exército e da armada do reino.

— Não se preocupe, nobre general, pois a reunião será presidida por mim.

Esse fato fazia parte da normalidade. Em muitas reuniões, a rainha assumia a presidência do conselho e, depois, comunicava ao rei o que havia sido decidido.

— Pois não, minha senhora. Devo apresentar aos ilustres membros do conselho os pontos a serem discutidos que compõem a pauta?

— Não será necessário. Por gentileza, apenas ocupe seu assento à minha direita.

— Sim, minha senhora.

Abissalau sentou-se atento aos detalhes incomuns. Esther, a divina rainha, não estava vestida com suas roupas habituais, mas sim com véus negros, que, de tom tão profundo, causavam um peso na cabeça de quem fixasse os olhos neles. Estava com uma tiara real coberta de pedras negras e, surpreendentemente, estava com brincos, colares e pulseiras, tudo cravejado com essas pedras que pareciam um espaço vazio na matéria.

— Meus caros ministros, eu abro esta reunião do conselho informando que estamos enfrentando tempos difíceis e precisamos extirpar qualquer possibilidade de traição no reino.

Os conselheiros entreolharam-se surpreendidos com o teor da reunião e espantados até o momento com a fala da rainha.

— Por isso pergunto: Quais dos senhores são traidores do rei? – inquiriu Esther.

Essa pergunta, tão forte e direta, traria resultados desastrosos a quem correspondesse a essa desconfiança. Pela lei, a traição era punível com a morte ou o banimento. O desconforto de todos era visível. Inclusive o experiente general nunca havia passado por uma situação como esta, ainda mais proporcionada pela doce e sempre amorosa rainha Esther, aclamada como mãe de todos.

Esther olhou um a um nos olhos e podia ouvir seus batimentos cardíacos, as mudanças em suas respirações, o aumento de calor em suas peles e todas as reações que queria provocar com a pergunta. Por isso tinha que ser direta e provocar reações, para que pudesse identificar as alterações que precisava para tomar sua decisão.

— Reunião encerrada!

Foram apenas dois minutos. Abissalau ficou novamente surpreso. Ele permaneceu calado, sem saber o que devia fazer.

— Ficam comigo os senhores ministros Cassiano, Germano, Próximo e Adriano e o chefe do Estado-maior. Os outros podem se retirar.

— Pois não, minha senhora. O que devemos fazer? – Perguntou Adriano, já desconfiado de ter sido desmascarado.

Adriano era primo de Cael, sobrinho de Jafar, e com certeza seria muito beneficiado caso Cael assumisse o reino.

— Abissalau, por gentileza, conduza suas excelências ao jardim das estátuas.

— Certamente, minha senhora.

Todos, ainda sem entender o que estava acontecendo, se deslocaram até o jardim entre cochichos e frases soltas sem sentido, e lá aguardaram. A rainha entrou com passos lentos e se postou à frente deles, a ponto de tocá-los se assim o quisesse. Adriano imaginou o caminhar de uma aranha pronta para atacar uma presa em sua teia.

— Pois bem, senhores. Neste momento, dou-lhes a possibilidade de confessarem suas conspirações contra o rei.

Com olhos assustados, os ministros ensaiaram um protesto.

— Minha rainha, a norma nos protege de atitudes arbitrárias dos soberanos. Qualquer acusação deve ser realizada na forma de lei e, para ter êxito, a demanda deve ter aprovação do senado.

— Culpados! – Decretou a rainha.

A rainha inspirou o ar para seus pulmões e, com ele, fluiu de dentro dos acusados sua essência vital, como se suas almas estivessem sendo capturadas de seus corpos paralisados. Abissalau, também impossibilitado de se mexer, observou essa estranha energia sendo totalmente sugada pela rainha dos corpos inertes, que iam se transformando em estátuas de mármore cinza.

— Está feito!

A rainha se despiu de todas as suas vestimentas e sobre elas colocou todas as joias que a adornavam e as entregou a Abissalau. Ele voltou a dominar seus movimentos, ainda incrédulo com tudo que testemunhara. Apenas ficou observando a mulher mais linda do reino se retirar nua, agora voltando a brilhar.

— Acorda, Abissalau! Você está tendo um pesadelo – Disse a esposa do general.

Ele se sentou na cama, ofegante. Estava com o coração batendo forte devido ao sonho que revivia o dia, que para ele havia sido o mais terrível de sua vida. Ele descobrira o poder que a rainha possuía para destruir os inimigos do reino. Os homens que foram transformados em estátuas eram seus amigos. Suas famílias conviviam em parques e atividades sociais. Como ele iria encarar essas pessoas agora?

— Meu Deus, o que será do reino se Cael estiver certo? Esther é uma bruxa poderosa! – Murmurou Abissalau.

— Meu marido amado, o que está o afligindo? – Perguntou carinhosamente Sêmula, a Senhora da Casa de Tandara, tradicional família militar que compunha a nobreza do reino.

– Nada, meu amor, não é nada. São assuntos de Estado, infelizmente, nem para você eu posso revelar.

Na manhã seguinte, no palácio, Abissalau adentrou o salão do trono, depois de formalmente anunciado sob o olhar de Creonte.

— Bom dia, Abissalau! Tudo pronto para a reunião do conselho de ministros? Já estão todos na sala de reuniões?

— Meu senhor, a reunião... – Foi interrompido pelo ajudante de ordens, que avisou que estavam todos prontos e aguardando o rei e o chefe do Estado-maior.

— Vamos lá, então. Você está com seu relatório pronto para apresentar aos ministros?

— Mas, meu senhor...

— O que foi? Não quer fazer as honras da casa? Deixe que eu apresente a demanda e faça as perguntas, e você vai organizando a ata da reunião.

Abissalau não conseguia entender o que estava acontecendo. Na sala, a rainha já estava confortavelmente sentada em uma poltrona estofada destinada a ela. Os ministros ocupavam as outras dez cadeiras disponíveis.

— Meu rei, quem vai substituir os outros quatro ministros? – Questionou o inconformado general.

— Que outros quatro? Estão todos acomodados em seus lugares, todos os dez ministros integrantes do conselho.

A reunião começou, e o rei apresentou todos os fatos atinentes à desconfiança levantada por Abissalau, muitas vezes recorrendo a ele para esclarecer detalhes da investigação. Creonte se limitava a apresentar as provas sem fazer juízo de mérito. Após uma hora, a reunião chegou ao seu clímax: A votação. Em seus votos, cada ministro poderia fazer ou não uma defesa de sua posição.

— Senhores ministros membros do conselho, após todo o exposto, abro espaço para discussão e votação.

O primeiro ministro a votar, por uma questão de antiguidade, foi Jamal, que era um cidadão da Lemúria. Ele fez questão de se levantar para expor seu voto.

— Senhores membros do conselho, eu, como ministro mais antigo, dou o meu voto por uma resposta armada, firme e exemplar. – Esse primeiro voto surpreendeu Creonte e Abissalau. – Digo isso, meus nobres colegas, pois faço parte do círculo de interesses do governador Cael e devo dizer que estou profundamente decepcionado. Estou me sentindo traído por essas revelações.

Nenhum outro ministro se manifestou, apenas se entreolharam desconfiados. As guerras eram agora apenas capítulos nos livros de história. Depois que o primeiro soldado tombasse, não se saberia quando seria o último.

— Senhores, muitas vidas inocentes poderiam sucumbir como efeito colateral. E existe a possibilidade da criação de um mártir, fazendo insurgir um movimento muito maior em todo o reino – Creonte tentou explicar a desvantagem e os perigos de um confronto armado. – Senhores, após essa minha argumentação, eu reabro a votação.

Creonte ainda estava esperançoso de uma saída pacífica. Então, passou novamente a palavra aos ministros, mas, para sua decepção, um a um votaram pela resposta armada.

— Pois bem, como a decisão foi unânime – Resignou-se Creonte à votação do conselho —, peço a oportunidade de, antes de atacar, oferecer a possibilidade de rendição a Cael para ser julgado pelo tribunal de anciões.

— Aprovado! – Foi a resposta uníssona dos membros do conselho.

— Senhores, eu coloco o grau de sigilo de ultrassecreto ao conteúdo desta assembleia. E qualquer informação vazada será considerada um ato de traição e, como tal, será julgada e poderá ser punida com a pena capital. Ao chefe do Estado-maior cabe planejar uma operação com o intuito de atingir o menor número de baixas possível. Quero primeiro a rendição, caso impossibilitado, então um combate rápido, com o mínimo de baixas dos dois lados e evitando o quanto possível que vítimas inocentes sejam atingidas.

A reunião foi encerrada. Abissalau, ainda confuso, seguiu para o quartel do Estado-Maior para pôr em andamento o planejamento da operação. Mas, ao passar pelo jardim das estátuas, não resistiu a parar, porque, de longe, identificou seus amigos que se demonstraram traidores. Foi até a frente da estátua de Germano, onde estavam as inscrições de seu nome com a homenagem pelos serviços prestados, mas a data de nascimento e morte remontava mais de trezentos anos, o que o deixou espantado. Deslocou-se então até a estátua de Adriano e a examinou detalhadamente. Depois, observou a de Próximo e constatou que era a mais antiga, ultrapassando os oitocentos e cinquenta anos. Ele notou facilmente que o desgaste natural pela passagem do tempo nas estátuas era real.

— Como isso é possível? Foi ontem.

— O que foi, General? – Abissalau não notou a aproximação da rainha.

— Nada, minha senhora. É que tive um sonho muito estranho. Sonhei com essas pessoas como se elas fizessem parte da minha vida.

— General, eu poderia dizer que às vezes temos sonhos que são, na verdade, pesadelos. Dizem os médicos que os pesadelos ajudam a aliviar as tensões do dia. Já os crentes dizem que os sonhos nos revelam a vida em outros mundos.

— Sim, minha rainha. Se a senhora me permite, vou me retirar para começar o planejamento de uma grande operação.

— Abissalau, tome cuidado, pelo que assisti na assembleia, tive uma intuição de que tudo pode ser uma armadilha.

Alguns dias depois, uma tropa de vinte mil soldados se dirigia para Lemúria, com uma breve passagem por Baalbek, onde se juntariam mais quinze mil soldados. A operação, custosa aos cofres do reino, tinha como escopo principal intimidar Cael a uma rendição. A previsão de chegada em Lemúria seria de aproximadamente quarenta dias.

VI

A TURNÊ

O palácio do governo da Lemúria foi construído há poucos anos com toda a tecnologia disponível no momento. Possuía as características de uma fortaleza sofisticada e segura. O governador poderia aguentar durante muitos dias um cerco a sua cidade.

— Meu senhor governador! Chegaram mensageiros de Baalbek! – Anunciou sua ordenança.

— Deixe-os entrar. Já estava à espera deles. – Os dois homens entraram visivelmente cansados da viagem sorrateira para avisar o jovem governador.

No salão, encontrava-se apenas Cael e sua irmã Virgínia, que se retirou com a entrada deles. A Senhora da Casa de Lêmur havia tomado a decisão há pouco tempo de não se casar e nomeou seu irmão caçula para a administração do governo da cidade-estado.

— Aproximem-se! O que me trazem de boas novas?

Os dois mensageiros se ajoelharam em frente ao governador. Cael era jovem. Há pouco tempo era um adolescente que brincava nos jardins do palácio do governo. Sua inexperiência contrastava com sua inteligência e ambição. Tinha sincera convicção de que a sua casa era a verdadeira herdeira do trono. Era muito apegado aos prazeres da carne, e quanto a isso, diziam até que seria um desvio grave de sua personalidade. Com perfil esguio, alimentava-se de frutos e cereais. A bebida não lhe trazia nenhum benefício, vivia evitando-a, mas regularmente perdia sua batalha contra ela. Sua obsessão era desposar a rainha Esther e se tornar o rei. Desde menino, sonhava em tê-la como esposa. Era conhecido pela exigência nos trajes que vestia, queria ser sempre o homem mais bem vestido. Mas pecava ao se cercar apenas de bajuladores, que só alimentavam mais ainda seus devaneios para a conquista de seus objetivos. Alguns diziam que Virgínia tinha medo dele e, por isso, o nomeou, mas não havia prova disso.

— Excelência, um general do rei Creonte seguirá para Baalbek para arregimentar mais quinze mil homens.

— Qual será o efetivo da operação?

— Juntando-se aos vinte mil que já o acompanham, formará um exército de trinta e cinco mil homens, mas poderá constituir novas alianças com outras cidades. O meu senhor Lucrécio, governador de Baalbek, mandou avisá-lo que atrasará o máximo possível sua marcha para Lemúria.

— Uma tropa tão grande como essa será lenta para se deslocar e precisará de muitos trens de suprimento, paradas programadas, e pode levar mais de quarenta dias para chegar aqui – Disse Cael, coçando sua barba rala.

— Sim, excelência, por isso nossa pressa em lhe avisar. O exército real seguirá pela rota do Lago Itgos. Por fim, meu senhor, transmite-lhe os seus votos de apoio e amizade.

— Vai dar tempo de montar uma surpresinha. – Cael ficou pensativo. – Mais alguém possui essas informações que me trouxeram?

— Não, excelência. Meu senhor Lucrécio, só transmitiu a nós essa informação.

Cael fez um gesto com indicador e médio a seus guardas, que não foi entendido pelos cansados mensageiros.

— Muito obrigado pela sua dedicação. Com certeza a rebelião os terá sempre em conta, pelos seus sacrifícios.

Os mensageiros abaixaram a cabeça como reverência, antes de se levantarem para se retirar. Foram abruptamente interrompidos com uma decapitação sumária. Os corpos caíram para o lado, e suas cabeças rolaram à frente. Muito sangue se espalhou pelo piso do Palácio.

— Livrem-se deles, limpem tudo, não quero nenhum vestígio dessa nojeira no meu salão.

— Meu senhor, o que eles fizeram para merecer tal castigo? – Perguntou o capitão da guarda, que, mesmo cumprindo a ordem, revoltou-se com a atitude.

Cael, que já estava saindo do salão, se virou para quem o questionava e, com olhar de reprovação, respondeu:

— Eles sabiam demais, assim como você. O que devo fazer agora, meu capitão?

— Não se preocupe, meu senhor, não ficará nenhum vestígio – Respondeu o jovem capitão, convencido do erro que cometeu ao questionar as decisões do governador.

— Espero que não se repita.

— Sim, meu senhor. Nunca mais. Peço-lhe perdão pela inconsequência do abuso.

— Pois que assim seja. – Cael se retirou da sala, e as portas foram fechadas. Alguns guardas levaram os corpos com suas cabeças separadas e os queimaram nas forjas, enquanto outros limparam o salão, deixando-o livre de qualquer vestígio.

Naquela noite, o capitão não dormiu, e foi sua última oportunidade de ver sua família. Na manhã seguinte, da casa do capitão da guarda restaram apenas as cinzas. O capitão, a senhora de sua casa e seus dois filhos menores, um com cinco e o outro com três anos de idade, foram encontrados com seus corpos carbonizados.

* * *

A luz do amanhecer invadiu o quarto através da janela, revelando a perfeição do corpo de Jade, uma verdadeira rainha dormindo nua de bruços, sem nenhum tecido cobrindo o seu corpo. Agamenon não conseguia conter a felicidade depois da noite inesquecível que passou com ela. Queria acordá-la, mas suas damas de companhia vieram alertá-lo de que deveria se retirar e retornar aos alojamentos do *ludo*.

— Bonitão! Você deve retornar ao seu local. Logo será servida a primeira refeição do dia, e a senhora deve estar pronta para compartilhar o desjejum com seu marido.

— Certo! – Ele levantou-se com cuidado, ainda nu, sem nenhuma vergonha das damas, se vestiu e já ia se retirando.

– Agamenon, quando estiver solitário, nós duas podemos lhe fazer companhia.

Entre sorrisos, as duas damas entreolharam-se, demonstrando o seu interesse no homem à sua frente, que, como resposta, apenas abriu um sorriso malicioso.

Quando chegou ao *ludo*, Agamenon foi recebido pelos outros atletas com muita festa. Brutus se aproximou dele, ficando frente a frente.

— Agamenon, acredita, irmão, vou ser sempre o seu mais fiel amigo. Pode contar comigo para tudo que você precisar. Minha vida agora pertence a você. – Brutus o abraçou forte, com um sorriso de orelha a orelha, por lhe ter dado a liberdade. – Muito obrigado, meu irmão!

— Seu mais fiel amigo, blá, blá... – O ladrão repetiu a frase de Brutus baixinho e com desdém.

— Você é um grande guerreiro. Não merecia ser tratado como escravo – Justificou Agamenon.

— Você nem sabe por que ele foi condenado. Pode estar dando abrigo a uma serpente, Agamenon – O ciúme do Ladrão ficou escancarado ao não segurar o seu comentário.

— Quando eu cheguei a Baalbek, não lembrava de nada. Tava com muita fome e sede. Não sabia das "Normas" e acabei bebendo água de um poço que pertencia a uma mulher muito chata. Quando ela me viu, se escondeu e mandou avisar a guarda. Quando eles chegaram, eu não tava entendendo nada. Parti pra briga, meti a porrada mesmo! Aí vi que eram fracos, pareciam bonecas de pano. Mas um grupo maior de soldados conseguiu me conter, e acabei julgado pelo furto da água, que eu nem sabia que pertencia a alguém, e porque também afofei uns guardas.

O Ladrão engoliu em seco, pois a história se assemelhava muito com a de Agamenon, que só não coincidiu totalmente porque ele havia o encontrado antes de cometer alguma besteira.

— Sei... Estou com muita pena desse coitado. Mas, agora você deu todo o nosso dinheiro para comprar a liberdade dele. Nós é que vamos ter que cumprir o contrato inteiro com Zaede – Desabafou o Ladrão, sacudindo a cabeça.

— Ladrão, por gentileza, qual o compromisso mais urgente que nós temos? – O Ladrão ficou sem resposta. – E sinceramente, eu nem queria sair do *ludo* de Zaede.

Todos riram, pois já tinham entendido o motivo principal de Agamenon querer ficar.

— O que foi, pessoal? – Perguntou ele com cara de surpresa.

O Ladrão sacudiu a cabeça e deixou escorregar um sorriso.

— Meu mais novo amigo... – Começou a falar Brutus em tom sério –, eu no seu lugar, também não ia querer sair daqui nunca mais. – Começou a rir debochadamente. – Uma mulher como a Jade não dá pra esquecer não, meu irmão.

— Serão somente mais alguns circos. E poderemos juntar muito dinheiro, claro, se tivermos uma boa estratégia. Quanto mais Zaede lucrar, mais nós lucraremos – Completou Agamenon, com cara de inocente, ignorando os comentários.

— Agamenon, eu devo te alertar: essa noite que você passou com Jade pode não mais se repetir. Foi um prêmio. É melhor não criar expectativas. Mas, não se preocupe, pois se continuar chamando a atenção, não faltarão mulheres influentes e senhoras de suas casas querendo lhe dar presentes e dinheiro para ter uma noite com um campeão. Portanto, é melhor ir se acostumando – Explicou o Ladrão.

— O filhote de camelo tá certo. Mas, se sobrar algumas, por favor, lembra do amigo aqui. Nada melhor que os carinhos de uma bela mulher – Disse Brutus, com cara de bobalhão, simulando beijinhos.

— Filhote de camelo é a sua vó, bobalhão! Mas o troglodita tem razão. Não seja um garotinho apaixonado – Rebateu o Ladrão, já cedendo às brincadeiras com o novo integrante do grupo.

— Pessoal, estou com muita fome. O que será que temos para comer num *ludo* a essa hora da manhã? – Disse Agamenon, enquanto todos se dirigiam ao refeitório, que àquela hora estava abarrotado de atletas e integrantes dos circos visitantes.

Como todos os dias após as apresentações, hoje seria um dia de descanso; o treinamento seria retomado somente no dia seguinte. Agamenon colocou o braço sobre os ombros do Ladrão, como querendo consolá-lo de seu ciúme, que respondeu com um largo sorriso. Enfim, ele sentiu que não perdeu seu amigo, apenas ganhou outro.

No *ludo*, havia o costumeiro corre-corre do dia da partida. As outras caravanas estavam com suas carroças montadas para partir. Apenas esperavam que seus componentes realizassem seu desjejum.

— Quando será o próximo combate? – Perguntou Agamenon ao Ladrão, enquanto comiam.

— Já me informei sobre toda a turnê. Acontecerão jogos a cada nova lua. Portanto, três dias de jogos e quatro para deslocamento e treinamentos na sequência até terminar essa turnê.

— Serão quantos circos?

— Pelo que entendi, oito, o último em Nova Athenas, para apresentação a Creonte. Mas o penúltimo será na Lemúria, no *ludo* de Aragão. Mas devem se prevenir com o senhor Capile. Ele não vai deixar passar em branco o que aconteceu aqui ontem. Vocês dois devem estar bem-preparados para evitar qualquer derrota. Assim como aconteceu com ele, nosso munerário Zaede também pode ser envolvido numa disputa de apostas. Os contratos devem ser cumpridos, pagos ou punidos quando quebrados. E a punição é a perda da liberdade. É muito fácil um devedor, mesmo que de uma casa influente, se transformar em escravo.

— Então não vamos perder. Você não é o nosso empresário? Boto fé em você! – Brincou Brutus.

— Vamos ver... Dois frangotes como vocês podem me dar muito trabalho.

Todos riram da cara séria do Ladrão.

* * *

O tempo foi passando e a turnê estava transcorrendo dentro do previsto. O treinamento de Agamenon melhorou seu desempenho, principalmente na parte acrobática. Todos estavam impressionados. A cada dia, ficava mais interessante sua movimentação, e os golpes tiravam brados da plateia. Um a um, os desafios foram sendo vencidos. Zaede ia ganhando mais dinheiro a cada apresentação e, com isso, aumentando suas apostas na sua dupla de *primo palus*. O Ladrão estava já como braço direito dele nas negociações e nem ficava mais bravo com o apelido; todos já o chamavam assim. O furriel olhava torto para o magrelo, mas não podia deixar de reconhecer que ele tinha tino para os negócios.

E o que os amigos de Agamenon acreditavam que não mais aconteceria, aconteceu, e como aconteceu! A maioria das noites, Jade reservava para passar com seu preferido. Zaede começou a faturar com as propostas das Senhoras das Casas mais ricas para uma noite com um campeão. E, como Agamenon não estava disposto a trocar a sua parceria com Jade, quem tinha que ir para o sacrifício desgastante era o Brutus. Mas, segundo ele, nunca foi tão feliz. Não largaria essa vida no *ludo* do Zaede por nada.

Depois de passarem por quase todas as cidades, a caravana estava se dirigindo para Lemúria, a tão esperada penúltima etapa do circo, pois seria patrocinada pelo *munerário* Aragão e, como todos sabiam, Capile tinha contas a acertar com ele, sem falar de sua ira contra a Casa de Ur. Nesta etapa do circo, tudo poderia acontecer. Todos sentiam um clima de revanche no ar.

Após dois dias de viagem em carroças, até que confortáveis, avistaram as margens do Lago Itgos. Um lago gigantesco de água doce, calma e cristalina, que naquele dia estava tão parada que parecia um grande espelho refletindo o céu e as nuvens. Mas seus humildes pescadores não se iludiam: Quando vinham as tempestades severas, o lago podia engolir os barcos, levando consigo algumas almas descuidadas.

Os lemurianos, com exceção dos crentes, tinham certeza de que no fundo do lago morava uma entidade que alternava entre a benevolência da água, que trazia fertilidade às terras, ou a maldade das tempestades de raios e trovões. A ela chamavam de Grande Mãe, senhora do céu e da terra, que há muito escolheu adormecer no fundo do lago e, quando perturbada, reagia com fúria, sofrimento e morte.

A vida era abundante no lago. De suas águas saíam muitos produtos para serem vendidos em todo o reino, como peixes, aves, algas, junco, entre outros. A cidade estava numa localização muito privilegiada, pois, além da abundância de água, possuía extensas faixas agricultáveis entre dunas de areia, e, em sua margem poente, encontrava-se a Floresta dos Lêmures, o que deu nome à cidade. Nela vivia uma diversidade de espécies que não sobreviveria em outra região. Por isso, esta cidade possuía tamanha importância no reino e o seu governador acabava por ter tanta influência. Afinal, esse biossistema deveria ser preservado a qualquer custo.

À beira do lago, existia apenas uma vila de crentes composta basicamente por pescadores, pastores e artesãos. Eles viviam de seus ofícios, sem noção da importância da contribuição de suas atividades para a economia do reino. Na realidade, não se importavam com isso, pois devotavam suas vidas a cultuar o Deus dos Quatro Ventos. Em seus ritos, predominava a profecia da chegada do salvador que os livraria do tirano Creonte.

A delegação acampou às margens do lago, sob o abrigo das árvores. Zaede liberou os atletas a se banharem nas águas sagradas do lago. Eles se divertiram como crianças, algo natural devido à sua tão pouca idade. Agamenon estava sentado na parte rasa da água, olhando em direção ao horizonte, quando notou, numa colina que mesclava vegetação verde e areia branca, um deslocamento de soldados, alguns a cavalo e outros marchando a pé.

— Ladrão, está vendo aquilo lá naquela colina?

— Sim, devem ser tropas de Creonte pelos estandartes à frente da coluna. Parecem estar rumando para a Vila dos Crentes. Provavelmente acamparão por lá essa noite, para depois seguirem viagem. Amanhã, nós é que devemos chegar lá no final da tarde.

— Pois é – Disse Agamenon.

— Agora vamos aproveitar essa maravilha da natureza, antes que a Grande Mãe venha se vingar desses humildes profanadores.

— Como é que é?

— O povo de Lemúria acredita que uma feiticeira poderosa está adormecida no fundo do lago. Enquanto ela dorme, a natureza é benevolente com a humanidade, mas, quando perturbada, ela se vinga levando as almas dos homens para o fundo do lago. Mais uma das lendas de Acart, sendo que essa é considerada uma blasfêmia pelos crentes.

O acampamento deveria estar bem organizado. As carroças tinham que ficar perfeitamente alinhadas, tudo limpo e em seu devido lugar. O próprio Zaede se ocupava de realizar a fiscalização. Ninguém sequer considerava a ideia de se deixar levar por alguma preguiça ou desleixo. Menos, é claro, uma figura dissonante, mas muito relacionada a um campeão, ou seja, o pequeno Ladrão.

À noite, Agamenon esbravejava, arrumando a bagunça promovida por seu colega de carroça. Subitamente, ficou imóvel em silêncio. Um som de cantigas e danças chamou sua atenção. Desceu da sua carroça, seguiu até a última delas e se surpreendeu com um grupo de empregados de Zaede cantando e dançando em torno de uma fogueira.

— Espera aí, grandão! Onde pensa que vai? – O Ladrão, que o tinha seguido, o segurou pelo braço.

— Vou participar da festa; eles estão tão alegres, cantando e dançando.

— Agamenon, isto não é uma festa social! É um ritual para o Deus dos Quatro Ventos, somente iniciados podem participar. Você é crente, por acaso?

— Sério? Que pena, parecia tão divertido. – Mas, para contrariar seu amigo, os crentes chamaram Agamenon para a roda. – Viu! Estão me chamando.

— Não vá! Recuse educadamente. Lembre a eles que você não é batizado.

— Ah, Ladrão! Me deixa aproveitar!

— Isso vai dar merda! – Lamentou o Ladrão, colocando a mão no rosto.

Agamenon entrou na dança e logo já se encontrava no meio da roda, sob os olhares dos membros, que então começaram a cantar uma antiga reza, adaptando-a ao seu nome.

Agamenon é o escolhido
O filho do Deus iluminado
O rei Creonte será vencido
E o reino do mal derrotado
Agamenon será o rei
E a fartura nos trará
Sua espada será a lei
E a fé novamente vencerá

Ao ouvir o início da canção, que mais parecia uma oração, Agamenon ficou paralisado, atônito, sem entender nada.

— Viu? – Desabafou o Ladrão, levantando as sobrancelhas e coçando a têmpora. – Eu avisei! Agora, o que você vai fazer?

— Pessoal, desculpem, mas eu sou só um gladiador; não tenho nada de especial, tenho apenas sorte.

Agamenon se colocou na frente de vários deles, mas pareciam não ouvir; apenas repetiam a cantoria. Apenas um deles, que parecia ser um ancião, lhe dirigiu a palavra, como uma forma de profecia.

— Esse ritual consagrou o início da profecia. A partir de hoje, todos os eventos o levarão ao seu destino de vencer a tirania, onde quer que ela esteja – Disse um homem velho, de baixa estatura, com olhos profundos e parados no horizonte, como se estivesse em transe.

— Vamos, Agamenon; não estão mais te vendo ou ouvindo, entraram em um estado de euforia causado pelas ervas que consomem enquanto dançam.

— Concordo! Temos que dormir cedo. Amanhã, levantamos acampamento para seguir para a vila dos pescadores.

Agamenon ficou muito impactado com o que estavam pensando dele; isso, em conjunto com suas angústias por não se lembrar de quem era, o levou a sucumbir ao sono somente muito tarde. No pouco tempo em que conseguiu dormir, teve um sonho que confundiu mais ainda sua cabeça:

> *Essa espera era um momento crítico da operação; qualquer falha poderia colocar todo o ataque da divisão a perder. Um movimento precipitado poderia gerar mais baixas do que o esperado.*
>
> *Ele estava deitado com o corpo quase submerso no charco, em total escuridão, nenhum barulho, apenas as rãs coaxando. Qualquer som diferente poderia chamar a atenção do inimigo, que se encontrava a poucos metros, logo acima na linha de tocas da defesa.*
>
> *Ainda bem que a noite de verão amenizava a possibilidade de hipotermia nos homens. Algum animal esbarrou em seu corpo no fundo do charco; teve a impressão de ser uma cobra, mas não podia expressar qualquer reação. Suas mãos desprotegidas salvaguardavam a sua Browning A-5 acima da superfície. Nem pensar em entrar em linha para o assalto com uma arma que pudesse travar na frente das tocas do inimigo.*
>
> *Conforme ele se movimentava lentamente, os gases do fundo lodoso iam sendo liberados, e o cheiro forte de enxofre, oriundo da decomposição orgânica,*

parecia apodrecer seu nariz. Pior era saber que esse cheiro iria acompanhá-lo por muito tempo, até que pudesse tomar um banho. Mas o que era um banho para quem estava esperando para entrar em combate, podendo não ter um depois?

O seu temor era que os homens não estavam bem adestrados, e se o inimigo realizasse um disparo para fazer um reconhecimento em força, poderia ter um resultado desastroso.

Toda a 3ª Divisão estava pronta na linha de partida, que se prolongava por quilômetros. Era um grande ataque coordenado e poderia fazer toda a diferença para avançarem sobre as linhas inimigas e pôr fim àquela guerra. Eles estavam aguardando os fogos preparatórios. Tinham a missão de conquistar aquele objetivo, uma colina que dava superioridade no terreno e liberava os trens de combate e de suprimento.

O comando possuía a informação de que os alemães haviam iniciado um movimento retrógrado, mas isso não diminuía em nada o perigo dessa operação. Uma famosa emboscada havia sido realizada sob o ardil de um movimento retrógrado. Um coronel imbuído de perseguir o inimigo, aproveitando o êxito do ataque, acabou deixando o seu batalhão exatamente no ponto desejado pelo inimigo, o que foi uma lamentável decisão, pois o inimigo havia reorganizado suas forças, reconquistado o objetivo e ido além, reavendo pontos estratégicos.

A inteligência havia passado a informação de que aquela operação estava numa relação de quatro para um. Mas para perder a vida era preciso apenas um disparo, ou estar no local errado.

Certamente muitas baixas aconteceriam após a ordem de assalto.

Essa agonia da espera trouxe a ele as imagens de sua casa: Seu pai, sua mãe, seu irmão sardento que sempre atrapalhava seu namoro com Estela. Ah, como era grande a saudade do cheiro do campo ao amanhecer e até dos estábulos. Seu estômago avisava da fome, e ele chegava a sentir o gosto da sopa da sua mãe. Se não fosse essa guerra, estaria cuidando da sua fazenda e muito bem casado. Poderiam dizer que foi um casamento arranjado, mas da parte dele, amou Estela desde a infância, quando se conheceram no colegial. Estela era tão doce, meiga, mas dona de uma inteligência e sagacidade que não havia encontrado em ninguém mais. Normalmente, ele se perdia no seu olhar e na sua voz suave. Ela contava-lhe seus sonhos com detalhes mirabolantes. Ele sabia que ela iria conquistar tudo o que quisesse. Ele vivia na esperança de *nunca estar fora dos seus planos. Agora, com essa maldita guerra, que já durava dois anos... Ele esperava apenas que ela aguardasse o seu retorno. Mantinha com ele uma pequena foto que ela lhe deu na despedida, a qual sempre que podia ficava admirando.*

Um disparo ocorrido há uns 800 metros de sua posição lhe devolveu à funesta realidade malcheirosa do charco. Ele tinha a esperança de que fosse apenas o inimigo fazendo seus testes, pois, se fosse um deles, logo as metralhas iriam começar a vomitar chumbo.

Nenhum movimento sucedeu ao tiro. Ele agradeceu a Deus por ter sido um tiro fortuito do inimigo. Pelo jeito, do lado de lá também existiam soldados que cometiam erros. O tempo foi passando, minutos pareciam horas. O cansaço começou a dominá-lo; mesmo com o corpo submerso na água, acabou sendo vencido pelo sono. Acordou de sobressalto com o estrondo da explosão da primeira granada de morteiro que caiu na linha de tocas do inimigo. Começaram os fogos preparatórios; em vinte minutos, seria dada a ordem de assalto. Ele pediu que Deus guiasse sua alma. Seu coração acelerava a cada granada, e os disparos das metralhadoras inimigas na direção deles não deixavam que levantassem a cabeça. Ele já escutava os gritos de agonia dos soldados atingidos pela execução dos tiros das tocas e dos inimigos feridos com a execução dos fogos no interior da posição. Por fim, ele perdeu o controle e acabou chorando baixo, mas não podia demonstrar.

— Agamenon, acorde! Vamos, acorde, homem! – O Ladrão sacudiu o corpo adormecido de Agamenon.

— O que foi?

— Você estava dormindo, choramingando, e está molhado de suor. Acabou me acordando. O que houve? Estava sonhando com o quê? Você se lembrou de alguma coisa do seu passado?

— Um sonho muito estranho, era eu, mas não era eu ao mesmo tempo – Agamenon passou a mão sobre o rosto suado.

— Ih, agora confundiu tudo. Como assim, não era você? Era ou não era você?

Agamenon resolveu se sentar na cama, aproximou a vela do seu rosto e encarou o Ladrão com tristeza.

— Acho que estou enlouquecendo, meu amigo. Senti toda a dor que estava vivendo no sonho. Era uma operação de guerra, mas com armas, uniformes e grandes bombas que caíam do céu. Eu não tinha esse corpo, tinha uma estatura menor, mais magro. Não era este homem que está na sua frente. Eu vi os rostos das pessoas que, no sonho, eram meus pais, meu irmão e minha noiva. As sensações eram muito verdadeiras. Foi o primeiro sonho que consegui me lembrar desde que acordei naquela manhã à sombra da muralha. O medo de morrer era enorme, tudo parecia muito real.

— Não sei o que dizer. Apenas tente não se esquecer das pessoas que apareceram no sonho; podem ter relação com você, mas, como não se lembra, tomaram a imagem desses personagens do seu sonho. Agora, temos que levantar o acampamento; já está amanhecendo, e logo o chato do Zaede estará tocando o horror para prosseguirmos viagem.

— Vamos lá, então. Não vou dormir mais mesmo – Decidiu-se Agamenon.

A luz do amanhecer fez surgir a esperança de um novo dia. Jade admirava sozinha o nascer do sol à beira d'água. Seus pensamentos estavam muito confusos; gostaria de fugir com seu amado, mas sabia que não tinham para onde ir. Possuía uma vida de rainha, podia aproveitar suas regalias e desfrutar da companhia de seu preferido. Mas não era isso o que ela desejava. Sentia que estava tudo errado. Era consciente de sua escolha. Ela desistiu de ser a Senhora da Casa que governava Al-Kibar em favor de sua irmã gêmea ao se casar com Zaede. Sua irmã casou-se com um nobre e deu à cidade uma menina de sangue real, que, infelizmente, morreu ainda bebê. Zaede não tinha sangue real, mas era um homem em quem ela confiava muito. Jade sabia das consequências de se casar com um homem como ele. Uma delas a entristecia muito: era o envelhecimento precoce. Zaede era poucos anos mais velho que Jade, mas aparentava uma diferença muito grande. Era o destino dos que não possuem sangue real. Ela sabia disso. Somente os nobres sabiam.

Agamenon estava preparando a carroça para partida e notou Jade em pé à beira do lago. Resolveu lhe dar bom dia.

— Ladrão, faça alguma coisa para variar enquanto eu vou lá falar com Jade.

— Legal, sempre deixando o trabalho duro para mim.

— Você nunca faz nada, seu reclamão!

Agamenon chegou lentamente, admirando sua silhueta nos véus semitransparentes.

— Bom dia, Jade!

— Bom dia, meu amor. estava aqui pensando exatamente em você.

— Sério? Fico lisonjeado. E o que seriam esses pensamentos? – Ele se postou à frente de Jade, que lhe retribuiu um sorriso hipnotizante.

— Seriam voltados a encontros de pele e boca – Ela liberou um sorriso malicioso, abrindo a frente de suas vestes e revelando seu corpo.

— Nossa! Como eu gostaria de te amar aqui, agora.

— Agora? Agora é só para te dar um gostinho. À noite, quando chegarmos à vila, eu vou te esperar na minha carroça. – Ela fechou então as vestimentas, piscou o olho e retornou à sua carruagem.

Quando Agamenon subiu na carruagem para partirem, um vento muito estranho, num sopro só, levantou muita areia e assustou os cavalos, forte como se uma grande onda estivesse passando e levando a poeira consigo.

— O que é isso? – Perguntou o Ladrão ao seu parceiro de viagem.

— É o vento da morte – Respondeu ele, sem pensar.

— O que você disse?

— Nada, não falei nada. Vamos partir...

VII

A PROFECIA

Depois de um dia muito quente de viagem, onde foram necessárias algumas paradas para o descanso dos cavalos, finalmente as luzes da vila já começavam a surgir no horizonte. Zaede achou estranha a intensidade dessas luzes. Até pareciam mais focos de incêndio do que a iluminação normal das lamparinas a óleo das ruelas; por isso, resolveu acelerar o deslocamento. Ao chegar à vila, constatou com horror que era muito pior do que ele pensava.

— Ajudem todos, houve um ataque na vila; vamos procurar por feridos – Ordenou Zaede.

Agamenon saiu correndo em uma velocidade sobre-humana. O som distante do choro de uma menina, que só ele conseguia ouvir, chamou sua atenção. Ao chegar à beira do lago, viu essa criança deitada na praia com metade do corpo submerso, seus cabelos loiros estavam encharcados de sangue e areia. Ela respirava com dificuldade, um choro de agonia. Agamenon se ajoelhou ao seu lado e colocou a cabeça da menina na sua perna, tentando, aos prantos, limpar-lhe o rosto.

— Calma, meu amor, vai ficar tudo bem.

— Minha mãe, chama minha mãe! Por favor, moço! – Gritou a menina com dor. Uma dor que lhe fazia contrair a barriga e tornava insuportável a respiração. Era um gemido de uma criança sem esperança de viver.

A essa altura, o Ladrão já havia chegado ao local e se chocou com o que estava presenciando. Ao longe, podiam-se ouvir os gritos dos homens de Zaede à procura de algum sobrevivente entre os escombros e entrando nas casas que ainda tinham ficado em pé.

— Fica quietinha, minha filha, vai ficar tudo bem! – Agamenon tentava confortar a menina, acariciando seu rostinho. As lágrimas escorriam sem controle pela face do gigante, que agora parecia tão desprotegido quanto a menina.

— Foram os soldados, chegaram matando todo mundo... – Ao terminar a frase, ela acabou tossindo e cuspindo sangue; uma costelinha quebrada havia perfurado seu pulmão. – Tô com medo, pai... Me ajuda... – A agonia da menina começou a confundi-la.

— Estou aqui, minha filha, não vou deixar nada te acontecer novamente...

— Pai, tá tudo escuro, tô com frio, dói muito...

A menina não resistiu, e Agamenon sentiu a vida deixar o corpo dela, estremecendo seus nervos e parando seus olhinhos na direção do céu.

— Não! De novo não!

Agamenon sofreu a dor do momento como uma lembrança do passado; sentiu a perda da menina como se fosse sua própria filha, perdida nas suas memórias esquecidas. Ele a pegou nos braços e caminhou em direção à carruagem de Zaede, de onde ele coordenava o trabalho de procura por sobreviventes.

— Senhor Zaede, por favor, providencie um enterro decente para minha filha.

Zaede estranhou o pedido do seu melhor atleta, sem saber se era mesmo sua filha ou se ele estava apenas chocado com essa tragédia. Aliás, todos estavam experimentando um terror desconhecido.

— Sim, meu filho, vamos providenciar o enterro de todas as vítimas.

Jade espiou pela cortina da carruagem e chorou, não conseguia entender o que estava acontecendo. Notou a mudança no semblante do seu amado, que, naquele momento, demonstrava apenas dor. Zaede pegou o corpinho da menina nos braços e a levou. Agamenon correu até um cavalo, montou e saiu em disparada na direção do rastro deixado pelos cavalos dos possíveis assassinos.

— Agamenon, não vá sozinho! Espere por mim!

Agamenon já estava longe demais para ouvir a súplica de seu amigo Ladrão, que correu para os cavalos com a intenção de alcançá-lo. Ao fazer isso, ele ficou frente a frente com uma figura estranha, vestida com terno branco, cabelo muito bem penteado e óculos com lentes de tonalidade esverdeada, que lhe davam a possibilidade de visão noturna. Notadamente, esse estranho personagem não esperava ser flagrado por alguém. O silêncio combinado com o medo deixou o Ladrão paralisado, enquanto o outro apenas ficou decepcionado por ter sido visto.

— Quem é você? – Perguntou o Ladrão.

Amanheceu, e o Ladrão percebeu que se passaram algumas horas entre a pergunta e ele se dar conta de que estava em pé, paralisado. Resolveu voltar para ajudar seus colegas a enterrarem os corpos. Encontrou seus amigos retornando. Agamenon e seu cavalo estavam ensanguentados.

— Agamenon, o que você fez? Vem por aqui, você precisa se lavar antes de chegar na vila. Você não pode ser visto assim. Com tanto sangue, todos serão testemunhas de que você fez algo de errado – Disse o Ladrão.

Brutus apenas sacudiu a cabeça, inconformado com o que havia acontecido. O Ladrão levou os dois até o lago para tirar qualquer vestígio de sangue de seus corpos, mas nada é perfeito. Logo que chegou ao acampamento, Agamenon foi interpelado por Zaede.

— Onde você estava, meu rapaz? O que fez durante essa noite terrível? – Agamenon ficou sem saber o que dizer. – Todos os integrantes da caravana ficaram à procura de sobreviventes, resgatando corpos sob o madeirame queimado, mas, infelizmente, quem fez isso foi eficiente, não deixou uma viva alma para contar a história. Logo vamos iniciar os rituais fúnebres. Eles eram todos crentes. O ritual será providenciado pelos crentes de nossa caravana. Tudo seguirá conforme a religião deles. É o mínimo que posso fazer.

Zaede notou que não existia mais a ternura juvenil no rosto do gigante, mas sim um rosto transtornado pelos acontecimentos, que por ora preferiu ignorar. Jade se aproximou enquanto Zaede saiu para tomar providências.

— Onde você esteve a noite toda? – Questionou Jade de forma ríspida. Ela notou que Agamenon havia se banhado para retirar qualquer vestígio, mas um detalhe não escapou à sua visão: uma pequena mancha de sangue no *kilt* de couro úmido. – O que você fez, Agamenon?! – Gritou ela, com o rosto enfurecido.

— Matei todos... Cavalguei em direção aos soldados que estavam vindo para cá, retornando para matar todos nós. Não perdi tempo, ainda sobre o cavalo, ataquei os que vinham em minha direção; a cada golpe que dava, eu decapitava, arrancava braço, perna, abria suas barrigas e, quando desmontei do cavalo, fui muito rápido em terminar o que eles começaram. Os malditos, contra mim, não tiveram condições de se defender; minha velocidade impedia que conseguissem se organizar. Quando notei que havia matado todos, perdi totalmente as forças e desmaiei na areia. Acordei com o sangue deles coagulado em meu corpo.

— Não toque mais em mim! Tudo hoje parece um pesadelo. Que tipo de monstro é você?

Jade ficou chocada com a frieza de Agamenon. Ela se afastou com nojo do que pareceu ser um convencimento ao relatar os detalhes que ela preferia não ter ouvido.

A partir desse dia, Agamenon talvez nunca mais teria o privilégio de ter a mulher que mais amou em sua cama.

Ao fim da manhã, uma vala comum estava aberta para enterrar todas as vítimas daquele crime, que mais tarde ficaria conhecido como o Massacre do Lago Itgos. A tristeza e o desânimo, além do cansaço, tomavam conta de todos os integrantes da caravana, com exceção de Agamenon, que ruminava o seu ódio. Os crentes que faziam parte do circo orientavam e se engajavam nos procedimentos fúnebres.

— Meu Deus! Nunca presenciei nada como isso – Desabafou Zaede, com lágrimas escorrendo na sua face rosada.

Jade afagou seus ombros e suas costas.

— Nem eu, meu amor. Não sabia que existia toda essa crueldade no mundo. Não consegui continuar ali quando vi os corpos dos pequeninos; eram tantos, alguns mal deveriam ter aprendido a caminhar, seus corpinhos queimados, muitos feridos a espadas. Vi um bebê com uma estaca na barriguinha. Que tipo de soldado faz isso? Que tipo de comandante manda seus homens fazerem isso? Tantas crianças mortas e nós querendo uma criança para herdar a nossa casa.

Jade sentiu que suas vistas escureceram e tudo girou ao seu redor. O vômito escapou enquanto seu corpo desabava no chão.

— Jade, o que houve? – Disse Zaede, assustado, tentando acudi-la. – Brutus, me ajude aqui; vamos levá-la para o seu cômodo na carroça.

Agamenon observou de longe tudo que estava acontecendo, já com sua vestimenta limpa do sangue. Ele preferiu não se aproximar, mas ficou preocupado com Jade.

Ao deitar-se na cama, Jade voltou a si, o que de pronto induziu Zaede a cuidar de sua recuperação.

— Beba água, querida. Tudo isso acontecendo, tanta maldade à sua volta, deve ter lhe impressionado; seu coração puro não aguentou.

— Obrigada, marido.

Após beber uma boa quantidade de água fresca, sua palidez começou a dar lugar à sua cor natural. A essa altura, o calor já era quase insuportável. Brutus saiu e foi ao encontro de Agamenon. As imagens que viu também o estavam atormentando; imaginou como estaria seu amigo, que liberou toda sua raiva no fio da sua espada.

— Você tá bem, meu irmão?

— Estou, Brutus. Na realidade, minha preocupação agora é com Jade. O que houve com ela?

— Acho que toda essa carnificina a impressionou.

Brutus puxou o amigo pelo braço para conversarem sob a sombra da lona da sua carroça.

— Ela não quer que eu me aproxime mais dela. Não sei o que houve comigo. Não sei de onde saiu tanta raiva. Só enxergava aquele corpo da menina nos meus braços como se fosse minha filha. Odiei cada soldado que matei; sentia minha espada cortando seus órgãos, quebrando seus ossos. Via em seus olhos o desespero ao perceberem que não podiam fugir de mim. E eu gostei de ver o medo deles, eu queria que sentissem o que essas pobres almas sentiram na hora de suas mortes. – Agamenon apontou para os corpos amontoados em carroças. – E ainda estou sentindo uma gana, mas agora é de matar Creonte.

— Eu vi o que você fez com aquele pelotão, mas algo me chamou a atenção...

— O quê?

— Pessoal, preciso contar para vocês a visão que tive quando tentei alcançar Agamenon. – Interrompeu o Ladrão sem pedir permissão alguma, e, antes mesmo de perguntarem o que aconteceu, já saiu vomitando toda a história sobre o homem com vestimentas e óculos muito estranhos. – Fiquei paralisado em frente àquele homem alto e magro, ele estava observando você partir em busca dos assassinos. Estava tão compenetrado que demorou a perceber minha presença. Quando me viu, ele se espantou como se tivesse sido pego com a boca na botija. Mas o que seria? Outra coisa que me intrigou. Eu poderia jurar que ele me reconheceu. Um grito vindo do interior da vila me chamou a atenção; quando retornei a olhar na direção onde ele estava, horas tinham se passado, e ele já havia desaparecido. Um gelo tomou conta do meu estômago. Fiquei perdido por alguns instantes tentando entender o que havia acontecido. Como não achei resposta, eu saí correndo para a vila. – Relatou o ladrão, com os olhos esbugalhados.

— Tantas coisas em um mesmo dia, gostaria que tudo fosse um pesadelo como ontem. – Desabafou Agamenon.

— Mas, dessa vez é real! Disso, eu tenho certeza. – Falou o seu amigo franzino.

— Agamenon, eu te aconselho a fugir o mais rápido possível; logo vão encontrar aquele pelotão, e vão chegar até você. Muitas pessoas te viram sair correndo à procura dos assassinos.

Mal Brutus terminou de falar, ouviram o som de cães ladrando e uma cavalgada. Relinchos e comandos dados com ênfase denunciavam a chegada de uma tropa. Os três, então, se dirigiram à carroça de Zaede, onde identificaram uma comitiva encabeçada pelo estandarte do governador Cael. Perfaziam mais de duzentos soldados entre homens e mulheres. A fama da guarda pessoal de Cael era de soldados bem treinados, uniformes impecáveis, e os deles estavam muito bem cuidados, limpos até demais.

Cael desmontou em frente à carroça de Zaede, entregou seu cavalo a um servo.

— Meu caro nobre, o que houve nessa santa vila?

— Infelizmente, um massacre, meu senhor. – Zaede fez a reverência e, como já tinha encontrado o jovem governador em outras etapas do circo, sentiu-se à vontade para contar tudo que vivenciou. – Mataram todos e queimaram algumas casas. Não sobrou ninguém para contar o que aconteceu. Chegamos no início da noite e quem fez isso já tinha partido. Então, procuramos por feridos, mas, infelizmente, não encontramos sobreviventes. Caso tenha havido algum, levaram com eles. Mataram até as crianças, inclusive os bebês.

— Meu Deus! – Desabafou Cael, com olhar espantado.

— Estamos preparando o enterro de acordo com os rituais da religião deles.

— Sim, é justo. Vamos ajudar na realização dos atos fúnebres. – Cael chamou seu ajudante de ordens. – Capitão, designe alguns homens para ajudar nos preparativos do enterro; quanto mais rápido for realizada a cerimônia, menor o risco de os corpos começarem a apodrecer. E prepare também uma equipe para rastrear os culpados. E, caso os encontrem, é muito importante que não entrem em combate, não se aproximem, apenas mandem um mensageiro que iremos em reforço e levaremos esses assassinos à justiça de Creonte.

— Meu senhor, há dois dias, vimos um pelotão da Guarda Real vindo nesta direção.

Uma voz vinda dos crentes que se aglomeravam próximo aos soldados de Cael. Estes estavam se organizando para realizar as tarefas necessárias para o início dos atos fúnebres.

— Não levante essa calúnia contra nosso rei. Deixo de mandar açoitá-lo devido a entender sua dor diante de tanta selvageria.

Um governador teria a obrigação de executar uma punição a um súdito que afrontasse a honra da família real. Mas Cael odiava tanto Creonte que talvez entregasse uma medalha para quem provasse que o rei tivesse cometido um ato contrário à própria lei que criou.

— Capitão, providencie logo a patrulha e mande que montem acampamento aqui. Vou ficar essa noite me solidarizando com o senhor... – Cael olhou para Zaede aguardando o nome.

— Zaede, meu senhor – Completou o chefe da caravana, que acreditava ter sido reconhecido antes pelo jovem nobre.

— Zaede dos circos?

— Sim, meu senhor – Respondeu ele, agora com um sorriso nos lábios por ter sido reconhecido, finalmente, pelo nobre.

— Sua fama o precede, e a beleza de sua esposa também. Aliás, onde ela se encontra?

— Meu senhor, com todo esse horror, ela ficou profundamente abalada e está recolhida.

— Entendo, mas não gostaria de ficar aqui sob esse sol ardente até que montem minha tenda.

— Oh! Sim! Perdoe-me, governador. Por gentileza, venha e adentre minha humilde carroça. Tenho os melhores licores do reino; acredito que terei algum que lhe agrade o paladar.

— Sim, sou um apreciador de bebidas doces.

O ritual foi marcado pela tristeza e o choro das poucas mulheres da caravana compadecidas com as mortes. Glauco, servo pessoal de Cael, era um crente que já demonstrava na aparência certa idade, se prontificou a organizar o ritual. Na cabeceira da vala foram posicionadas tochas acesas e aos pés, vasilhas de cerâmica com água; a orientação dos corpos era para o nascente. Glauco ia passando pela vala. Em cada vasilha, mergulhava um ramo de sálvia e sacudia a água com a mão direita nos pés das dezenas de corpos amontoados no fundo da vala. Com a mão esquerda, recebia um punhado de sal, o qual ia soltando sobre os corpos. E foi assim até que alcançasse o final daquela vala que parecia interminável, possuía mais de quarenta passos de comprimento. Foi um esforço imenso por parte dos membros da caravana de Zaede abri-la.

Os crentes murmuravam suas ladainhas enquanto os outros apenas respeitavam, mantendo-se em pé e em silêncio. O único sentado era o Governador, o que sua prerrogativa claramente permitia. Em seu perfil, era fácil notar a falta de preocupação. Aparentemente, estava devaneando em seus pensamentos, muitas vezes olhando para o lado e raramente olhava diretamente para os mortos. Já os três amigos assistiam de longe.

— Como isso foi acontecer? A tua reação pode ter dado início a essa maldita profecia ou à nossa morte – Disse Brutus, colocando a sua mão no ombro do amigo, como se para consolá-lo do destino que os aguardava.

— Não, se pudermos evitar, Brutus. Apenas nós três sabemos o que o grandão fez. Temos que protegê-lo a todo custo – Ponderou o miúdo.

— Ladrão, a Jade já sabe de tudo e está muito decepcionada comigo. Eu acredito que ela não vai poder guardar segredo. Foi um crime grave demais para alguém se arriscar. E um segredo que mais de duas pessoas sabem não é mais um segredo – Lamentou-se Agamenon, passando a mão no rosto.

Enquanto os soldados se revezavam com o enterro coletivo, a patrulha enviada por Cael retornou com uma notícia já esperada pelos três amigos.

— Meu senhor Cael! – O capitão, esbaforido, desceu do cavalo apressadamente e caminhou em direção ao seu senhor.

— Fale, capitão!

— Encontramos um pelotão.

— Então, por que retornaram? – Questionou o governador, já ensaiando uma cara de repúdio à atitude da patrulha. – Deviam ter ficado no encalço deles e mandar um guia para enviarmos o restante da tropa.

— Senhor, não era necessário, eles já estavam todos mortos. Deixei apenas uma pequena guarda no local.

Explicou o capitão sob os olhares de alguns oficiais subalternos e do casal Zaede e Jade. Ela se encontrava um pouco afastada para evitar os olhares de Cael.

— Você falou um pelotão? Era realmente uma guarda real?

— Sim, meu senhor, com uniformes e estandartes oficiais; não sobraram nem os cavalos, todos estavam mortos de uma maneira selvagem. Os corpos estavam retalhados, os pedaços se espalhavam pela areia, cabeças jogadas longe de seus corpos impediam até de se saber a quem pertenciam. Não mexemos em nada para que o senhor possa analisar o local do combate. Não foi encontrado nenhum corpo que não estivesse uniformizado, nem sinal de quem possa ter realizado tal façanha.

— Vamos lá então, preparem meu cavalo! – Ordenou Cael a seu ajudante de ordens. – Quanto a você, nobre Zaede, cuide de tudo enquanto investigo o ocorrido.

— Sim, meu senhor, Cael. Pode ficar tranquilo, que coordeno tudo aqui.

Zaede ficou assustado com o relato do capitão, pois sabia que Agamenon pegou um dos cavalos e seguiu em perseguição aos assassinos. Jade estremeceu dos pés à cabeça.

— Jade, eu acredito que Agamenon esteja envolvido nisso – Disse Zaede.

— Como poderíamos saber que ele tinha coragem de fazer uma coisa dessas? Conhecemos ele há tão pouco tempo. Mesmo que ele já tenha conquistado nossa confiança. A verdade é que não sabemos de onde ele veio e, pior, nem ele sabe! – O desespero do que possa advir dessa atitude de Agamenon começou a descontrolar suas emoções.

— Você está chorando, meu amor?

— Tudo isso, tantas mortes acontecendo... E agora saber que um de nossos atletas acreditou que poderia pegar a justiça em suas mãos, pagando mortes com mais mortes. Isso pode acabar com tudo o que construímos.

Jade começou a sentir tudo rodar à sua volta novamente.

— Não estou me sentindo bem. Preciso me deitar!

— Pois não, meu amor, deixe que eu mesmo vou tomar conta desse assunto.

Zaede mandou chamar Agamenon, que foi ao seu encontro acompanhado de seus amigos.

— Agamenon, você teve alguma coisa a ver com o massacre da Guarda Real? – Questionou Zaede, sentado em sua mesa, sem nem esperar que os colegas de Agamenon terminassem de adentrar na carroça.

— Não, meu senhor, meu amigo não têm nada a ver com essa história – Foi respondendo rapidamente o Ladrão.

— Fui eu! Estava cego com a morte daquela menina nos meus braços. Fui atrás deles e os encontrei quando já estavam voltando para vila, provavelmente nos atacariam à noite. Como estavam ainda muito próximos, eles devem ter ouvido nossa movimentação, os gritos à procura de sobreviventes e decidiram voltar para matar a todos e não deixar testemunhas. Peguei-os de surpresa, não esperavam que apenas um homem pudesse enfrentá-los. Fui rápido, agi sem compaixão, não tiveram como se defender. Nem a luz do luar os ajudou a me ver. Matei a todos.

— Ele não sabe o que está dizendo, bateu a cabeça, está doidão. Imagina um homem derrotar um pelotão inteiro de soldados treinados do reino.

— Ladrão, é bonita a defesa do seu amigo, mas ele já confessou, e eu acredito nele. Só espero que essa maldita profecia dos crentes não seja verdadeira, pois, senão, estaremos encrencados.

Zaede levantou-se e apoiou as duas mãos na mesa, como se convencido de que não tinha forças para lutar contra o destino.

— Brutus, foi você que o achou lá... O que Cael irá encontrar?

— Senhor Zaede, quando cheguei, a luta já tinha acabado, só encontrei o Agamenon vivo no meio de corpos em pedaços. O sangue tinha manchado a areia. O cheiro da morte tava no ar. Até as raposas do deserto já tavam rondando em busca de comida. Ele tava coberto de sangue, só dava para enxergar os olhos. Agamenon salvou a gente, os rastros mostravam que o pelotão tava mesmo vindo pra cá. Eles tavam a menos de seis mil passos daqui.

— Então, você nos salvou, filho – Disse Zaede, colocando a mão no rosto de Agamenon. – Como você o trouxe de volta? – Perguntou ele ao Brutus.

— Mudei um pouco o cenário, espantei os cavalos que ainda tavam vivos, espalhei os pedaços decepados e enterrei algumas cabeças na areia para causar confusão. Ele tava em estado de choque; coloquei ele no cavalo e voltamos até o lago para lavar ele e o cavalo.

— Não importa se você acha que ele nos salvou, Zaede. Ele é um assassino! Entrou em nossas vidas para trazer a morte, a desgraça e a destruição! – Jade, que se encontrava atrás da cortina, interrompeu a conversa entrando enfurecida, apontando o dedo para o rosto de Agamenon, que apenas abaixou os olhos. – Entregue-o a Cael, deixe que pague por seus crimes, pois, senão, ele irá destruir a todos nós – Jade mal terminou de falar, ficou tonta e desmaiou, caindo nos braços de Agamenon.

— Jade! Ela não está bem, está tendo desmaios, tonturas e náuseas o dia todo. Leve-a para a cama, por favor – Suplicou o senhor Zaede.

Agamenon, com Jade nos braços, só queria que nada disso tivesse acontecido. Ele estava feliz nesta nova vida nas arenas. Essas lutas eram mais acrobáticas do que violentas; eram um espetáculo visual para entreter as pessoas. Tinha encontrado amigos de verdade, estava apaixonado e era correspondido por uma das mulheres mais lindas do reino. Ao colocar Jade na cama, ajeitando sua cabeça cuidadosamente no travesseiro, ela acordou.

— Saia daqui! Não quero nunca mais ver você! Seu assassino! Você é igual aos soldados que matou!

— Não, Jade...

— Saia agora!

Agamenon se retirou para junto de Zaede e seus amigos. Estes estavam confabulando como defendê-lo perante o governador sem correrem o risco de também serem condenados. Mas ele apenas se manteve no seu silêncio, digerindo as palavras de Jade. Não demorou muito e um servo adentrou a carroça e avisou a Zaede que o governador Cael retornou.

Ao entrar na tenda, já definitivamente montada com todos os aparatos e acessórios exigidos pelo jovem governador, Zaede notou de pronto a apreensão do Estado-Maior de Cael, que surgiu inesperadamente no local.

— Meu senhor, eu preciso lhe falar.

— Agora não, caro Zaede! Estamos debruçados sobre os indícios que temos e estamos tentando entender o que de fato aconteceu. Encontramos um pelotão da Guarda Real dizimado, com corpos desmembrados, cabeças enterradas na areia... Uma violência que eu nunca tinha visto. A cena do crime foi alterada e, por mais que procurássemos, não encontramos nenhum indício de autoria.

Enquanto Cael demonstrava um ar muito sério e concentrado no enigma, Zaede apenas ouvia sua análise do que tinha absorvido até o momento.

— Temos uma vila atacada sem sobreviventes e um pelotão real chacinado. O que nos leva a duas linhas de raciocínio: Primeira, podemos deduzir que quem fez isso com a vila, também matou a patrulha real. Segunda, o ataque à patrulha foi um ato de vingança, no caso improvável do pelotão ser o causador dessa tragédia com esses pobres pescadores. O que sugere, nas duas situações, que temos um terceiro elemento. Então, caro Zaede... O único elo que se conecta nas duas premissas é a sua caravana. O que você está me escondendo?

Zaede sentiu seu coração quase explodir em seu peito, já fora de forma há algum tempo. As conclusões do governador estavam perigosamente direcionadas para sua equipe. Não via naquele momento de desespero uma saída de emergência. Precisava tomar uma decisão, uma que lhe garantisse a sobrevivência de sua linda mulher e, se possível, de toda a caravana. Neste momento, não poderia ter escrúpulos; o que eram as vidas de três homens, um malandro de rua, um condenado da justiça recém-liberto e um gigante que nem sabia de onde saiu? Afinal, foi ele que os colocou nesta situação. Mas gostava muito do rapaz e sabia que sua esposa também o amava.

— Meu senhor, era isso que eu queria lhe dizer...

Cael abriu um sorriso jocoso, pegou um cacho de uvas sobre a mesa de madeira, que, apesar da poeira natural do lugar, estava perfeitamente limpa e brilhosa, sentou-se em sua cadeira, que qualquer descuidado chamaria de trono.

— Pois então, fale. Estou muito curioso sobre o que você tem a contribuir para a solução dessa investigação. Mas antes, chamemos um escriba para oficializar o seu depoimento.

Essa parte da frase "para oficializar o seu depoimento" causou calafrios em Zaede, que teria que ser convincente, mesmo falando a verdade. Ele já participara de julgamentos em que testemunhas se perderam no depoimento e foram condenadas, por falso testemunho, a trabalhar nas forjas. Poucos sobreviviam à pena, os condenados morriam em menos de três anos. Cael era metódico e não se arriscaria a deixar de cumprir uma etapa de uma investigação, ainda mais envolvendo um pelotão da Guarda Real. E, como notado, dois crimes cometidos com imensa violência poderiam provocar grande instabilidade no reino de Creonte, o que o faria agir com força sobre os envolvidos.

Zaede contou toda a história do jeito que entendeu e combinou com os três criadores desse imbróglio. Cael se deliciou com toda aquela fábula contada por todas as testemunhas, inclusive Brutus e Nikolas (o Ladrão), que, neste momento, não fez menção ao apelido dado pelo amigo. Até que Cael pediu para ouvir Agamenon, alguém que ele já tinha visto lutar numa arena algumas semanas antes e desejou tê-lo em sua guarda pessoal, pois seu porte lembrava o de Creonte. Ao adentrar a tenda, a altura de Agamenon chegou a causar certo desconforto em Cael, quase fez brotar sua raiva de Creonte.

Cael percebeu no desenrolar desses eventos a oportunidade de, enfim, colocar seu plano em andamento. Foram cinco anos de preparação, e essa ajuda do destino não podia ser ignorada. Seus pensamentos quase saíram de foco, estava se sentindo quase o rei totalitário que sempre sonhou ser.

— Então você é o famoso Agamenon. Rei das arenas. Eu cheguei a ir vê-lo num circo em Baalbek. Queria conhecê-lo pessoalmente: Agamenon, o invencível. Falavam que você era um gigante. Eu só acreditei quando o assisti lutar com três homens ao mesmo tempo. A plateia gritava "Agamenon, o invencível!". Mas devo confessar que o que mais me mobilizou para conhecê-lo foi o que meu criado Glauco, que é crente, falou sobre você.

— O que seria, meu senhor? – Perguntou Agamenon com humildade, muito preocupado com o resultado desta investigação, pois podia colocar Jade e todo o pessoal que virou sua família em perigo.

— Agamenon, "O Escolhido"! – Neste momento, levantou uma taça de vinho em direção ao seu interlocutor.

— Meu senhor, isso tudo é loucura dessa gente sem esperanças, estão criando essa fábula do salvador para alimentar a ilusão de que um dia a fome vai acabar com a derrota do rei

Creonte. Rezam com o surgimento de um novo rei que possa transformar seus sonhos em realidade.

— E esse rei seria você? – Cael agora deixou escapar um pouco dos tormentos de sua alma: A desconfiança.

— Não, meu senhor, eu provavelmente, na imaginação desse povo, seria o soldado que derrotaria Creonte para que um novo rei surgisse. Eu não sei nem quem sou...

— Como? Não entendi!

— É que... Eu não tenho lembrança de nada, apenas um dia acordei ao lado da muralha poente de Al-Kibar. Só guardo na memória tudo que veio depois disso.

— Interessante... – Cael ficou pensando, mirando os olhos de Agamenon. – Eu já concluí que foi você o responsável pelas mortes de um pelotão inteiro. Passo até a desconfiar que você acredita nessas profecias contadas por essa pobre gente.

— Sim, Governador, fui eu. Mas não sou nenhum escolhido, apenas um bom soldado.

— Soldado? Soldado de que exército? Por acaso você é um soldado do rei Creonte?

Cael se levantou quase perdendo o controle, que agora, neste momento do seu plano, era fundamental. Às vezes, a doença mental de Cael, intensificada pela bebida, se arrefecia. Ele sabia que era genial, mas deixava escapar o controle, perdia totalmente a noção e podia colocar tudo a perder.

— Foi força de expressão, como mencionei antes, não tenho nem noção de quem eu sou.

Cael decidiu parar de beber vinho e se concentrar nesta jogada.

— É verdade que você tem força e velocidade comparadas às de Creonte?

— Na verdade, eu não sabia que o rei tinha força e velocidade. Eu sabia que minha força era um pouco acima do normal e agora, neste "acidente", é que eu descobri o valor da velocidade em combate.

— Sim, ele é o homem mais poderoso do reino. Tem força, velocidade e, principalmente: Ele é i-mor-tal – Cael pronunciou separadamente cada sílaba da palavra. – Você também é imortal?

— Claro que não.

O governador se levantou, se aproximou a uma distância de um passo e olhou para cima para poder encarar Agamenon.

— Você tem exatamente a mesma altura de Creonte – Constatou Cael ao comparar com sua própria.

— Já me disseram isso – Disse Agamenon puxando o lábio para o lado e levantando as sobrancelhas.

— Veja bem, você é tão forte e rápido quanto Creonte, chega a ter o mesmo porte, e, me permita dizer, a semelhança é incrível. Poderia dizer que você e Creonte partilham a raça em comum.

— Como assim, raça?

— Você já deve ter notado que o reino é um caldeirão fervente de etnias. Todas as raças que sobreviveram ao Armagedom foram protegidas aqui em Acart. Mas Creonte é único e não teve filhos. Claro que existem lendas que dizem o contrário, mas não existe nenhuma prova disso. Ele é o único considerado imortal. Agora você apareceu aqui, sem vestígio de onde tenha vindo, possui os mesmos poderes dele. E, para temperar essa história, tudo isso acontece quando uma profecia é espalhada pelos quatro cantos do reino.

— Mas isso é tudo imaginação dos crentes.

— Você há de convir que essa história toda seja bastante intrigante e, com certeza, pode ser usada a favor dos oponentes de Creonte. Mas, depois dessa nossa conversa inicial, preciso te perguntar uma coisa.

— Pois não, meu senhor.

— Afinal, eu vou poder confiar em você?

— Sim, meu senhor!

— Você poderia ser um aliado contra os desmandos de Creonte.

— Sem dúvida, o ódio por Creonte chega a queimar a minha alma.

— Vejo que compartilhamos de um mesmo propósito. Então, vou lhe contar uma história: Há muitos séculos, houve uma guerra registrada nos livros de história de Creonte, entre dois irmãos, Gogue e Magogue. Segundo essa crendice, eles eram filhos do Deus dos Quatro Ventos. Como resultado dessa guerra, restaram apenas algumas pessoas na face da terra. Então, o Deus dos Quatro Ventos, compadecido com tanta morte, retornou de seu lar nos céus e retirou a essência desses filhos e implantou no coração de exemplares de cada clã. Parece uma espécie de magia. Os descendentes desses primeiros ungidos por essa feitiçaria são os Primordiais ou Sangue Real. Nós, os nobres, somos uma espécie de repositório das qualidades humanas, podendo apenas nos reproduzir entre nós, gerando um ou dois filhos durante a vida toda.

— Agora estou começando a entender as coisas! – Agamenon ficou surpreso com essa revelação de Cael. Para ele, agora começava a fazer sentido as várias conversas que teve com Jade.

— Esses, hoje, são os membros das famílias que têm direito ao comando das cidades. Cada cidade foi construída para abrigar uma dessas nove etnias restantes. Mas claro que, com o passar dos anos, os cidadãos se deslocando de lá para cá se misturaram. Você nunca se perguntou o porquê de a Senhora de Ur, mesmo sendo tão poderosa, não ter gerado filhos com seu marido?

— Ela é uma Primordial? – Agamenon ficou atento a esse detalhe.

— Pois é, ela é da família que tem direito ao comando da cidade de Al-Kibar, mas sua irmã gêmea é que assumiu a cidade e seu marido, que também é um primordial, hoje é o governador. A minha família seria a herdeira do trono e Creonte o usurpou no passado, inventando toda essa baboseira de Norma Fundamental para se justificar na posição de rei. A verdade é que ele se tornou um tirano, positivando seus poderes sobre a população nessa Lei sem lógica. Então, meu amigo, caso derrubemos Creonte, existem algumas possibilidades... Quem se casar com a rainha se tornará o novo rei, herdeiro ou não, pois a hereditariedade é dela, essa é a opção preferencial, ou seja, casar-me com a rainha. Mas, caso ela venha a morrer, minha irmã assume, e se ela não se casar, pode me nomear como rei, assim como já fez para este cargo que ocupo.

— Mas Creonte tem todo o exército a seu comando. Que chance nós teríamos de mudar esse cenário?

— A verdade é que apenas alguns poucos rebeldes, que se escondem nas dunas do deserto, ousam desafiar o seu poder, mas ele não via perigo neles até então. Essa vila era composta por um povo protegido por minha mãe, que era uma espécie de embaixadora da paz, enquanto meu pai sempre foi um nobre voltado para a beligerância. Ele formou o maior exército dentre as cidades, muitas forjas para espadas, criação de cavalos de combate e fabricação de carroças preparadas para o deslocamento rápido das tropas.

Ao atacar essa vila, Creonte demonstrou que está se incomodando com o crescimento dessa revolta. Ele provavelmente quis fazer uma demonstração de força. E por que essa vila? – Perguntou didaticamente Cael. – Porque aqui, como você deve ter notado, reuniram-se várias etnias que viviam conforme seus costumes, ignorando totalmente a Norma Fundamental de Creonte. Agruparam-se aqui, sob a proteção de minha mãe, em torno de um ideal religioso apartado totalmente da influência de Creonte. Acabaram se tornando uma vila estratégica para a manutenção das outras cidades através de sua produção pesqueira e artesanal.

Cael ia crescendo na sua eloquência, conforme ia notando a atenção de Agamenon, e se sentiu à vontade para dar sua cartada final. Sabedor do ocorrido no lago, onde o gigante teve uma menina morrendo em seus braços, o que o fez perder o controle. Então, pensou que esse era o ponto que deveria apertar para obter o que ele desejava dessa peça importante do tabuleiro. Aquele estrangeiro e sua tragédia pessoal caíram do céu para colocar o seu plano em prática.

— A crueldade da tropa de Creonte foi tal que nunca se viu algo parecido em nosso reino. Não pouparam as mulheres, as crianças, nem os *bebês* – Cael deu ênfase a bebês. – Fico me imaginando no lugar de um pai que assiste à vida se esvaindo de sua bela filhinha, a joia com a qual o Deus dos Quatro Ventos o presenteou, sem poder fazer nada, apenas assistir, imóvel, querendo ele mesmo estar no lugar da criança. Talvez imaginasse a dor que causam as queimaduras, os cortes causados pela espada, o pavor que sentiu ao ter sua vida atacada por um soldado que, ao contrário, deveria protegê-la. Que pensamentos passariam na cabeça desse pai?

— Eu sei. Matar quem fez isso. Começando por esmagar seus ossos, cortar seus membros um a um, por fim, cortando a sua cabeça e jogando-a aos cães.

— Tenho certeza de que esse pai agiria como você. A minha impressão pessoal é que você é um herói, que não se limita a assistir. Age quando é necessário para proteger a sua gente. Imagine que, com um campeão como você e as surpresinhas que tenho guardadas, poderemos confrontar o exército de Creonte e, quem sabe, até colocá-lo de joelhos. Tenha certeza de que outras cidades se juntariam a nós conforme demonstrássemos que era possível. Não seria apenas uma luta no campo de batalha, mas também no campo das informações e, devo dizer, principalmente no campo moral. As vitórias da rebelião começariam a ser contadas nas periferias, às escondidas, nas tavernas, nas casas, pelos becos... O povo voltaria a ter esperança. Esperança de ter novamente comida na mesa, água para beber, futuro para seus filhos. – Enfim, Cael fez o ataque final. – Agamenon, seja meu general nessa luta. Seja o comandante das tropas rebeldes.

— Não sei se eu sou esse homem que você está pensando – Agamenon sentiu um calafrio na espinha, como se sentisse o destino se descortinar à sua frente.

— Caso você esteja do meu lado, eu enfrentarei a lei de Creonte. Mas, sob sua recusa, terei que dar seguimento ao rito do inquérito e entregar você e seus amigos para o julgamento do Conselho dos Anciãos. Veja bem, o extermínio do pelotão real, sem prova nenhuma de que foram eles que causaram esse genocídio, é muito grave e levará, com certeza, o *parquet* (promotor real) a acusá-los por toda essa tragédia. Acredite, conheço o Conselho, nunca decidiu nada contra Creonte, o que inexoravelmente levará toda sua gente à execução, inclusive seus amos Jade e seu marido Zaede, pondo fim à Casa de Ur.

Agamenon estremeceu sentado em uma cadeira, mas tirou a imagem de Jade sendo executada imediatamente de sua cabeça. Escutou atentamente, enquanto Cael desfilava de um lado para o outro reforçando o seu raciocínio, utilizando-se de muita gesticulação. Coisa que Agamenon achou muito estranha. Mas, para ele, todo mundo possui algum tipo de mania. Bastava pensar um pouquinho nas esquisitices do Ladrão. Sentiu vontade de rir, talvez pelo nervosismo, mas, se o fizesse, seria muito desrespeitoso com uma autoridade, principalmente uma que está com sua vida em suas mãos.

— Falo isso para o seu bem. Agora que começou, eu penso que deve tomar as rédeas do seu destino. Querendo ou não, o destino vai pegar você! Mas vá lá, converse com seu amo Zaede e com aquela dupla sinistra que o acompanha. Um gordo e um magro. Acho que já vi o gordo em algum lugar. Agora vá, vou aguardar seu retorno, pois tenho um inquérito para abrir ou arquivar.

— Sim, meu senhor, obrigado pela confiança.

Agamenon enfim saiu daquela teia que estava se formando naquele interrogatório. Como uma válvula de escape, sua mente se concentrou em devaneios sem significados, chegou a questionar as palavras de Cael: Brutus não era gordo! Se ele fosse gordo, o que ele seria? Forte! Era isso que ele era, forte. E aquele nanico era um invejoso! Agamenon riu das besteiras que estava pensando.

Na carroça de Zaede, Agamenon contou como foi sua conversa, omitindo a parte da fantasia de Cael sobre sua família, mas deixou claras as opções que tinham.

— Meu filho, estamos em suas mãos. Todas essas pessoas, que você aprendeu a gostar como sua família e que tanto te admiram, serão condenadas à morte. Conversei com a Jade, ela já tinha previsto tudo o que aconteceria, por isso, teve aquela reação explosiva. Com você se juntando aos rebeldes chefiados por esse egocêntrico, todos nós poderemos continuar com nossas vidas. Não podemos todos pagar por seus erros, meu filho. Olhe quantas famílias trabalham conosco no nosso circo. Já será muito difícil continuar nossa atividade depois desse incidente – Zaede falou quase em tom de súplica, os outros amigos estavam com a cabeça baixa, não sabiam nem o que dizer.

— Meu ódio por Creonte me empurra a lutar. Com certeza não há outra opção.

— Agamenon! – Interrompeu Jade.

Ela estava com os olhos vermelhos de tanto chorar, as roupas mal ajustadas revelando seu corpo. O que, mesmo nessa situação, parecia estar mais belo do que nunca. Após ajustar as roupas e limpar as lágrimas do rosto, continuou usando a voz como se fosse uma rajada de flechas.

— Foi você que fez essa escolha de se tornar um assassino! Esqueça que um dia me conheceu... Que nos conheceu! – Esse ato falho de Jade certamente fazia referência à sua relação com Agamenon. – Esqueça que usufruiu de nossa mesa como se você fosse da nossa família. Vá embora com aquele outro louco que sonha um dia ser rei. Creonte vai derrotá-los com facilidade, vai esmagá-los como insetos. E leve aqueles dois palhaços com você. Não quero vê-los mais entre os membros da minha casa. Sumam!

As lágrimas não paravam de cair, pois suas palavras traíam seus sentimentos, queria se sentir protegida nos braços daquele homem, que apenas a olhava nos olhos e nada falava, talvez por respeito às leis, talvez por piedade, talvez ainda por amor.

— Garoto, se a senhora da casa determinou que vá embora. Então aqui não há lugar mais para você – Disse Zaede, aproximando-se do ouvido de Agamenon, e lhe suplicou em voz baixa. – Por favor, vá. Siga seu destino, nos salve e derrote Creonte. Agora consigo vê-lo como realmente é: Um tirano genocida.

— Sim, senhor Zaede, amanhã partirei para a Lemúria.

Agamenon desceu as escadas da carroça de Zaede e foi ao encontro dos amigos que já se preparavam para fugir. Eles temiam ser capturados. Ficaram aliviados com a decisão de Agamenon.

— Melhor entrar para o exército do Governador da Lemúria do que enfrentar o Conselho dos Anciãos e acabar sendo condenado à morte pela espada – Concluiu o então desesperado ladrão. – Mas tem uma coisa importante. Vocês são lutadores, são guerreiros. Eu não. O que vai ser da minha vida? – Ele colocou as mãos no rosto, parecendo uma criança diante de uma travessura descoberta.

— Caso Cael cumpra sua palavra e me nomeie general, você será meu ajudante de ordens. Só trabalho burocrático, organizando as minhas coisas.

— Isso eu já sou há muito tempo!

Os três caíram numa risada, que, se não fosse de um nervosismo desesperador, seria da atitude naturalmente hilária do Ladrão.

Aquela noite foi difícil para eles dormirem. Apesar do cansaço, foram tantas coisas que aconteceram e tantas outras que deixaram de acontecer, mas, principalmente, sua insônia era o resultado do futuro incerto que se abria.

Já estava quase amanhecendo quando o Ladrão resolveu levantar-se para respirar um pouco fora da carroça. Queria esquecer o ronco do amigo parrudo, que parecia mais um camelo enlouquecido. Depois de alguns minutos no silêncio, sentado à sombra da luz do luar, ele assistiu a uma cena que lhe pareceu intrigante. Uma bela mulher envolta numa capa escura saindo da tenda do governador Cael, acompanhada de dois soldados. O Ladrão enfim identificou que era Jade, seu espanto quase chamou a atenção do trio, pois bateu com a mão na boca pelo susto. Eles a levaram até a carroça do casal líder da caravana e retornaram comentando, o que um Ladrão bem treinado conseguiu se aproximar para ouvir.

— O Governador aproveitou essa noite, deve ter tomado aquelas substâncias que ele usa. Fez gato e sapato da Senhora de Ur. Ter poder é outra coisa. Imagina passar uma noite toda com uma mulher como ela. Ele não fez questão nenhuma de ser discreto, dava para ouvir tudo do lado de fora da tenda. Foi a noite toda. Pobre do velho Zaede, tão cedo não vai poder aproveitar os carinhos de sua esposa – Falou de forma debochada um guarda veterano.

— Mas será que foi por vontade dela? Ouvi alguns tapas e gemidos altos – Respondeu o outro guarda, mais jovem.

— Faz parte das perversões do Governador. Ela é senhora de uma casa rica do reino, não se submeteria se não quisesse. A lei a protegeria.

— Então deve ter tido muita paixão. Um dia queria me casar com uma esposa que fosse assim: Deslumbrante.

— Quando crescer, você se casa! Ah, ah, ah.

— Eu tenho quase vinte anos, logo poderei me casar. Vou arranjar uma bela mulher e ter duas filhas.

— Isso todos nós queremos...

O Ladrão, que escutava atentamente, não ficou chocado com o acontecido, voltou lentamente para a carroça. Decidiu ficar em silêncio. Sabia que poderia ser a gota d'água no moral do amigo. Ele sabia que Agamenon não teria a mesma impressão natural que os outros.

* * *

Seis meses depois, Agamenon estava à frente de dois mil soldados em forma, realizando o seu discurso matinal.

— Atenção, mulheres e homens! Hoje é um dia muito importante. Todos os preparativos culminaram nessa operação. A proporção é dois por um. Então, basta que cada um de nós mate dois deles... – Soltou uma gargalhada divertida, ele realmente acreditava nisso. – Temos algumas vantagens: Nossas espadas são de uma liga metálica muito mais dura e afiada que a deles, podemos quebrar suas espadas com um golpe forte. Treinamos técnicas que eles não esperam e até desconhecem. Eles estarão confiantes demais na vitória, e isso, senhores, será o erro deles. Eu estarei à frente da tropa e lutarei com a força que o Deus dos Quatro Ventos me deu. – Agamenon levantou a espada para bradar à tropa. – E vocês, estão comigo? E vocês estão comigo?

— Sim, meu comandante! – Bradaram os soldados, demonstrando o seu moral elevado. Brutus e o Ladrão se olharam confiantes no treinamento que deram a essa tropa aguerrida.

VIII

O GENERAL

Seis semanas depois, próximo a Lemúria.

O dia estava tenebroso para manobras militares. A chuva enlameou todos os caminhos por onde passariam os trens de combate. As rodas das carroças atolavam na lama, os cavalos tinham que fazer um grande esforço para movimentá-las, e muitas vezes acabavam também ficando atolados. A chuva era tão forte que diminuía a visibilidade a poucos metros. O vento ia e vinha em rajadas ensurdecedoras que balançavam as carroças, mesmo as mais pesadas. Os soldados, em meio à gritaria, o que não adiantava muito, já que ninguém escutava nada mesmo, corriam de lá para cá, perdidos, tentando salvar as provisões. Seria até cômico, se não deixasse a tropa extremamente fragilizada frente a um ataque rebelde. Claro que alguns acidentes aconteceram, e algumas baixas foram lançadas no relatório do responsável pela seção de pessoal do general.

No contexto da guerra, o Exército Real progredia no encalço dos rebeldes. A tropa estava confiante. Já contavam cinco vitórias seguidas. Os soldados, tanto homens quanto mulheres, falavam, em meio às comemorações das vitórias, que os rebeldes não se aguentavam na posição por mais de um dia. Essas confraternizações eram uma forma inteligente que o novo comandante colocou em prática. Seu objetivo era manter o moral da tropa elevado. Estavam longe das famílias, muitos estavam na primeira incursão, eram jovens entre dezoito e vinte anos. Era sabido que muitas vezes as jovens escolhiam seus maridos no período de serviço militar. Não havia nada melhor para conhecer a coragem de quem terá o dever de proteger e servir a sua casa pelo resto da vida. Realmente, as vitórias seguidas desmistificavam a fama do comandante dos rebeldes. O grande Agamenon não era mais que um homem e não tinha o poder do rei. Mas ninguém queria encontrá-lo frente a frente no campo de batalha.

No comando das forças do reino encontrava-se Anibal, o mais moderno dos generais de Creonte, recém-nomeado pelo Chefe do Estado-Maior Real, o General Abissalau. Ele foi incumbido da missão de eliminar a rebelião, capturar ou executar seus líderes, sem misericórdia e sem a possibilidade de acordos. Essas foram as ordens que recebeu por escrito. Estavam acondicionadas em um envelope branco com o selo do rei, com cera vermelha.

O jovem general foi um grande soldado, sendo promovido por seus méritos, mas com certeza era novo demais para uma missão como aquela. Era uma operação militar de muita importância; o futuro do reino se encontrava no resultado dessa incursão. Anibal era um homem de altura um pouco acima da média, pele negra, possuía exatos sete palmos, mantinha a forma fazendo corridas e exercícios regulares. Levava sempre consigo uma lembrança da esposa Morgana, um véu azul que ela vestira na noite de núpcias, e de sua filha Jéssica, de seis anos, o broche recebido do sacerdote quando a batizaram no templo do Deus dos Quatro Ventos. Sim, Anibal era crente, mas seguia cegamente sua profissão de guerreiro. E admirava muito seu rei, só que às vezes poderia confundir admiração com idolatria. Possuía uma voz grave e segura que, mesmo que mentisse, seus ouvintes acreditariam que ele estava falando a verdade.

Decepcionado com o tempo que não firmava, Anibal resolveu estabelecer seu PC (Posto de Comando) em um pequeno bosque de eucaliptos, para que o acampamento passasse despercebido de olhares rebeldes. Mas, na verdade, não adiantou muito, pois estavam exatamente onde Brutus esperava que estivessem. A tropa continuava a perseguir o inimigo, precisavam restabelecer o contato. Para um exército regular, é importante manter o contato com os rebeldes, pois é muito fácil se misturarem aos camponeses e se evadirem. Identificá-los no meio da população tornava-se uma tarefa ingrata e traiçoeira. Os rebeldes seguiam em direção ao poente. A cabeça de marcha estava a uns cinco mil passos da ATC (Área dos Trens de Combate).

A chuva não dava trégua. O som do clarim, anunciando a chegada inesperada do rei, foi abafado pelo som da tempestade. O Estado-Maior de Anibal estava concentrado em volta de um mapa, estudando as possíveis estratégias a adotar na conquista de seu objetivo de eliminar a rebelião. Todos, sem exceção, queriam voltar a suas vidas rotineiras, cheias de disciplina nos quartéis.

— Boa tarde, senhores! – Adentrou o rei Creonte, sujo de lama até os joelhos, coberto com uma capa vermelha com capuz.

— Meu senhor! – Todos se ajoelharam prontamente a essa inesperada entrada.

— Anibal, mande que alimentem minha guarda, preparem seu acampamento e cuidem dos cavalos.

— Sim, meu senhor! Já providencio – Respondeu Anibal, fazendo sinal para seu ajudante de ordens, que saiu imediatamente para tomar as providências.

— Anibal, eu dispenso os protocolos. Hoje estou aqui como soldado que somos. Quero ficar a par de tudo que está acontecendo desde o início das operações.

Creonte secou a metade de seu rosto não coberta pela máscara de metal, enquanto aguardava as informações.

Prontamente, Anibal se posicionou frente ao mapa que estava sobre a mesa e explicou as operações até aquele momento. Tentou não demonstrar o quanto estava nervoso, afinal, nunca teve esse tipo de diálogo com o rei; no máximo, o via de longe em algumas cerimônias militares.

— Meu rei, resumidamente, podemos dizer que eles montam pequenas linhas de defesa, seguram por algum tempo e, quando rompemos suas linhas, eles recuam para outra posição. A operação poderia ser descrita como uma operação de perseguição. O máximo que os rebeldes conseguiram realizar até agora foram pequenas incursões sem resultado algum.

— Espere. Deixe-me entender.

Creonte pegou uma varinha de um dos comandantes, sem pedir, e começou a comentar seu raciocínio apontando para o mapa.

— Você estabeleceu o primeiro contato neste ponto, e eles recuaram para lá, depois para ali, e assim até se estabelecerem aqui onde estamos.

O rei ficou pensativo, analisando, buscando em sua mente algo que lhe ajudasse a resolver logo essa situação com o menor prejuízo possível.

— Nossas informações são de que os rebeldes estão estacionados à frente do Vale dos Quatro Ventos. A 2ª Divisão de Infantaria está em marcha para o combate – Complementou Anibal.

— Eles não estão recuando, garoto! – Disse Creonte, demonstrando irritação. – Eles estão realizando um movimento retrógrado no intuito de conduzir nosso exército a uma emboscada. Veja aqui, Anibal, temos a supremacia no efetivo, mas estamos indo para um estreito onde nossa superioridade numérica não adiantará de nada.

Anibal ouviu, com olhar assustado, o seu rei decifrando a estratégia rebelde.

— Eu faria isso, com certeza! Simularia pequenas derrotas e iria recuando, conduzindo o inimigo ao ponto onde o atacaria com toda a força.

— Sim, meu rei, a tropa ficaria tão confiante que se tornaria descuidada e estaria despreparada para uma emboscada.

Anibal ficou chocado com a armadilha na qual estava caindo de maneira infantil.

— Esse ponto no terreno teria que oferecer naturalmente as oportunidades de armadilhas. Neste caso, encurralar o batalhão numa zona de matar. Você conhece essa região, Anibal?

— Sim! O senhor está coberto de razão. É uma armadilha. Como não notei isso?

— Você é jovem. A experiência prepara o combatente para as mais variadas situações. Mas eu estou querendo saber quem o enviou para comandar essa operação. Havia comandantes mais experientes. Essa missão não era para você.

— Perdão, meu senhor, tentei fazer o meu melhor.

Creonte apenas levantou os olhos e já preparou uma saída impensada pelos rebeldes.

— Avise à minha guarda, acabou o descanso! Vamos sair em uma hora.

O ajudante já saiu correndo na chuva à procura do chefe da Guarda Real.

— Quantas divisões foram colocadas a seu comando nesta operação?

— Todas, meu senhor!

— O quê? Que porra é essa!

— Apenas a 1ª Divisão de Guarda, que faz a segurança da capital, permaneceu em sua sede.

— Quem foi o filho da puta que planejou isso? Eu estava na assembleia de ministros e não foi cogitado levar todo o exército. Tem mais alguma coisa que não estou sabendo? – Questionou Creonte, tomado pela fúria.

— Senhor, eu estava executando o que achava serem suas ordens.

— Certo, depois vou investigar o que aconteceu, e acredite, não vou descansar sem descobrir quem está me traindo.

— Sim, meu senhor!

Anibal assumiu para si a ameaça, mas sabia que fez tudo conforme as ordens recebidas.

— Agora faça o seguinte! Prepare uma retirada. Deve ser organizada e rápida. Temos que desaparecer do teatro de operações sem deixar vestígios. Essa retirada é a única coisa que os rebeldes não esperam. Eles perderão a única chance de vencer. Não terão outra oportunidade tão boa. Vou comandar pessoalmente as operações de agora em diante.

Anibal reuniu seus oficiais e planejou a retirada. Não podia haver atropelos; qualquer desencontro de ordens poderia resultar numa vulnerabilidade da tropa.

Já Creonte explicou para sua guarda de elite o que pretendia fazer. Essa guarda era composta pela nata do serviço militar real, mulheres e homens de todas as partes do reino, rigorosamente selecionados e treinados sob a supervisão do próprio Creonte.

Após todos os preparativos, Creonte estava diante de sua tropa de confiança. Deu o comando de preparar para partir, colocou sua espada na bainha que estava presa às costas e projetou o braço biônico à frente como um escudo. Sentiu o poder subindo pela sua espinha, fazendo arrepiar os cabelos da nuca.

— Partir!

A esse comando, a guarda correu em direção à posição onde se encontravam as suas tropas regulares. O objetivo era chegar silenciosamente à frente de combate e, se tivessem sorte, chegar a tempo de evitar o pior. Em poucos minutos, chegaram à boca do Vale dos Quatro Ventos, mas perceberam que, infelizmente, estavam atrasados. Os corpos dos soldados do reino estavam espalhados pelo chão, foram atingidos por flechas lançadas de cima para baixo dos dois lados do estreito. Muitos escudos estavam perfurados pelas flechas. Creonte constatou que elas possuíam ponteiras de um metal mais resistente e brilhante. Elas rompiam com facilidade os escudos de madeira fina, que até então não exigia maior resistência.

Creonte viu diante de seus olhos o perigo desse novo inimigo. Sentiu na própria pele o mesmo sentimento que infligiu a seus inimigos mil anos atrás. Neste mesmo lugar, derrotou os fanáticos pelos Observadores numa armadilha idêntica à que Anibal estava prestes a cair.

Seus soldados foram abatidos às dezenas, como se fossem crianças indefesas. E não encontrou entre os corpos algum que pudesse identificar como um rebelde. Uma tristeza caiu sobre ele, uma tristeza que há muito não sentia: A dor da guerra. Os soldados ali derrubados eram pouco mais que meninos e meninas. Nos desfiles militares, os soldados eram o orgulho de muitas famílias. Entrar para o exército do rei denotava respeito, a possibilidade de mudar de vida e até ascender a uma casta mais elevada.

Creonte observou que existiam pequenos pontos de incêndio que insistiam em ficar acesos, mesmo sob a chuva constante. Era óleo de lamparina espalhado pelo terreno.

— Sem dúvida, uma operação bem planejada – disse Creonte. – Veja, capitão! Conforme iam adentrando no estreito, o fogo era aceso com flechas incendiárias. Os soldados eram empurrados pelo fogo até a zona de matar. Eles ficavam na mira dos arqueiros que se encontravam acima da elevação. Não conseguiam ver nem de onde vinham as flechas. E quanto mais entravam no estreito, mais soldados eram abatidos.

— Meu senhor, eles estão todos mortos?

— Pode haver sobreviventes, ocupem-se em resgatar os feridos. Eu estou ouvindo sons de combate mais à frente. Consegue ouvir, capitão?

— Sim, meu rei. Muito baixo, parecem o tilintar de espadas.

Logo sons de brados são ouvidos por Creonte, os rebeldes estavam provocando os soldados que conseguiram progredir, chamando-os para a luta. Provavelmente, mais uma armadilha os esperava à frente.

— Agora vou sozinho! – Avisou Creonte.

— Mas, meu rei, talvez seja exatamente o que eles querem.

— Não se preocupe, capitão. Comigo, até hoje, ninguém pôde.

A fúria tomou conta de seu corpo. Ele sabia que, quando sentia o sangue ferver, nada o derrubava. O rei tirou sua espada da bainha e correu em direção à escuridão.

Uma falange, aparentemente impenetrável, estava ocupando o único espaço disponível para o avanço da tropa. Os rebeldes desafiavam e iam retraindo devagar, para que os soldados entrassem em uma nova zona de matar. Os soldados do reino, ao verem a chegada de Creonte, clamaram por ele.

— Nosso rei veio nos salvar!

Era um pouco de esperança na sobrevivência que voltou a surgir em meio a tantos cadáveres. Enquanto Creonte tomava parte da situação, os brados continuavam. Os rebeldes estavam fechados entre os escudos e não notaram a chegada de um reforço potente.

— Filho, quem está no comando aqui?

— Sou eu, majestade!

Do centro de um grupo que se encontrava deitado atrás de umas touceiras, surgiu um jovem tenente, que não deveria ter mais de vinte anos. Herdou o comando do batalhão devido à morte de seus superiores.

— Rapaz, recue com o que sobrou de seus homens até a primeira zona de matar. Aguardem meu comando para fugir ou recolher os corpos dos soldados. Todos devem voltar para casa, os vivos e os mortos.

— Sim, meu senhor!

Foi a melhor ordem que aquele inexperiente oficial poderia ter recebido. Ele passou suas ordens em voz baixa, enviando mensageiros de grupo em grupo para recuarem sem que os rebeldes percebessem. O recuo estava protegido pela escuridão e pelo som ensurdecedor que a falange fazia ao bater as espadas contra seus escudos e bradar contra a tropa.

Assim que os sobreviventes recuaram, Creonte se postou à frente da falange, onde pudesse ser visto. O rei imortal não tinha medo de nada, nem de flechas, nem de lanças, e se aproveitava de sua fama de imbatível. Os rebeldes ficaram ouriçados, e uma voz do meio da falange tomou coragem de bravatear:

— Um homem só contra uma falange composta por cem, armados com escudos, espadas e lanças do mais duro metal. Você é louco! – Gargalharam os soldados.

Com a escuridão, não reconheceram seu rei e nem notaram a mão direita de deus, como alguns chamavam o braço mecânico de Creonte.

— Venha, seu louco, cagalhão, filho de uma mula, há, há, há... – Zombaram, novamente, os soldados rebeldes.

A falange estava totalmente fechada, por cima e pelos lados. "Fruto de um bom treinamento", pensou Creonte. Ao lado de cada escudo de sete palmos, era postada uma lança longa para estocar homens e cavalos que se atrevessem se aproximar da formação. Mas um homem apenas a estava desafiando. Creonte então empunhou a espada e, com o ombro direito à frente, correu em alta velocidade, sem que os rebeldes pudessem acompanhá-lo, se chocou contra o escudo do centro da falange, jogando seus componentes em todas as direções a muitos palmos de altura, desfazendo instantaneamente a falange. Teve rebelde que, ao se chocar ao solo, desmaiou. Mas a maioria tremeu ao ver o que os tinha atingido. Era o rei, pessoalmente, e sozinho, comprovando sua fama de invencível.

— É o rei! Mantém ele! Vamos acabar de vez com esse tirano assassino! – Ordenou uma voz da retaguarda.

Os homens, ao contrário da ordem, se encolheram; alguns correram para longe dali. O respeito e o medo foram mais fortes. Desde crianças, foram ensinados sobre as façanhas de Creonte, o rei imortal. Para eles, era uma luta perdida, sendo um contra cem, ou um contra mil. Então o dono da voz saiu das sombras. Creonte encarou um homem diferente dos outros: possuía olhos orientais, era forte, robusto, com uma vasta barba negra, apenas um rabo de cavalo na cabeça, era um pouco mais baixo que ele. Creonte entendeu que era mais um personagem perdido no tempo, talvez até um antigo comandado. Mas, infelizmente, seria obrigado a fazer o que deveria ser feito.

— Enfim, frente a frente com o rei assassino. Creonte, o rei imortal! Vamos colocar essa imortalidade à prova.

— Qual seu nome? – Perguntou o rei em tom suave, sem qualquer dúvida do final do combate.

— Brutus, o homem que vai matar o rei tirano! – Ele queria dizer milhares de palavrões, mas, de repente, parecia desnecessário.

— Outros, mais fortes e inteligentes do que você, já tentaram, mas, como pode ver, não conseguiram – Disse, abrindo um sorriso confiante.

— Somos muitos, e Agamenon está vindo. Ele é o escolhido.

— Agamenon? Agamenon, o gladiador?

— Sim.

— Sabia que te reconhecia de algum lugar.

Depois de rodarem, se estudando com as espadas em riste, Brutus dá o primeiro golpe, que é defendido por Creonte, o que impulsionou a vibração dos rebeldes, que começaram a torcer como se estivessem numa arena. Só que, na arena, a luta era um circo, as armas eram de madeira, e os lutadores, na verdade, eram amigos. Agora, era vida ou morte, e suas vidas podiam estar nas mãos de seu líder. E, se realmente Creonte era um rei assassino, provavelmente mataria a todos se vencesse a luta.

— Vejo que possui força, Brutus.

Brutus atacou novamente, mas, dessa vez, Creonte defendeu no alto e, em um movimento rápido e seco, quase instintivo, passou sua espada da direita para a esquerda no abdômen de Brutus, que se abriu com a força do golpe.

— Mas, infelizmente, você não tem a minha experiência – Finalizou Creonte.

Brutus caiu de joelhos, com as mãos na barriga agonizando, segurando suas tripas para que não se espalhassem pelo chão. Sem qualquer esperança de sobreviver, olhou nos olhos de Creonte como se suplicando por um golpe de misericórdia, antes que perdesse a dignidade diante de seus comandados. O que o rei atendeu prontamente. Em um golpe seco, decepou a cabeça antes que Brutus pudesse gritar. Creonte respirou fundo, estava destruído por dentro por ter que voltar a matar depois de séculos. O corpo caiu inerte, com sua cabeça a um ou dois passos distante. O rei se virou na direção do amontoado de rebeldes, que agora demonstravam pavor.

— Atenção, rebeldes! – Anunciou o rei. – Hoje vocês perderam um de seus valorosos líderes, mas eu perdi mais. Foram em torno de duzentos jovens que sucumbiram, garotos recém-saídos da casa de suas mães, como vocês. Podemos continuar a luta e, com certeza, todos vocês terão o destino de Brutus. Eu sou seu rei, Creonte, e proponho uma chance para que vivam: Uma trégua! Deixo-os ir em paz e eu recolho meus mortos e feridos.

Creonte sabia que não haveria tempo para um contra-ataque ainda essa noite. Faltaria uma liderança de confiança, já que até Brutus não conseguiu incentivar seus homens contra ele. E, como Agamenon não apareceu, significava que não se encontrava no campo de batalha.

Aterrorizados com a certeza da morte, sacudiram suas cabeças positivamente. Alguns se aproximaram para recolher o corpo pesado de Brutus, sob o olhar distante do rei, que já havia se afastado do local da luta. Alguns pensaram que o rei não queria gravar seus rostos; outros preferiam acreditar na altivez do rei, para esses, o rei não abaixaria seu olhar na direção de um simples servo.

IX

O SEQUESTRO

Após os rebeldes terem recolhido o corpo de Brutus, Creonte retornou ao local da primeira zona de matar. Ele queria ter certeza de que todos os corpos dos soldados do Exército Real foram recolhidos. Só então ele recuou até os trens de combate, onde o General Anibal já tinha tomado as providências para o regresso da tropa à capital.

Na barraca do PC (posto de comando), Creonte dava suas ordens ao seu General:

— Anibal, monte uma logística para levarmos todos os corpos para serem enterrados por suas famílias.

— Meu senhor, estive contabilizando, e infelizmente foram muitas baixas. Mais de trezentos soldados. Não seria melhor realizarmos uma cerimônia com as honras militares aqui mesmo? A logística para levá-los seria muito difícil. Apesar do inverno, não teríamos como evitar a decomposição dos corpos; o estado em que já se encontram atrairá insetos e provocará doenças. Inclusive abaterá muito o moral da tropa.

E, caso aconteça uma perseguição dos rebeldes, estaríamos em desvantagem estratégica.

Creonte não estava preparado para ouvir aquilo. Bateu forte com a mão na mesa de campanha, quebrando-a ao meio. O barulho produzido assustou os guardas da porta do PC. Ao entrarem, puderam ver o rei Creonte segurando seu comandante pelo pescoço, através do braço biônico, a mais de dois palmos do chão.

— Saiam agora! – Ordenou Creonte aos guardas entre os dentes. – Você gostaria que eu deixasse teu cadáver aqui e não o entregasse para sua família completar o luto? Essas mortes ocorreram por sua incompetência. Fui eu que evitei a sua derrota humilhante.

— Não, meu senhorrr – O jovem general falou com dificuldade, devido à pressão que o rei exercia em seu pescoço. – Perdão, estava pensando apenas na logística e na segurança.

O rosto de Anibal ficou tomado por uma vermelhidão, e os olhos esbugalharam, O que revelou a agonia em que ele se encontrava. Esta visão fez Creonte recobrar a razão e soltá-lo. Pois, se continuasse exercendo aquela pressão em seu pescoço, fatalmente iria matá-lo.

— Agora faça o que eu mandar e só! – Ordenou Creonte com o dedo em riste.

— Sim, meu senhor – Respondeu tossindo.

Amanheceu, e Anibal, ainda cabisbaixo devido à sua vergonha, montava uma operação para o acondicionamento dos corpos em caixões. Mas ele não conseguia vislumbrar como iria realizar toda essa operação. Havia muitos corpos sem acondicionamento, colocados em uma área afastada das vistas do restante da tropa. Levá-los pelo deserto até a capital exigiria muita madeira para os caixões e muitas carroças para transportá-los. Levar os corpos amontoados em caixas coletivas daria uma impressão muito pior.

O som de uma cavalgada chegando ao acampamento chamou a atenção de Anibal. Dois mensageiros foram direto ao encontro do rei, que, neste momento, estava fiscalizando os preparativos para a partida.

— Meu rei, permissão para lhe falar?

— Pois não, soldado. Prossiga!

— A 1ª Divisão de Guarda está a um dia de marcha. Logo se juntará à operação, conforme foi ordenado por vossa majestade.

— O quê! Eu não ordenei nada! Quem está no comando da divisão?

— O próprio general Abissalau.

Decepcionado, Creonte já começava a decifrar o grande esquema de traição que estava se desenrolando.

— Esther... Eles queriam capturar a rainha, e eu não percebi.

Creonte precisava pesar o custo da próxima decisão, e qualquer uma que ele tomasse, com certeza seria alto.

— Anibal! – Chamou o rei em tom bravio. – Já começou a operação para confecção dos caixões?

— Não, meu senhor, eu já estava preparando as equipes para realizarem a atividade, mas ainda não foi desencadeada a missão.

— Certo! Então, infelizmente, eu vou acolher a sua sugestão. Contrariado, mas vou ter que passar por cima de uma ordem que, para mim, estava ligada ao sentimento das famílias que perderam suas filhas e filhos. Mas que assim seja! Prepare um funeral coletivo, com toda a pompa militar, e providencie... – Creonte engoliu em seco antes de pronunciar as próximas palavras. – uma grande cova no chão para cremar os corpos. Precisamos partir o mais breve possível. – Creonte saiu com os mensageiros em direção aos cavalos.

— Sim, meu senhor, vamos providenciar imediatamente. Assim que estiver pronto, eu chamo o senhor para a cerimônia.

Creonte saiu sem dar mais ouvidos ao jovem general.

— Agora vocês dois – Disse Creonte, dirigindo-se aos mensageiros que esperavam suas ordens. – Bebam, comam e se restabeleçam. Vou exigir muito de vocês agora.

— Pois não, meu rei. Estamos aqui para servi-lo.

— Vocês devem voltar e passar a seguinte mensagem: "A tropa está recuando. Estacionem no melhor ponto possível. O rei vai fazer uma reunião de comando amanhã." E só, não falem mais nada. E, se algum soldado partir a cavalo para a capital, ele deve ser preso e entregue somente a mim.

Creonte deu a ordem enquanto escrevia o mandado que dava autoridade aos mensageiros de prender quem se evadisse do acampamento da 1ª Divisão.

— Sim, meu rei.

— Aqui está o mandado. Assim que estiverem prontos, devem partir.

Pouco tempo depois que os mensageiros partiram em direção à marcha da 1ª Divisão, Creonte foi chamado para a cerimônia. A visão de tantos mortos era muito triste. Enfim, uma guerra não acontecia há muito tempo. E, particularmente, essa visão dos corpos tombados em combate por flechas, lanças, espadas e muitas queimaduras era traumatizante. Mas o rei não conseguiu evitar um tremor na alma quando o fogo surgiu como uma explosão, devido ao óleo jogado sobre os corpos para que todos fossem queimados inteiramente.

— Deus receba as almas dessas crianças que morreram pela ganância dos homens – Balbuciou o rei, com os olhos baixos.

No início da tarde do dia posterior, sob a sombra de uma árvore, Creonte estava inconformado com toda a estratégia de Cael, enquanto Abissalau ainda não tinha entendido como todo esse plano tinha conseguido ter êxito.

— Meu senhor, eu recebi essa mensagem, estava com o selo real. Como eu poderia imaginar que era uma armadilha?

— Eu sei, Abissalau. Eu recebi uma mensagem semelhante de Anibal, solicitando minha presença para o desfecho da batalha. Ele também me disse que não enviou mensagem alguma. Mas, nesse caso, ajudou a evitar uma derrota humilhante. Veja como foi ardilosa essa artimanha: Caso eu chegasse a tempo, evitaria uma derrota crucial para a evolução da rebelião, mas deixaria a capital desguarnecida. Mas, como eu trouxe minha guarda de elite, facilitei para que uma pequena guarnição pudesse tomar a capital de assalto e declarar o trono vazio.

— Mas, meu senhor, isso não é tão simples. Quem tramaria tamanha engenharia para ludibriar a todos nós? Seriam necessários vários traidores no próprio seio do governo. Quem seria capaz de concentrar tantos esforços?

— Não acredito em um mandante solitário. Essa rebelião se aproveita para insuflar pessoas insatisfeitas pela fome e pela miséria. Mas, por trás da população em dificuldade, encontram-se os verdadeiros articuladores, que se aproveitam dessa situação para tirar proveito, e quanto mais eles enriquecem, mais tramam para alcançar seus objetivos de poder. Na verdade, são eles que causam as tragédias do povo, e se utilizam desse sofrimento para usá-los na frente de batalha.

— Meu rei, o senhor acredita, como eu, que seja obra do governador Cael?

— Sim, ele está por trás de tudo. As espadas, as lanças e os escudos vieram das forjas da Lemúria. Mas ele não está sozinho, pelo menos no campo de batalha. Ele encontrou alguém que possui habilidades militares, coisa que ele não tem. A estratégia montada aproveitou bem o terreno, a moral inflada da tropa e a inexperiência do general comandante. E, perdendo ou ganhando, seríamos derrotados neste lance. Estamos aqui, praticamente toda a guarnição lotada na capital. Portanto, a rainha está apenas com a guarda do palácio.

— A rainha está em perigo... – Abissalau, com a mão no rosto, lamentou o resultado do estratagema.

— Não, meu caro! Todos nós estamos. Sem a rainha, que é a senhora da Casa Real, uma nova casa poderá assumir o trono.

— A Irmã de Cael – Concluiu o general.

— Acredito que ele vai preferir casar-se com Esther para se tornar o rei, já que sempre poderia correr o risco de a irmã se casar. Cael é ardiloso, sempre possui duas linhas de ação, no mínimo. Agora, devemos retornar com a maior brevidade possível. Temos uma conspiração para eliminar.

* * *

Enquanto isso, no palácio real, a rainha Esther estava sendo servida de sua refeição matinal. Seu olhar estava distante, com a mente divagando nos acontecimentos que estavam por vir. A porta do grande salão se abriu, e, sem anúncio algum, entrou o governador Cael.

— Bom dia, minha linda rainha! – Cael se aproximou a passos largos.

— Bom dia, Cael! O que o traz ao palácio tão cedo?

A rainha fingiu ignorar que essa invasão era uma afronta ao protocolo e às leis do reino.

— Vim buscá-la para encontrar nosso rei.

— Cael, por que o rei me chamaria para um local onde está acontecendo uma batalha? – Questionou a rainha, bebendo mais um gole de sua xícara.

— Para a celebração da vitória. A rebelião foi abafada, e haverá uma grande cerimônia em homenagem ao rei, que, como esperado, foi o grande vitorioso nessa revolução.

— Não é comum. Mas, como você mesmo, um governador, veio pessoalmente me buscar, peço que aguarde um pouco, pois tenho que preparar o meu enxoval para a viagem.

— Sim, minha rainha. Faça seus preparativos.

Cael gentilmente fez uma reverência. Ele não imaginava que seria tão fácil, mas preferiu assim. Seu principal objetivo era ser rei, mas se casar com a rainha era um sonho desde criança. A própria Virgínia, sua irmã, achava que essa obsessão pela mulher, e não pela figura da rainha, era uma doença que o levaria a fazer coisas que ela considerava desagradáveis até de imaginar.

A rainha, ao se recolher a seus aposentos, foi diretamente para o quarto de vestir, onde havia uma chave que, ao ser acionada, abria uma das muitas passagens secretas criadas por Creonte no decorrer dos séculos de seu reinado. O que Cael não sabia é que qualquer mensagem do rei à rainha deveria ser por escrito e fazer referência à "Lua de Sangue" no corpo da mensagem. Era a senha para validar qualquer mensagem que recebesse de seu amado.

Aquela passagem estava fechada há alguns anos. O ar estava quase irrespirável devido ao cheiro de mofo e umidade. Esther andava a passos apressados em busca da saída para evadir-se da cidade. Após alguns minutos, ela chegou ao final do corredor de pedra. Era uma parede aparentemente selada, e novamente precisava encontrar a chave que acionava o mecanismo que abriria uma passagem. Ela deveria se utilizar do conhecimento das lendas da criação para solucionar o enigma e acionar o mecanismo. Olhou as gravuras na parede que contavam o relato da história do criador da raça humana:

> *O rei Enki era um enviado do céu. Ele criou a raça humana do arranjo genético entre o humanoide primitivo com ele próprio. Seu primeiro sucesso foi usado como a matriz de toda uma espécie, ele era chamado de Gilgamesh. Um dia chegaram invasores do céu, querendo*

tomar o reino do rei Enki e escravizar a espécie que ele havia criado. Então Gilgamesh tomou seu antigo inimigo como um irmão e juntos derrotaram os invasores, salvando o reinado de Enki.

A rainha conhecia essa história em suas mais estranhas versões.

— Onde está a chave? Preciso pensar... A Lua é a filha, a Terra a grande mãe e o Sol o pai. O disco solar está sobre a cabeça do rei Enki. Aqui seria óbvio demais – Disse a rainha depois da sua primeira tentativa de pressionar sobre a figura do sol.

Ela continuou apreciando uma gravura esculpida na rocha que mostrava a família do rei Enki à procura de alguma pista. Abaixo do disco que representava a Grande Mãe, estava a figura feminina de Ninursague, esposa de Enki, grávida do primeiro ser humano.

— Ninursague?

De repente, a tradução veio em sua mente, o que lhe causou uma revelação.

— Eu não acredito! Como eu nunca associei a deusa com o nome de uma das casas reais? Ela sempre esteve predestinada a ser a minha sucessora. Então é aqui que vou pressionar, no ventre fértil onde toda a humanidade foi gestada. O dispositivo acionou a abertura de uma parede, que liberava a saída para o passo real. A rainha seguiu, enfim, em direção à luz.

— Olá, minha rainha! Vejo que já está pronta – Disse Cael com um sorriso de satisfação.

Ele a estava aguardando na saída da passagem, sentado numa mureta, comendo guloseimas que pegou da mesa da rainha.

— Eu conheço várias passagens do palácio. Quando os servos descobriam uma nova passagem, eles registravam. E eu consegui reunir muitas dessas informações.

— Quem você pensa que é, Cael? – Perguntou a rainha, não conseguindo esconder sua frustração.

— O futuro rei! Por acaso, a senhora sabe onde está seu amado Creonte, que não está aqui para protegê-la?

— Ele virá em meu socorro e você vai conhecer a sua fúria.

— Vou arriscar. Caso ele não a resgate em duas luas, terei o direito de desposá-la e me tornar o novo rei.

— Em duas luas, você estará sendo comido pelos vermes – Disse a rainha, com fúria nos olhos.

Ela fez a ameaça, mas sabia que não se desenrolaria dessa forma. Na realidade, pressentiu que devia ir. Algo importante a aguardava na Lemúria, mas devia demonstrar resistência.

— Não tenha tanta certeza, nobre rainha. As leis protegem a linhagem dos Primordiais. E faço parte da família real. Minha irmã é legítima herdeira do seu lugar. Mas o que desejo realmente não é o trono, é poder desposá-la.

— Que petulância! O que fez você pensar que eu poderia me casar com você?

— Quando eu era adolescente, a vi brilhando sob o luar. Foi em um jantar no palácio onde minha mãe estava sendo homenageada pelo rei. Desde essa noite, eu não consegui mais tirá-la da cabeça e tudo que faço é para realizar o meu sonho de tê-la como esposa.

— Sim, eu me lembro desse jantar com sua mãe e seu pai. Ela era de grande nobreza. Já seu pai é arrogante, um guerreiro sem nenhuma guerra para lutar. E você não puxou nada dela.

Cael sorriu com o canto da boca, como se aceitando a crítica, mas seu ego estava inflamado de raiva. Porém, ele sabia que não era hora de contrariar a rainha. Seu plano estava alcançando sucesso em cada passo que dava.

— Para onde me levarão, Cael?

— Vossa majestade ficará hospedada no palácio de Virgínia. Acredite, ela não deixaria que nada lhe causasse desconforto.

Cael fez sinal a seus serviçais para que escoltassem a rainha a uma carruagem confortável que estava à sua espera.

Enquanto o rei Creonte retornava com suas divisões, com baixas severas, para a capital, Cael levava sua amada rainha para Lemúria. Já Agamenon recuava com um exército vitorioso, apesar do último enfrentamento com o rei, mas levando consigo a dor de carregar o corpo do seu grande amigo Brutus.

* * *

A tropa rebelde retornava para sua sede, margeando a Floresta dos Lêmures. Esses, de vez em quando, se deixavam ser vistos, talvez pela curiosidade natural da espécie. A manhã já se encaminhava para o seu término. O comandante havia decidido prosseguir até a cidade e montar seu acampamento nas suas cercanias. Encabeçando a coluna de marcha, estavam a cavalo, Agamenon e o Ladrão.

— Ladrão, a morte de Brutus está me consumindo por dentro. Eu é que devia estar lá. Só penso no dia em que vou matar Creonte. Ele vai pagar por tudo isso.

— Grandão, o rei Creonte é um assassino. A vida das pessoas não tem importância nenhuma para ele. Se ele não teve clemência nenhuma diante de uma aldeia inteira de crentes, apenas porque não concordavam com a sua Norma Fundamental, imagina se teria qualquer respeito por um comandante da força rebelde. A maneira como finalizou a luta, cortando a cabeça dele, já demonstra com clareza o que pretende fazer com todos nós.

— Não vou descansar enquanto não acabar com ele e o seu reinado da morte.

— Só conheço uma pessoa com capacidade de fazer isso – Argumentou o Ladrão, olhando fixamente para seu amigo.

— Quem?

— Você, seu monte de banha! Só você tem a força e a velocidade para enfrentá-lo de igual para igual. E, sinceramente, espero que também tenha a imortalidade dele.

Alguns minutos de silêncio se passaram até que Agamenon resolvesse novamente puxar conversa.

— Ladrão, eu queria poder me lembrar do meu passado para entender o que aconteceu comigo. Por que eu sou diferente dos outros?

— Acho que a grande questão é tentar responder: Por que você é tão forte quanto Creonte?

— São muitas dúvidas e nenhuma certeza. Mas agora, meu amigo, temos é que apertar o passo da coluna de marcha. Amanhã faremos o funeral do nosso amigo com honras de herói. Ele teve coragem de enfrentar Creonte.

— Sim, Grandão, agora novamente somos só eu e você.

A conversa foi interrompida com a chegada de um mensageiro vindo da cidade. O militar trouxe a informação de que a estratégia do governador foi um sucesso, e a rainha já se encontrava no palácio de Virgínia. O governador Cael estava convidando Agamenon e seu Estado-maior para o jantar em sua homenagem. Agamenon ficou intrigado, pois seu plano era vencer o Exército Real no terreno. Não esperava que Cael contasse com a intervenção de Creonte na batalha, deixando a capital desprotegida. Foi uma grande oportunidade para sobrepujar as defesas e resgatar a rainha do cárcere. Para ele, Cael era brilhante, mas seu olhar, em determinadas situações, o assustava. Mandou o mensageiro retornar avisando ao governador que chegaria a tempo de participar do jantar. O que ele não sabia é que o motivo do evento agendado era a comemoração da vitória, que não havia sido alcançada ainda.

No palácio, Cael preparou um grande banquete para todos os nobres que o apoiavam poderem saudar a bela rainha Esther pessoalmente. Ela realmente estava sendo bem tratada. Virgínia a admirava e acreditava que ela estava sendo aprisionada por Creonte, mesmo sob os seus protestos. Para a rainha, era um absurdo, mas todos acreditavam na versão dos fatos propagada por Cael. Os súditos da Lemúria pareciam doentes ou hipnotizados. Um rebanho de ovelhas conduzidas pelo pastor. Eles apenas concordavam com tudo. Qualquer contestação era vista com maus olhos e até como traição.

Os nobres estavam se regozijando, muitos deles nunca estiveram na presença da grande rainha. Comiam e bebiam em sua homenagem. O grande salão do palácio estava ricamente decorado com muitas flores e folhagens, algumas dessas flores só existiam na região da Lemúria. Nas janelas, foram colocadas cortinas de veludo vermelho, que era a cor da rainha. Um pequeno conjunto de músicos tocava melodias para agradar aos convidados.

À frente do trono de Virgínia, foi colocada uma mesa de madeira reluzente, onde foi posta a comida para a rainha e a família da senhora da casa do governo; foi incluído apenas mais um lugar à mesa ao lado de Cael, que Virgínia não sabia para quem era. Enquanto outras mesas menores estavam espalhadas pelo salão, apresentando fartura de pratos à base de frutas e peixes. Havia um espaço amplo ao centro para apresentações de dançarinos.

Os servos corriam baratinados para atender bem aos caprichos dos nobres, que nem sempre correspondiam à educação que deveriam ter. As senhoras das casas queriam se aproximar da rainha, vê-la de perto, confirmar a fama de que ela era a mais bela mulher do reino. Misturavam o sentimento de admiração com uma farta porção de inveja. Poderiam dizer que Esther se sentia como uma obra de arte em exposição. Mantinha o olhar sério, mas sorria quando um súdito vinha lhe fazer reverência.

— Está a sua altura, minha rainha? – Perguntou Cael.

Ele estava usando o uniforme de gala do comandante supremo da guarda da Lemúria. Era todo preto, com detalhes em dourado, o que o deixava com um aspecto elegante.

— Sim, meu irmão. Sua majestade está satisfeita – Respondeu Virgínia, ao ver o desconforto da rainha.

— Mas ela pode responder por ela mesma. Não acha, minha irmã?

Cael demonstrou à irmã com seu olhar o quanto tinha ficado insatisfeito com sua intervenção. Virgínia sabia o que seu irmão estava pensando. Ela sabia decifrar cada gesto de Cael. Foram anos de convivência. Virgínia não tinha dúvidas de quanto Cael podia ser perigoso, inclusive para ela.

— Sim, caro governador. A senhora da casa à qual você pertence está com a razão. Estou muito satisfeita com a homenagem, apesar de estar contrariada por estar aqui.

Esther mediu as palavras, já entendendo que qualquer erro poderia ser perigoso. Mas não podia deixar de expressar seu descontentamento, pois, se não o fizesse, poderia provocar-lhe desconfiança. Estava certa de que Creonte viria resgatá-la, e aí não sobraria nada da petulância de Cael.

— Sinceramente, espero que aproveite a noite, minha rainha.

Cael erguia a taça de ouro com pedras vermelhas em reverência, quando foi interrompido pelo 1° ajudante, que acionou o sinal para anunciar a chegada do convidado especial.

— Deixe que meu amigo entre, esta festa também é para ele – Bradou Cael, levantando-se da cadeira ao lado da rainha.

Todos se viraram para o umbral e observaram a entrada de um gigante. Agamenon, desta vez, estava bem-vestido, trajava o uniforme de gala de general, semelhante ao de Cael, que se diferenciava apenas nas insígnias. O uniforme teve que ser feito sob medida, pois não existia nenhuma vestimenta compatível com o seu tamanho. O cabelo preto, comprido, ainda úmido, estava preso em um rabo de cavalo, revelando a rusticidade do rosto de Agamenon. Grandes olhos negros, com sobrancelhas grossas e barba raspada. Conforme se dirigia a passos firmes para a mesa principal, conseguiu ouvir comentários que seu tamanho não deixava nada a desejar ao de Creonte.

— Bem-vindo, meu comandante!

— Muito obrigado, meu senhor!

Agamenon fez um gesto de reverência real, que é entendido por todos como uma submissão ao novo rei. O que agradou muito Cael, que sentiu um arrepio na pele. Não conseguiu segurar o sorriso de satisfação exigido pelo seu ego inflado. Ele era o grande líder e Agamenon era apenas o seu servo.

A rainha Esther deixou cair sua taça de vinho aos pés de Agamenon. Seu coração disparou ao vê-lo de perto. Não teve como disfarçar que estava encantada com a força que emanava daquele garoto. Cael fez sinal ao 1º ajudante, que prontamente providenciou a limpeza do chão onde o vinho se espalhou.

— Agamenon, deixe-me apresentar a minha irmã Virgínia, a Senhora da Casa de Lêmur.

Virgínia se levantou e sentiu suas pernas tremerem e o coração acelerar, nunca tinha sentido isso por um homem. Ela estendeu a mão para que fosse beijada pelo gigante a sua frente.

— Muito prazer, que a força do Deus dos Quatro Ventos esteja com a senhora – Agamenon a beijou respeitosamente na mão.

— Muito obrigada meu comandante, segundo meu irmão, você trouxe grandes vitórias para minha casa.

— Sim, coloquei Creonte para correr! — Ao ouvirem isso, todos riram, menos a rainha que não acreditou nessa versão.

— Vejo que meu irmão conseguiu um aliado de grande valor.

Os olhares de Virgínia para o corpo de Agamenon revelavam bem mais do que admiração. Era uma poderosa atração física, forte até para ela que resguardava todos os seus dias para rezar para o Deus dos Quatro Ventos. Cael chegou a corar de ciúmes. Mas sabia que tinha que controlar sua demência, para não colocar tudo o que conquistou em risco. O que tinha planejado para Agamenon ainda estava por vir e sem ele não conquistaria o seu maior objetivo. Então resolveu tirar o foco da conversa de cima da sua irmã.

— Sim minha irmã. Este é o meu amigo Agamenon, guerreiro vitorioso que foi uma peça imprescindível nesse tabuleiro para que minha estratégia desse certo e assim resgatar nossa rainha do cativeiro.

Agamenon não se sentiu valorizado ao ser comparado a uma peça de jogo de tabuleiro, mas sorriu mesmo assim. Preferiu dar atenção para as duas mulheres lindas que estavam a sua frente, uma muito jovem a outra com a beleza da maturidade.

— Mas, General Agamenon, eu tenho a honra de lhe apresentar a nossa rainha Esther, mãe de todo nosso reino. Ela foi o supremo motivo de realizarmos todas essas operações há muito tempo planejadas. Enfim, fomos exitosos e a salvamos do cativeiro.

Agamenon se ajoelhou em sinal de respeito à rainha.

— Levante-se rapaz! – Ordenou a rainha. Ao se levantar os seus olhares se fixaram mutuamente.

— Saudações, minha rainha!

Esther estremeceu ao ouvi-lo. O tom da voz dele a fez voltar no tempo. Como se pudesse se lembrar de sua vida intrauterina. Era uma sensação de conforto, segurança e amor. Mas sem nenhuma visão. Apenas uma escuridão aconchegante. Assim como Virgínia, ela estava impactada pela presença daquele homem. Uma emoção que só havia sentido quando conheceu o seu prometido Creonte. Apesar da beleza de ambos, os olhos não procuravam detalhes do corpo, apenas vislumbravam a alma um do outro. Foi então que Cael puxou Agamenon para apresentar-lhe os nobres que apoiavam a sua causa.

Tanto Virgínia, quanto Esther acompanhou Agamenon com os olhos pelo salão. Cada uma com seu interesse. Mas Cael faria de tudo para evitar que pudessem ficar novamente juntos, com exceção do jantar. O Ladrão estava também vestido como general e já tinha se enturmado em uma mesa com uma senhora e seu marido. A senhora ficou impressionada com as histórias de valentia que ele contava e quando Agamenon passou acompanhado de Cael, o Ladrão não resistiu a pedir a confirmação dele sobre seus feitos. Agamenon prontamente fez menção a bravura de seu franzino amigo. Sem deixar de dar uma bela gargalhada.

Do jantar, seguiu-se uma apresentação de dançarinos, como sempre, uma mulher era a estrela realizando belas performances. Algo que Agamenon apreciou muito. Apesar da tristeza que trazia no peito, ele conseguiu relaxar e acabou não notando o quanto de vinho já havia bebido. O mesmo ocorreu com Cael, mas no caso dele, era perigoso devido a seus conflitos internos.

— Então Agamenon, por que não se oferece àquela bela dançarina para passar a noite com ela? Com certeza ela daria tudo por isso, veja como seus olhos brilham ao dançar para você – Sugeriu Cael num tom de voz que lhe dava certeza de que sua irmã tinha escutado.

— Não meu governador. Estou muito entristecido com a morte do meu amigo Brutus para pensar em relaxar nos braços de uma mulher. Amanhã realizaremos o seu funeral.

— Entendo, a cerimônia deverá ser realizada com todas as honras militares. Ele foi assassinado pelo Creonte e você tem direito a sua vingança.

— Nós teremos nossa vingança – Disse Agamenon, deixando Cael satisfeito com a reposta.

A noite transcorreu de maneira agradável. As duas mulheres não conseguiam disfarçar o fascínio que a figura daquele homem lhes causava. Mas, qualquer tentativa de aproximação de Virgínia era prontamente desviada por Cael, que apesar de estar perigosamente bêbado, esmerou-se para conduzir sua estratégia. A maioria dos nobres já haviam se retirado, quando Cael notou que Agamenon já queria voltar para o acampamento acompanhado apenas de seu amigo magrelo. Ele era importante demais para seus planos, para deixá-lo correr o risco de uma emboscada de algum espião do rei.

— Agamenon, eu quero que durma aqui no palácio. Já é tarde, e você há de convir que bebemos muito essa noite. Aqui nesse imenso palácio temos vários quartos de hóspedes. Com certeza teremos dois quartos para você e seu auxiliar.

Agamenon estava tão bêbado que concordou, ele desejava deitar-se numa cama macia e dormir. Cael avisou ao 1º ajudante que providenciasse os aposentos em uma torre distante da rainha e de sua irmã. Mas, como já estava cambaleando, ele se esqueceu de ordenar uma guarda em sua porta.

— Meu senhor, eu peço-lhe desculpas, mas realmente vou me recolher. Foram horas de viagem a cavalo e confesso que estou muito cansado. Amanhã será um dia muito difícil para mim.

— Está certo Agamenon, o primeiro-ajudante conduzirá você e seu companheiro para os quartos que ele já preparou – Cael apontou para o seu servo que prontamente se aproximou para levá-los.

A rainha e Virgínia já tinham se recolhido há alguns minutos, não sem antes Virgínia ter ciência de onde Agamenon ficaria acomodado. A rainha em seu quarto fitava o teto, tentando decifrar o que aconteceu esta noite. Ela nunca se sentiu perturbada na presença de um homem que não fosse Creonte. Mas apesar dos atributos físicos de Agamenon, não era isso o que estava lhe chamando a atenção. Poderia ser ele o escolhido para conduzir o restante da humanidade a uma nova era? Ela tinha o poder da visão do que estava por vir. Mas, parecia que o tempo não estava correto, era cedo demais para essa libertação. Por mais que tentasse se conectar com a essência da Grande Mãe, não conseguia ter uma visão clara do que estava acontecendo. Sua experiência já demonstrara que quando sua visão era obscurecida, era porque ela não tinha permissão para ver e assim não perturbar o rumo dos acontecimentos. Então resolveu apenas se deixar dormir. Com certeza teria novas oportunidades de entender o que a Grande Mãe estava deixando fluir na trama do tempo.

Virgínia não conseguiu nem se trocar para dormir, continuava com seus véus brancos e suas pedras azuis. Estava em dúvida sobre o que deveria fazer. Mas não podia deixar essa oportunidade passar. Estava tomada pelo desejo. Sempre fez apenas o que seu irmão lhe aconselhava. E afinal, ela é que era a senhora da casa. Podia fazer o que quisesse, então se decidiu:

— Essa noite ele será meu!

Ela colocou uma capa preta com capuz e saiu cuidadosamente na direção da torre poente, onde foram alojados os dois convidados. Após atravessar o jardim, ela adentrou na torre e subiu até os quartos de hóspedes. Ficou indecisa em qual porta bater. Mas seguiu seu instinto e arriscou. Ao bater à porta, uma voz grave que já a havia seduzido durante o jantar respondeu.

— Um momento! – Disse o homem o outro lado da porta.

O coração de Virgínia acelerou, a ponto de ela quase desistir. Estava se virando para voltar aos seus aposentos, quando a porta se abriu. Agamenon estava em frente a porta com apenas uma toalha na cintura.

— Senhora Virgínia, o que faz aqui? – Agamenon ficou surpreendido com a ousadia da Senhora da Casa de Lêmur.

— Preciso falar uma coisa muito importante para você. Mas, não posso ficar aqui fora.

— Sim, por favor, entre. Mas, desculpe se estiver enrolando a língua. O vinho era muito bom e bebi mais do que deveria.

— Sim, eu vi – Virgínia sorriu, depois fechou e trancou a porta. – Eu vim aqui, porque quero ficar com você. Sou a senhora da casa e tenho esse direito.

— Mas... – Agamenon engoliu em seco.

Ela era uma moça decidida. Na verdade, ele ficou preocupado com o que seu irmão Cael iria pensar. Mas, segundo os costumes, ela tinha esse direito. Virgínia era possuidora de uma beleza que deixaria qualquer homem apaixonado e depois de Jade, Agamenon não se envolveu com mais ninguém. Estava carente de sentir novamente a doçura de uma nova paixão e o efeito do vinho também contribuía para essa aproximação. Mas, sabia que isso podia contrariar os planos de Cael. Esse fato o assustava. Virgínia o abraçou com ternura e encostou o seu rosto no peito de Agamenon que a abraçou. Ela então delicadamente soltou sua toalha.

Após uma noite que muito agradou a Agamenon.

– Acorda grandão! – O Ladrão bateu à porta e chamou seu amigo para que acordasse. – Temos que voltar para o acampamento!

— Oi... O que foi? Ah, tá! Já estou me levantando.

Agamenon procurou por Virgínia, mas ela já tinha se retirado. A noite tinha sido como um sonho, mas ele não esperava que fosse o primeiro homem na vida dela.

O funeral de Brutus foi tocante para Agamenon. Como Cael havia prometido, foi uma cerimônia com honras militares. Com discurso do Governador enaltecendo sua bravura, despedida emocionada do Ladrão e por fim Agamenon com a promessa de vingança.

— Prometo aqui meu grande amigo. Só descansarei quando acabar com o reino de terror de Creonte. Sua morte será vingada! Sangue por sangue!

Agamenon ergueu sua espada para o céu ao finalizar com essa frase, toda a tropa vibrou e deu três hurras.

X

A BATALHA

As unidades militares da Lemúria começaram a receber reforços de outras cidades, que, embora não se comprometessem oficialmente, enviaram parte de suas tropas como mercenários. Muitos desses soldados eram voluntários, desejosos de participar da revolução que prometia libertar o reino do maior tirano de sua história, um semideus que usurpara o direito ao trono da Casa de Lêmur. A história, porém, não era exatamente assim, mas foi dessa maneira que começou a ser disseminada entre os nobres e, consequentemente, propagada ao povo.

Para os envolvidos na preparação da defesa da cidade, o tempo passava rápido demais. Todos sabiam que, em breve, Creonte chegaria com seu exército, e ele era considerado invencível. Mas, como dizia Cael: "Ele ainda não enfrentou um exército à sua altura, nem um guerreiro com sua força."

Quem está na defesa escolhe o terreno onde enfrentará o invasor inimigo. Cael há muito tempo havia escolhido o estreito de areia entre o Lago Itgos e a

Floresta dos Lêmures. A praia, que desembocava na Vila dos Crentes – agora deserta —, parecia perfeita para preparar algumas surpresas para o Exército Real. Os embates anteriores mostraram que faltava malícia no combate por parte do exército de Creonte, e, caso Cael conseguisse novamente tirar Creonte do teatro de operações, o exército real ficaria vulnerável. Um exército menor, mas bem-preparado e armado com armas feitas de um material mais sofisticado do que o bronze, poderia ser fatal. A isca para atrair Creonte estava bem guardada no palácio de Virgínia e, com sorte, Agamenon conseguiria realizar seu intento de matá-lo. Mas isso seria apenas uma antecipação que facilitaria todo o desenrolar do plano.

Agamenon preparava a estratégia de combate. Usaria a vila como centro de comando, onde seriam guardadas as provisões, armas e as casas que não foram destruídas no ataque aos crentes serviriam de alojamento. Ele montou equipes com funções especiais, e cada grupo usaria um uniforme diferente. Ele e sua guarda usariam uniforme preto para incursões noturnas no acampamento inimigo; a guarnição escondida na floresta usaria uniformes verdes com presilhas para fixar vegetação, facilitando a camuflagem; a tropa que enfrentaria o inimigo na areia usaria uniforme na cor creme, para facilmente se confundirem com o ambiente quando observados de longe.

Da posição em que se encontrava a torre de observação, o comando da rebelião tinha à frente um estreito de menos de trezentos passos de largura e mais de quatro mil de comprimento. Agamenon ordenou que cavassem inúmeros buracos e neles depositassem junco seco embebido em óleo de lamparina, coberto por uma fina tela de tecido com areia colada, que passava despercebida em meio à areia. À esquerda, estava o lago, um obstáculo natural para a fuga de uma tropa atacada. À direita, a Floresta dos Lêmures, onde uma tropa tão preparada quanto o Exército Real aguardava para atacar, pegando as forças de

Creonte de flanco. Agamenon não estava preocupado em defender; ele planejava atacar, mas no terreno e da maneira que ele havia escolhido.

Durante esse período de planejamento, que já durava pelo menos uma lua, a intimidade de Agamenon e Virgínia aumentou. Todas as noites ele dormia no quarto dela. Cael não pôde impedir, pois era o direito da senhora da casa. Como Cael já havia traçado o destino de Agamenon, resolveu ignorar o romance. Afinal, Virgínia era Primordial e Agamenon, não. Portanto, não gerariam linhagem, e, se tivessem filhos, seria mais uma oportunidade para reivindicar o trono. Além disso, Agamenon conversava com a rainha Esther no jardim do palácio. Ela se afeiçoou sinceramente pelo rapaz, que nutria tanto ódio por seu marido e por mais que tentasse, ela não conseguia mudar sua posição; ele culpava Creonte pelo genocídio dos Crentes, pela morte de seu amigo e até pela fúria que resultou na morte de todo um pelotão.

Quando o assunto não era Creonte, Agamenon divagava com a rainha sobre seus sonhos estranhos, as poucas memórias que lhe vinham à mente e as coisas da vida. O que mais intrigava a rainha era que não conseguia ver o futuro daquele garoto. Contudo, ela tinha certeza de que ele não possuía a mesma energia de Cael. Agamenon era iluminado, enquanto Cael possuía apenas trevas. Como uma combinação dessas pôde dar certo? Para Esther, Cael conseguiu uma ferramenta muito útil para conquistar seu objetivo.

Duas luas depois, na Vila dos Crentes, Agamenon mostrava a Cael todos os preparativos para a batalha que se aproximava. A princípio, tudo estava pronto, e a tropa treinava os movimentos no terreno. Para cada investida de Creonte, havia uma estratégia de ação.

— Meu senhor, os preparativos estão prontos, os homens estão treinando as várias possibilidades de contra-ataque.

— Agamenon, treine-os à exaustão. Creonte nunca perdeu uma batalha. Na emboscada de Brutus, ele rapidamente percebeu a estratégia e agiu de uma maneira que não esperávamos. Simplesmente admitiu a derrota e virou o jogo. Nunca imaginei que ele recuaria de uma posição. Portanto, temos que esperar mais flexibilidade estratégica dele.

— Para Creonte, tenho uma surpresinha especial. Montei uma equipe com homens de minha confiança para uma investida destinada a tirá-lo do campo de batalha – Disse Agamenon.

— Eu tenho a isca. Ele perderá a prudência se receber uma informação plantada de que Esther será levada para outra cidade. Provavelmente pegará sua guarda e seguirá para a armadilha. E você estará lá para obter sua vingança. Quando seu exército partir de Baalbeck, eu serei avisado e montaremos nosso engodo – Explicou Cael.

— Meu senhor, quem ficará à frente do combate aqui?

— Eu, pessoalmente. Você não acredita que sou capaz de realizar essa façanha?

— Não quis dizer isso, meu senhor. Mas, então, devo explicar-lhe tudo o que foi treinado: Os sistemas de bandeiras, os espelhos, as catapultas...

— Sim, acredito que sou inteligente o suficiente para me preparar para essa batalha. Não acha?

— Claro, meu senhor!

— Outra coisa. De agora em diante, quando estivermos a sós, não me chame mais de "meu senhor", mas de Cael. Afinal, você é o preferido de minha irmã. Na verdade, o único. E eu o tenho como um irmão.

— Sim, meu senhor, ou melhor, Cael.

Agamenon ficou lisonjeado; já havia visto como Cael era exigente quanto ao cumprimento das prerrogativas do cargo.

Assim, Agamenon e o Ladrão passaram aquela tarde repassando todas as fases do plano de ação, que Cael ouviu atentamente. Ele não negligenciaria nenhum detalhe, pois desejava comandar uma derrota a Creonte diante de seus generais. Isso mostraria ao Estado-maior do reino que ele era capaz de ser, além de rei, um chefe militar.

À noite, Cael realizou um jantar íntimo apenas com a rainha, sua irmã e Agamenon.

— Minha rainha, devo informá-la que amanhã faremos os preparativos para levá-la a outra cidade – Disse Cael, antes de beber um gole de vinho.

O comunicado fez Virgínia levantar os olhos na direção de Cael. Não lhe parecia uma boa ideia. Agamenon já sabia do que se tratava e continuou saboreando uma salada de alfaces, tomates e cebolas.

— Cael, poderia me informar o motivo dessa súbita mudança? Pensei que você havia dito que estávamos no local mais seguro do reino – Questionou Esther, com um olhar desafiador.

— Sim, minha rainha. Mas não posso correr o risco de que qualquer coisa lhe aconteça e, como uma batalha se aproxima, não quero que seja atingida por uma flecha perdida, por exemplo – soou como uma ameaça para a rainha.

— Então, para onde vão me levar? Eu sou a rainha e exijo saber.

— Pois não, minha rainha. Deverei conduzi-la para Nova Tebas – Respondeu Cael.

— Para a cidade das bibliotecas de Creonte. Sim, lá é um ótimo lugar. Não vou fazer objeção.

Agamenon não entendeu, naquele instante, por que Cael revelou tão facilmente o destino.

— Ótimo que tenha gostado. Amanhã faremos todos os preparativos.

— O Exército Real já se aproxima? – Perguntou Virgínia.

Ela não queria perder a companhia de Agamenon, que, nos últimos tempos, havia dado um novo significado à sua vida.

— Sim, os mensageiros já me avisaram que devem chegar à região do Lago Itgos em cinco ou seis dias – Informou Cael.

Agamenon não sabia disso e sentiu um frio no estômago. Seria uma batalha decisiva para ele e para toda a população do reino.

Naquela noite, a rainha foi levada para uma torre do palácio. Os criados ficaram lá presos junto a ela para lhe servirem.

Dois dias depois, uma comitiva partiu em direção a Nova Tebas, com uma guarnição escolhida pessoalmente por Agamenon. Caso tudo corresse conforme planejado, no dia seguinte, dariam o golpe de misericórdia no reinado de Creonte.

Cael partiu para os alojamentos montados no que restou da Vila dos Crentes. Lá, já estavam em prontidão as guarnições que se aliaram aos rebeldes. Agora, ele só sairia de lá com a vitória ou morto. Pelo menos, assim ele pensava. Sabia que, no máximo, em dois dias começaria a batalha. O que se enganou, pois, na manhã seguinte, um exército composto por vinte mil homens já estava próximo da entrada do estreito. À sua frente se encontrava o general Abissalau, chefe do Estado-maior, comandante do Exército de Creonte.

— Meu senhor! Eles estão chegando! – Avisou o 1º Ajudante a Cael, que despertou em sua cama no posto de comando.

— Então, hoje é o dia que me tornarei rei!

Cael levantou-se, obstinado a derrotar o Exército Real. Caso tudo corresse conforme seu plano, Agamenon mataria Creonte, e, se não o fizesse, no mínimo, teria tirado o rei do teatro de operações tempo suficiente para que seu exército fosse derrotado. Os preparativos foram realizados e os homens, treinados à exaustão.

O jovem governador se posicionou na plataforma que havia sido construída para esse dia; dali se tinha uma vista de todo o estreito. Havia um sistema de mastros com bandeiras de cores diferentes, arriadas, que podiam ser vistas de todo o campo de batalha. Conforme a ação a ser tomada pela tropa, seria hasteada a bandeira da cor correspondente.

Cael via o Exército Real progredindo através de um instrumento formado por um canudo de bambu e lentes de vidro nas pontas. Artefato que Agamenon implementou para facilitar a visão à distância, chamado, por ele, de luneta.

— Filhos da puta! – Esbravejou o Governador.

Cael notou que a tropa à sua frente havia copiado o sistema de falanges que ele já havia usado. Eram um bloco só, com escudos fechando a parte de cima e todas as laterais. Eram compostas por cem homens e podiam se contar, no mínimo, vinte falanges entrando no estreito. Isso defendia a tropa de um ataque de arqueiros. Mas, para qualquer estratégia, Agamenon havia criado uma resposta. Na areia, Agamenon deixou linhas de espelhos, separadas cem passos uma da outra, voltadas para a plataforma, para que o comandante pudesse saber exatamente onde estava a tropa inimiga e então poder desferir seus golpes. Cael tomou um gole de vinho direto no bico da garrafa enquanto comandava.

— Esperem, esperem... Ergam a bandeira amarela a meio pau! – Ordenou Cael.

Isso indicava a ordem de acender as tochas. A tropa inimiga ultrapassou a segunda linha de espelhos.

— Agora, bandeira a todo pau! Fogo!

A bandeira amarela foi hasteada. Foi colocado fogo nas pedras envolvidas em cordas embebidas em óleo de lamparina. Elas se incendiaram e as catapultas foram liberadas e mais de duzentas pedras de fogo foram lançadas ao céu. Cada pedra que caía esmagava pelo menos cinco ou seis soldados, desmanchando as falanges. Algumas pedras, ao cair, incendiavam os buracos preenchidos com junco seco embebido em óleo de lamparina, queimando os soldados e provocando a desarticulação das formações. Aquela primeira linha de frente de pelo menos dois mil homens foi atingida por algo inesperado. Os homens, com seus corpos em chamas, corriam para todos os lados, agonizando, e, ao caírem desfalecidos, acionavam mais buracos de fogo. Os gritos assustavam as guarnições que vinham atrás. Em poucos minutos, todos estavam abatidos, mortos ou gravemente feridos.

— Ah! Como é doce o sabor da vitória.

Cael já se sentia como o novo rei. Não havia colocado nenhum de seus homens ainda em combate e já havia causado baixas significativas a Abissalau.

O experiente general do Exército Real ordenou que a tropa aguardasse. Esperou o fogo apagar e optou por outro tipo de investida. Resolveu mandar uma cavalaria. Lançou mil cavaleiros em direção ao inimigo.

— No mastro verde! Coloquem a meio pau.

Ordenou Cael ao ver uma tropa de cavalaria vindo em sua direção. Ficou observando fixamente a terceira linha de espelhos. E quando a alcançaram, ordenou:

— Bandeira a todo pau! Fogo!

A bandeira foi totalmente hasteada e os arqueiros lançaram a primeira saraivada de flechas para o céu. A nuvem de flechas gerou uma sombra sobre a cavalaria, que, impressionada, parou seu avanço. Os homens olhavam assustados para cima. Muitos tentaram se proteger sob os cavalos, que também eram atingidos e caíam sobre eles. Alguns conseguiam se proteger sob os escudos, mas eram pequenos e finos demais para aguentar a ponta de aço das flechas. Foram abatidos sem misericórdia. Agora, o estreito estava tão coberto de corpos de homens e cavalos que dificultava o deslocamento da tropa. Podiam ser ouvidos, por todo o campo de batalha, os gritos e gemidos dos homens agonizando e os relinchos dos pobres cavalos atingidos. A visão da areia era um mar de corpos, e o vermelho era a cor predominante. Entre a fumaça oriunda das pedras de fogo, podiam ser vistos corpos ensanguentados, alguns esmagados sob as grandes pedras e tantos outros caídos sem vida, com inúmeras flechas cravadas. Um ou outro buraco de fogo insistia em permanecer aceso.

Abissalau se sentia perdido, simplesmente não sabia como ultrapassar aquela linha de defesa. Nunca tinha visto uma ação tão bem planejada como a que estava enfrentando.

— Se ao menos o rei estivesse aqui, o desfecho seria outro – Pensou ele. – Recuar! Avise a todos os comandantes, vamos recuar dois mil passos à retaguarda. Quero uma reunião com todos os oficiais no meu PC!

A tarde passou. Cael aproveitou para preparar a guarnição da floresta e a equipe que faria as incursões noturnas. Ele sabia que deveria seguir estritamente o que foi planejado por Agamenon, mas teve uma ideia inesperada para aquela incursão aos Trens de Estacionamento inimigo (local onde ficam as barracas de suprimento e alojamento da tropa).

À noite, enquanto os generais discutiam formas de ultrapassar a linha de defesa rebelde, a tropa de elite treinada por Agamenon deslocava-se pela floresta, aproximando-se o máximo do acampamento sem serem vistos pelas sentinelas. Levavam consigo um pombal, com um pombo em especial. Este havia sido aprisionado com uma mensagem de Abissalau, ainda quando ele estava inspecionando as instalações na Lemúria.

A ordem que o tenente comandante do pelotão recebeu foi desagradável: Colocar fogo em algumas penas das asas dos pombos e libertá-los. As aves seguiram o pombo-correio em desespero e, conforme suas penas eram consumidas pelo fogo, caíam mortas, incendiando as barracas dos soldados. O acampamento foi tomado por uma correria, e até o PC de Abissalau foi incendiado. Muitos acabaram se queimando; havia fogo por todos os lados. Os oficiais gritavam suas ordens, que mal eram ouvidas pelos soldados, que corriam para se salvar. O que deveriam fazer era buscar água do lago. A tropa estava totalmente perdida. Um ataque poderia mudar o rumo da batalha, mas Cael sabia que o número inimigo ainda era muito superior.

O tenente, então, continuou como planejado por Agamenon, mesmo sem haver pombos no plano original. Dar três saraivadas de flechas noturnas e recuar para a floresta. Eram cerca de cinquenta homens lançando flechas diretamente sobre a parte do acampamento que havia sido atingida pelo fogo, o que recomeçou o caos. Todos tentavam se proteger, mas o número de baixas dessa incursão foi bem mais alto do que o planejado por Agamenon. A patrulha recuou rapidamente pela floresta, seguida por um grupo de soldados do rei, que adentrou a mata à caça deles. O número de barracas atingidas não foi tão grande em relação ao tamanho do acampamento, mas, devido ao alto número de baixas, causou um grande abalo no moral da tropa que se encontrava na reserva.

O dia amanheceu e Cael já estava na plataforma das bandeiras, observando Abissalau através de sua luneta. O general o surpreendeu, pois Cael acreditava que a incursão noturna atrasaria o exército real em alguns dias. Mas Abissalau já se encontrava montado em seu cavalo, bem à frente de sua tropa. Ele deveria estar fazendo algum tipo de discurso de impacto para elevar o moral e minimizar o medo que os homens estavam sentindo de atravessar aquele estreito.

Cael conferiu com o furriel as baixas, os estoques de pedras de fogo, flechas, óleo de lamparina, lanças e espadas. A resposta lhe causou confiança. Não havia perdido nenhum homem até aquele momento; não que isso lhe importasse tanto, mas era uma campanha vitoriosa até então.

A decisão tomada pelo comando do Exército Real era atacar com mais homens e atingir o sistema de comunicações de bandeiras, onde estava o comandante rebelde. Todas as incursões enviadas na noite anterior pela floresta não retornaram, indicando que foram abatidas. Cael ordenou que os prisioneiros fossem interrogados e, depois, torturados até a morte. Porém, eles nada sabiam sobre a estratégia que seria usada pelo general Abissalau.

Abissalau resolveu usar o binômio Cavalaria e Infantaria. A infantaria avançaria de duas formas: em falanges e centenas de soldados individuais, para agir de modo a apagar os incêndios. A tropa adentrou o estreito, e Cael entendeu que uma vitória nesse segundo dia de batalha poderia ser crucial. Ele deveria manter a concentração na estratégia, mas, a cada novo gole de vinho, seu ego se inflava mais.

— Atenção! Todos prontos nos mastros? – Perguntou Cael.

— Sim, meu senhor, todos prontos – Respondeu o 1º ajudante.

Cael aguardava a tropa, que agora marchava por entre os corpos dos soldados e dos cavalos mortos no dia anterior. Deveria esperar que eles chegassem até a próxima linha de espelhos para o ataque.

— Coloquem a meio pau as bandeiras amarela, verde e azul.

Isso fez os homens deixarem tudo pronto para desencadear um grande contra-ataque. O moral dos rebeldes estava elevado, e a confiança na vitória se refletia nos sorrisos dos homens. Não haviam perdido nenhum companheiro. Até os que fugiram de Creonte e viram a morte de Brutus bradavam pela vitória.

Quando a tropa atingiu a linha de espelhos, Cael ordenou:

— Bandeira amarela a todo pau. Fogo! E retornem a meio pau!

As bolas de fogo foram lançadas no campo de batalha, esmagando e queimando muitos soldados que tentavam correr ainda mais para frente, pois logo estariam tão próximos que as catapultas não poderiam ser mais usadas. Soldados vinham da retaguarda, passando por cima dos mortos. Era uma tentativa de vencer pela quantidade, uma atitude suicida. Abissalau sentia a dor de ver mais soldados morrendo naquele maldito estreito.

— Atenção! Bandeira amarela a todo pau. Fogo!

Cael ordenou a segunda saraivada de bolas de fogo. Agora, atingiu um número menor de soldados, que já estavam um pouco à frente do alcance das catapultas.

— Atenção! Bandeira verde a todo pau. Fogo!

Uma nuvem de flechas cobriu a tropa, que se deslocava lentamente para frente. Os que sobreviveram às bolas de fogo sentiam que suas vidas estavam chegando ao fim. Foram cobertos pela sombra da nuvem de flechas. Muitos soldados sucumbiram alvejados. Não havia buracos de fogo acesos neste momento da batalha.

O 1° ajudante ficou assustado com seu mestre, que, já embriagado com a segunda garrafa de vinho, exibia um olhar estranho, piscando com um olho só e revirando-os constantemente. Então, o ajudante resolveu preparar seu segredo: Um pó que colocava na bebida de Cael toda vez que parecia que ele perderia o controle. O concentrado fazia Cael dormir por algumas horas. Já havia evitado muitos problemas para o governador dessa maneira. Mas, como ele assumiria o controle das bandeiras se não recebeu o treinamento de Agamenon?

— Bandeira Azul a todo pau! Fogo!

Agora, as flechas foram acesas antes de serem disparadas, em número muito maior. Era como se estivesse chovendo fogo, e essa chuva caía diretamente sobre os soldados que haviam passado da última linha de espelhos. Nesse ponto, estava escondido o maior número de buracos de fogo, inclusive vários círculos de fogo que encurralavam os soldados. Muitos corriam com seus corpos em chamas em direção ao lago, mas, ao se jogarem nas águas, acabavam morrendo pelo choque.

Abissalau não conseguia mais ver nada do campo de batalha por causa da fumaça. Apenas ouvia os gritos. Um ou outro cavalo passava em disparada, buscando segurança atrás das linhas do exército. Ele estava desesperado, atormentado pela ideia de que seria o responsável pela maior derrota do exército. Só pensava em onde estaria Creonte, que não retornou com a rainha. Quanto mais seu exército podia suportar? As flechas cessaram de cair, mas o fogo continuava consumindo a carne morta de seus homens. O cheiro do óleo de lamparina e de carne queimada empesteava o ar; era impossível respirar. Sua vontade era ser novamente um garoto e simplesmente chorar. Somente a rainha, lembrou-se ele dos poderes de Esther, poderia mudar o rumo daquela batalha.

Na plataforma de onde Cael controlava visualmente todo o campo de batalha, ele continuava dando suas ordens conforme a estratégia previamente montada.

— Atenção! Bandeira vermelha e preta a meio pau!

Cael se sentia confiante, a bebida já havia cerceado todo o seu bom senso. Agora, ele daria o golpe final. A bandeira vermelha fez com que as pequenas catapultas, camufladas na floresta, fossem levadas à orla da mata e municiadas com bolas menores, mas grandes o suficiente para causar dezenas de baixas, ainda mais se estivessem em chamas.

— Bandeira vermelha a todo pau! Fogo!

Essas bolas incendiárias atingiram um ponto intermediário, separando o comando da tropa dos trens de combate e do batalhão em reserva. Foram poucos minutos, mas o suficiente para deixar Abissalau completamente isolado, sem poder avançar ou recuar, e seu exército estava agora acéfalo.

— Atenção! Bandeira preta a todo pau!

A esse comando, mais de mil homens, camuflados na floresta, avançaram e se posicionaram à frente dos trens de combate do general Abissalau, que não pôde fazer nada. Criaram um corredor da floresta até o lago, com mais de cem passos de largura. Formaram posições para frente e para trás, utilizando carroças com rodas largas cobertas de sacos de areia. Os arqueiros dispararam flechas diretamente contra os soldados do rei, que apenas tentavam se proteger, deitados no terreno. À frente de Abissalau, seus homens já estavam mortos ou gravemente feridos.

Assim que as flechas cessaram, um soar de trombetas foi ouvido por todo o campo de batalha. O general avistou, por entre a fumaça preta, dois homens montados a cavalo. Conseguiu reconhecer que eram mensageiros, pois usavam o estandarte da família real. Quando se aproximaram, ele teve coragem de se levantar.

— General! Trouxemos uma mensagem do nosso Governador Cael – Disse o mais velho dos dois, sem apearem dos cavalos.

— E o que diz essa mensagem?

— O governador Cael exige que se rendam, e assim poupará as vidas dos que restaram. Agora, um conselho meu: Nosso exército ainda está inteiro, praticamente sem baixas. Temos muitas outras armas não usadas no campo de batalha. Tenha bom senso e se renda. A lei salvaguarda a rendição. Somos todos concidadãos, não quero mais ter a visão de tantos mortos pelo caminho.

A fala do mensageiro pareceu sincera e, neste momento, estava coberto de razão. Eram todos súditos do rei, não importando se fosse Creonte ou Cael. Abissalau olhou para trás e viu seu exército ainda numeroso, sem poder se mover no terreno. Olhou para frente, e a dissipação da fumaça revelou a inteligência bélica de Cael. Não foi preciso entrar em combate corpo a corpo para deixar um grande exército de joelhos. Ele coçou a barba, convencido de que deveria aceitar a rendição, mas algo no horizonte lhe chamou a atenção.

— Volte e diga ao seu mestre que morrerei junto com meu exército. Mas ainda hoje ele estará de joelhos diante do meu rei, Creonte.

Os outros generais ficaram apavorados. Um deles se levantou, dizendo que se rendia, mas foi interrompido por uma flecha que lhe atravessou o peito, disparada pelo mensageiro mais novo.

— A rendição é total ou todos morrem – Falou o mensageiro mais velho, antes de se retirar calmamente a cavalo em direção à vila.

Os generais correram para socorrer o ferido, mas ele já estava morto.

— Senhores, eu estava inclinado a declarar a rendição quando vi aquilo lá no horizonte.

Todos então olharam e expressaram um sorriso de esperança.

Com o retorno dos mensageiros, Cael, já completamente embriagado e guiado pelo pior conselheiro, o Ego, tomou a decisão de atacar com todo o seu efetivo, deixando apenas a Companhia de Guarda defendendo a vila, com cerca de cento e setenta homens. O efetivo rebelde seguiu em marcha pelo estreito em direção ao Estado-maior, exceto pelo comandante da Reserva. Era a execução da tática do Martelo e Bigorna. A tropa sobrevivente, junto com seus comandantes, tinha a sua retaguarda (costas) uma guarnição de arqueiros rebeldes executando saraivadas em sua direção, enquanto o exército quase completo de Cael vinha pela frente. Abissalau ordenou que fosse montada uma posição de defesa, utilizando os próprios corpos dos soldados e dos cavalos. Segundo ele, deveriam manter a posição o máximo que pudessem, pois a sorte na batalha estava prestes a virar.

Na Reserva, estava a divisão comandada pelo general Aníbal, sem condições de avançar pelo estreito obstruído. Ao ver o que estava acontecendo na frente de batalha, lembrou-se de que tudo que seu comandante, general Abissalau, estava realizando era previsível. Conforme aprendera dolorosamente com Creonte, a única coisa que o inimigo não espera é o que deve ser feito. E agora, ao contrário da batalha anterior, em que estava lado a lado com seu rei, o que deveria fazer era atacar, mesmo com uma força menor. Então reuniu cerca de duzentos homens e montou uma estratégia. A tropa sob seu comando entrou na floresta por cerca de mil passos e então mudou de direção para a vila. Em silêncio, margearam a tropa rebelde que ainda se encontrava na floresta, esperando para entrar em combate caso fosse acionada. Levaram cerca de duas horas para chegar às dunas que separavam a floresta da vila. Aníbal deu ordem de seguir em coluna por entre as dunas, aproveitando-se para ficar encoberto da vista do inimigo.

Ao chegar próximo da última duna, Aníbal avistou um homem todo de branco, com roupas estranhas e óculos verdes pendurados no pescoço por cordões. Estava sentado sobre a duna mais alta, com as pernas em posição de lótus. Dali, tinha uma visão de todo o estreito, da vila e do lago. Tinha em suas mãos o que parecia ser um saco de papel e, de dentro, tirava pequenas guloseimas brancas desconhecidas, comendo-as uma a uma. O homem ficou olhando diretamente nos olhos de Aníbal e fez um gesto, colocando o dedo à frente da boca, exigindo silêncio, e depois apontou para o lago. Aníbal então teve certeza da vitória, pois só podia ser um enviado do Deus dos Quatro Ventos. Ele subiu até o cume da duna e conseguiu avistar dezenas de velas vermelhas: era a Armada Real, chegando por trás da posição rebelde, prestes a aportar e entrar em combate. O jovem general se virou para falar com o "enviado", mas ele já havia desaparecido. Neste momento, foi obrigado a ignorar o fenômeno e preparou o ataque com seu pequeno exército.

O sol já estava para se pôr quando os marinheiros desembarcaram as centenas e se deslocaram rapidamente para a vila. Cael estava tão bêbado que não notou a aproximação da armada. Seus homens estavam em uma localização encoberta e não podiam ver o que acontecia na praia. Ao entrarem em combate corpo a corpo, o tilintar das espadas foi o sinal que Aníbal precisava para atacar com seus duzentos homens. Na verdade, a vila não estava preparada para um ataque direto de mais de mil homens.

O combate fez Cael despertar de sua bebedeira, mas já era tarde. Ele via seus homens sucumbindo diante da bravura dos marinheiros e dos infantes de Aníbal. Neste momento, o som das trombetas anunciou a chegada do rei.

— Não acredito! Agamenon foi vencido por Creonte – Lamentou o líder rebelde.

Cael, isolado na plataforma de madeira construída para observação das operações, avistou o rei puxando um cavalo, ele mesmo, com um homem deitado sobre ele, pés para um lado e cabeça para o outro.

— Não! Agamenon está morto! E eu também logo estarei – Cael se desesperou, mas ainda possuía muitas cartas na manga. – Calma! Devo manter a calma e me render conforme a Norma Fundamental de Creonte e me submeter ao Conselho de Anciãos – Cael falou consigo mesmo. – Dessa vez, ele escapou por muito pouco. Mas é apenas o começo. Ainda serei o rei, custe o que custar.

— Cael! Renda-se agora, e pouparemos a vida de seus homens. O Conselho decidirá o seu destino – Disse o rei.

Creonte apeou do cavalo. Enquanto Cael descia da plataforma e seguia em sua direção, ao chegar, ajoelhou-se.

— Sim, meu rei. Eu me rendo conforme a Norma Fundamental do Reino de Acart.

Cael pronunciou sua rendição com muita calma, apesar da embriaguez que era facilmente perceptível.

Os comandantes rebeldes que lideravam a tropa que havia entrado no estreito ficaram perdidos ao não receberem mais as ordens através do sistema de bandeiras. Logo perceberam que algo estava errado e, ao verem as bandeiras sendo arriadas e trocadas pelo estandarte real, optaram pela rendição conforme a Norma.

Os generais de Creonte chegaram à vila e se postaram ao redor de Cael, inclusive Abissalau, que olhou para o mensageiro de joelhos junto aos demais rebeldes, com certa satisfação.

— Esse é o seu campeão, Cael?

Creonte foi até o cavalo onde estava Agamenon, amarrado como se fosse uma carga. Retirou sua máscara preta e observou aquele rosto furioso, com um pequeno filete de sangue coagulado no canto da boca. O rei arregalou os olhos e sentiu seu coração acelerar. Não estava acreditando no que via. Não podia falar nada a ninguém, mas recordava bem daquele rosto.

— Sim, esse é Agamenon. Foi ele que me envenenou contra o senhor, meu rei, incriminando vossa majestade pelo massacre da Vila dos Crentes.

Creonte nem tomou conhecimento do que Cael estava falando.

— Tratem bem este prisioneiro – disse Creonte, apontando para Agamenon no cavalo. – preciso interrogá-lo pessoalmente. O que acontecer a ele será feito em dobro a quem o fizer mal.

Essa reação de Creonte surpreendeu tanto Cael quanto a todos os presentes.

— Agora, Cael... Onde está a rainha? Diga, e prometo intervir a seu favor no conselho.

Essa era uma oferta tentadora demais para ser recusada. Seu plano poderia seguir naturalmente.

— Meu rei, ela nunca deixou o palácio da minha irmã, onde está sendo bem tratada. Essa história de deslocamento foi uma armadilha inventada por Agamenon para emboscá-lo.

Quanto mais Cael falava, mais Creonte reafirmava o que pensava do caráter dele, o que era o oposto de sua irmã, que era muito parecida com sua mãe.

— Abissalau! Vamos para Lemúria! Aníbal, você fica encarregado de registrar todas as baixas, realizar o funeral e depois deslocar o exército. Quando voltar, eu quero este lugar sem vestígios de morte.

— Sim, meu senhor! – Respondeu Aníbal, decepcionado.

Creonte interrompeu seu deslocamento e, após pensar por um instante, resolveu se dirigir novamente ao seu general mais novo.

— Aníbal, você me surpreendeu. Teria vencido esta batalha mesmo se eu não chegasse. Mas estou muito triste com todas essas mortes para poder lhe dar o prestígio que você merece. Esse dia não pode ser marcado como o dia da vitória e, sim, como o dia da vergonha, onde a ganância de um homem foi tão forte que abateu milhares.

— Sim, meu senhor.

Aníbal ficou satisfeito com as palavras de Creonte. Enfim, agora estava satisfeito consigo mesmo, pois melhorou sua imagem frente ao seu rei.

* * *

Mais cedo, enquanto toda essa batalha se desenvolvia no lago Itgos, a trinta mil passos dali, a equipe de Agamenon se preparava para a tentativa de resgate da rainha...

A neblina cobria o início da manhã com um tom sombrio. Um soldado nervoso guiava a carruagem real pela estrada que levava a Nova Tebas. Essa era uma região de planícies e de campos apinhados de vacas, ovelhas, cabras e cavalos, que se estendiam até onde a vista alcançava. A criação de animais era a base da economia dessa cidade, e um local para preparar uma boa emboscada era raro. Tanto Agamenon quanto Creonte identificaram apenas uma possibilidade de êxito: Uma passagem onde a estrada cortava uma pequena mata de vegetação baixa, mas densa. Uma linha d'água formada por pedras soltas cruzava a estrada e, nesse ponto, a carruagem ficava indefesa a um ataque. Foi nesse local que Agamenon montou uma estratégia baseada na observação, camuflagem e silêncio. Eram vinte homens bem adestrados, que se misturavam à vegetação. O uso de arcos foi descartado de imediato, pois havia necessidade de aproximação, e a principal vantagem das flechas era o disparo à distância. Naquele estreito, o combate corpo a corpo era o indicado. Agamenon estava um pouco nervoso com a possibilidade de o rei atacar a carruagem em campo aberto. Caso ele assim o fizesse, a estratégia rebelde desmoronaria. Mas logo acalmou seu espírito. A guarda real chegou ao local e começou a montar uma emboscada sob o olhar dos rebeldes camuflados.

— Homens, atenção! A carruagem está chegando. Precisamos de todo o silêncio. Não poderemos utilizar os arcos para não atingir a rainha. A carruagem está totalmente desprotegida, o que facilita nossa missão. Então, quando ela diminuir para atravessar o córrego, usaremos a surpresa como arma – Explicou Diógenes, comandante da guarda de elite de Creonte. – Victória e Glaucio! Vocês dois pedirão para a carruagem parar, e então todos nós, de uma vez, saltaremos na estrada e libertaremos a rainha.

Todos silenciaram, enquanto os soldados de Agamenon apenas observavam a movimentação da guarda de elite.

A carruagem surgiu na estreita passagem entre as árvores. Todos estavam apreensivos, tanto a guarda quanto os rebeldes. Glaucio e Victória, disfarçados de populares, obstruíram a passagem.

— Meu bom carroceiro, pare, por favor, nos ajude com um pedaço de pão para matar nossa fome. Podemos pagar – Suplicou a bela Victória.

Ela estava vestida com roupas femininas e deixara seus cabelos vermelhos e lisos soltos até a cintura. Qualquer homem se renderia à vontade de uma mulher, ainda mais uma tão bela quanto Vic. Mas, claro, eles sabiam que um soldado estaria preparado para um estratagema tão simples.

— Sim, minha senhora. Tenho comida o bastante para a senhora e seu companheiro. Mas adianto que sou de paz e não carrego armas comigo.

Para os dois soldados disfarçados, o medo do carroceiro de receber uma flecha no coração motivou-o a deixar claro que tinha a intenção de se render. Aos gritos, o comandante da guarda saltou em direção à carruagem e ordenou ao homem, que aparentava inocência:

— Desça daí agora! – Ordenou Diógenes.

Em torno de doze homens cercaram o carroceiro e o levaram até a porta traseira.

— Abra a porta!

O homem, de tanto tremer, não conseguia abrir o cadeado que trancava a rainha. E, pior, acabou deixando a chave cair no córrego. Começou a soluçar, num choro que envergonhava os soldados ali presentes.

— Não acho a chave, meu senhor. Desculpe, sou só um homem pobre que vive de transportar pessoas em suas viagens.

O comandante estava quase acreditando que havia se enganado de carruagem. Caso fosse verdade, ele estaria decepcionando o rei, perdendo a rainha, o reino e, muito provavelmente, sua vida. Cael, com certeza, mataria toda a guarda fiel a Creonte.

— Deixa que eu pego e abro a porra da porta – Disse Diógenes, já impaciente.

Ao abrir o compartimento de passageiros, parou, surpreso pelo que estava vendo: Uma imagem na penumbra de uma mulher usando um lindo vestido digno da rainha, com uma coroa sobre a cabeça. Mas era uma coroa que ele nunca havia visto na cabeça de sua rainha, a quem protegia havia alguns anos.

Quando abriu a outra porta e a luz iluminou todo o interior da carruagem, pôde ver que era uma boneca de pano do tamanho de uma mulher, amarrada na poltrona de passageiro. A coroa em sua cabeça era feita de latão barato. Quando Diógenes tentou reagir, o carroceiro já estava com uma espada em seu pescoço. A guarda real estava cercada por vinte rebeldes, e à frente deles estava o famoso Agamenon. Mesmo usando uniforme preto e uma máscara de tecido da mesma cor, seu tamanho o denunciava.

— Onde está Creonte? – Questionou Agamenon.

Ele não acreditava que Creonte havia deixado o resgate de Esther a cargo de uma dúzia de soldados. Ele não seria tão relapso.

— Onde está você, covarde! – Agamenon gritou, para que pudesse ser ouvido por todo o bosque.

— Aqui!

Agamenon caiu no chão, desmaiado. Não viu nem o que o atingiu. Creonte usou toda a sua velocidade e desferiu um murro em Agamenon, que desabou com o maxilar deslocado.

— Soltem as armas e serão poupados. Essa é a minha palavra – Determinou o rei Creonte.

Ao verem mais de cinquenta soldados saírem do meio das árvores e seu herói caído, todos soltaram as espadas e se renderam. Agamenon bebeu do próprio veneno. Mais uma vez, a experiência de Creonte prevaleceu no combate.

XI

O JULGAMENTO

Como o sistema social do reino era baseado no matriarcado, o direito hereditário era passado de mãe para filha. Quando a senhora de uma casa do governo morria precocemente, sua filha, caso houvesse, assumia o seu posto e seu marido ficava incumbido de realizar o trabalho burocrático no cargo de governador da cidade-estado. Caso não houvesse uma mulher na linha hereditária, uma nova casa assumiria a dinastia, dando-se preferência a casa da esposa do filho do casal que governava a cidade, caso existisse. À filha herdeira dava-se o título de princesa no âmbito local. Havia um porém: Para que pudesse assumir o governo de sua cidade, o seu casamento deveria ser com um homem de linhagem Primordial, pois somente assim poderia gerar filhas e filhos ao reino. Ter prosseguimento na linhagem era de suma importância na organização social de Acart. O governador destituído, chamado então de ancião, era automaticamente alçado ao cargo de conselheiro no tribunal do reino. Cada cidade possuía seu próprio conselho de anciãos um pouco mais simplificado para solução das suas contendas jurídicas locais. O conselho local era formado pelos nobres que tinham ficado viúvos, perdendo assim o direito a pertencer a uma casa. Já na capital, como este era formado pelos antigos governadores, era comum haver dois ou mais membros pertencentes a uma cidade e algumas cidades poderiam não possuir representantes. A constituição atual era de quinze membros.

Agamenon estava preso na detenção do Conselho de Anciãos na capital. Seu crime era muito grave. Pela lei, ele deveria ficar incomunicável, para que todos os depoimentos não fossem contaminados com combinações entre os acusados. Os réus eram ouvidos na sequência inversa da sua importância no caso. Os primeiros foram os oficiais que obedeciam às ordens do governador, para enfim, ouvirem por último o Ladrão, Cael e Agamenon.

Virgínia clamou à influência de Esther para poder encontrar seu amado e para isso alegou algo que a rainha preferiu deixar em segredo.

— Acorde Agamenon! – Bateu com força o carcereiro na porta. – Tem visita para você! É uma senhora.

Agamenon se levantou da cama que possuía um colchão de palha forrado com um tecido grosso cru. Era uma cela pequena para o seu tamanho, mas tinha o necessário para manter-se confortável, na medida do possível. A detenção do Conselho de Anciãos era uma prisão intermediária, ele não estava condenado ainda. Após o julgamento, caso fosse condenado, poderia ser enviado a uma prisão, ser banido ou punido com a pena capital. Isso dependeria da disputa argumentativa entre a defesa e a acusação e, por fim, da interpretação do Conselho de Anciãos. Esse tinha o poder de interceder, quando necessário, para elucidar qualquer dúvida e isso poderia ser usado para o bem ou para o mal.

— Meu amor!

Virgínia entrou na cela e retirou o capuz que lhe escondia a identidade. Avistou o rosto do seu amado com cabelos cortados e barba nascente. Estava apenas com um *kilt* e uma capa para minimizar o frio da cela. Ela o abraçou e beijou nos lábios.

— Virgínia, o que você faz aqui?

— Eu precisava te ver. Tenho tantas coisas para te dizer, mas tenho pouco tempo. Consegui que a rainha intercedesse por alguns minutos.

— Você aqui nesta detenção... – Ele lamentou erguendo a mão como se demonstrando o local.

— Agamenon, eu preciso te explicar algumas coisas para você não se condenar no seu julgamento. – Os dois se sentaram na cama. – Desde o início, Cael tinha planejado tudo que poderia acontecer, e, caso a rebelião fracassasse, ele já tinha um responsável para indicar. Você não é um Primordial, nem é um cidadão comum, é um estranho ao nosso reino. Apenas a sua existência já causa insegurança aos nobres e Cael vai saber explorar essa questão no julgamento. No reino existem alguns nobres de sangue real e eu sou a primeira na lista de sucessão.

— Nunca entendi direito essa história. Cael então falava a verdade?

— A história que o meu irmão espalha aos quatro ventos não é totalmente verdadeira. Ele acrescentou elementos que favorecem o seu desejo.

— Então como Creonte usurpou o reino?

— Bom, o reinado é passado de uma rainha para outra, alternando as casas, a escolhida pela Grande Mãe é que irá substituir a rainha que morreu. Cada rainha governa por décadas e algumas permaneceram até por séculos graças a essa força que ela recebe quando se torna rainha. Mas, nada é para sempre. Quando a rainha Esther foi escolhida ela pertencia a uma casa que já estava no trono. Pela regra de Creonte, a próxima rainha seria minha ancestral. Portanto, a minha casa ainda está na prioridade de assumir o reino.

— Mas, e Creonte, qual o papel dele nesta história?

— Foi Creonte que aprisionou a força da Grande Mãe e entregou à primeira rainha. Que se tornou sua esposa. Desde lá, ele tem sido o rei.

— Mas como ele pode estar vivo há tanto tempo?

— Isso ninguém sabe. Por isso ele é considerado um imortal, um rei semideus. E você como é parecido com ele, foi visto pelo meu irmão como um presente do Deus dos Quatro Ventos. Assim ele pôs seu plano em andamento. Dizem que Creonte teve filhos com outras rainhas que foram morrendo com o decorrer natural de suas vidas. Meu irmão acredita que são lendas. As contadoras de histórias afirmam que Creonte teve um filho com Esther que foi sequestrado e nunca mais foi visto. E a esta altura já deve ter morrido há muito tempo – Agamenon ouve atentamente o relato de Virgínia. – O trunfo de Cael no Conselho é o nosso pai. Quando minha mãe morreu, ele tornou-se, por força da lei, conselheiro e há pouco tempo assumiu a presidência do conselho por ser o mais idoso. Meu pai não é o que se pode chamar de justo. O próprio desequilíbrio emocional de Cael é culpa dele. Ele sempre punia o meu irmão sem clemência, cada vez que ele falhava em alguma atividade que meu pai considerava importante. Ele era apenas um menino. Meu pai, sempre quis ser o rei e alimentava essa ambição. Foi ele que desenvolveu as forjas para espadas mais resistentes, as carroças de combate e toda uma gama de artimanhas para tentar derrotar o Exército Real. Agora ele está numa situação de destaque no julgamento e pode influenciar a decisão dos outros conselheiros. Com certeza, ele ficou muito orgulhoso do meu irmão. Cael teve a coragem que ele não teve durante o tempo em que governou a Lemúria.

— Pelo que vejo, eu sou o bode expiatório dessa crise.

— Bode o quê? Não entendi – Estranhou Virgínia.

— Deixe para lá.

— Senhora, acabou o tempo! Por gentileza, a senhora precisa sair – Bateu na porta o carcereiro alertando que o seu tempo havia acabado.

— Certo, já vou sair – Respondeu Virgínia ao homem. – Meu amor, cuidado! Cael é perigoso, ele vai colocar a culpa em você. Defenda a sua vida, nem que seja na arena. Em último caso peça o desafio. Você é um general e tem esse direito de decidir a sua culpa numa disputa a vista de todos.

Virgínia pegou um pequeno pergaminho escondido em suas vestes e deixou sobre a cama dele. Era um artigo do código penal militar que elencava as regras do desafio na arena.

Naquele dia, após terem sido inquiridos os envolvidos, com exceção de Agamenon, o conselho estava reunido com a rainha Esther e o rei Creonte. A mesa era retangular, tendo a rainha e o rei na cabeceira da mesa. Os conselheiros, como de praxe nestas ocasiões, vestiam togas pretas sobre suas vestimentas. A direita da rainha ficava o rei e a sua esquerda estava o presidente do Conselho de Anciãos.

— Minha rainha, esta é a maior crise que tivemos na história do reino – Explicou Jafar, o presidente do conselho. – Temos que entender que existem alguns integrantes dessa rebelião que possuem sangue real e agora, como todos sabem – ele olhou para todos – restam poucos de nós. Hoje não passamos de uns seiscentos indivíduos.

Todos ali no conselho eram, obrigatoriamente, Primordias ou Sangue Real, como preferiam ser chamados, e o casal real precisava levar isso em consideração.

— Nas últimas décadas – continuou Jafar – nasceram poucas crianças com sangue real, apenas em Al-Kibar com as duas meninas e na Lemúria com o casal da minha falecida Sabina.

E caso não nasçam novas crianças, estamos fadados à extinção até o final deste século. Já o povo continua se multiplicando. As suas vidas efêmeras mantêm a população controlada, mas já existe fome em todas as cidades.

Esther notou o tom preconceituoso na fala do presidente do conselho, mas ela estava ciente do poder investido em suas mãos, portanto, mesmo sendo a rainha devia medir as suas palavras.

— Meu caro conselheiro, o que o senhor propõe para este caso? – Questionou a rainha.

— Acho que poderíamos sugerir ao rei decretar uma anistia aos envolvidos de sangue real e punir o restante.

— Não é justo! – Esbravejou o rei.

Creonte se levantou revoltado com a fala do conselheiro. O ímpeto do rei deixaria qualquer um assustado, inclusive o presidente do conselho que sabia que possuía o desprezo do rei.

— Os militares que estavam obedecendo às ordens não podem ser punidos se seus líderes forem anistiados. Ou anistiamos todos ou não anistiamos ninguém! – Creonte foi taxativo em sua opinião.

— Mas, meu senhor, se punirmos todos, como falei, perderemos mais alguns membros sadios que ainda podem gerar filhos para o reino. E, caso liberarmos todos, poderemos encorajar futuras revoltas. – Jafar, era como Cael, sabia destilar seu veneno em pequenas dosagens para ao final atingir seu objetivo. – Mas, precisamos de uma punição enérgica. Alguém para ser o alvo da justiça implacável do reino para servir de exemplo. Por que não este tal de Agamenon? Nos depoimentos todos os relatos se voltam contra ele. A rebelião estourou depois do surgimento dele. E foi ele quem matou sozinho todo o pelotão que havia sido mandado para fazer a guarda da vila. E neste caso não houve mandante.

— Não! Todos devem ter um julgamento justo! – Creonte sacodiu a cabeça, revoltado com o que estava ouvindo.

— Meu marido, devemos participar do julgamento desse rapaz – Sugeriu a rainha, agora apreensiva com o rumo que a reunião estava tomando.

Ela não queria que mais gente morresse nesta rebelião e não conseguia esquecer o que sentiu na presença de Agamenon. O motivo das súplicas de Virgínia a fizeram pensar em tudo que estava acontecendo por trás do que podia ser visto. Ela sabia que muitas vezes a Grande Mãe trabalhava de formas incompreensíveis para os humanos. As peças não entendem a estratégia do jogo, apenas são movimentadas.

— Atenção ao conselho! Eu rainha Esther, decreto que todos os membros da rebelião sejam anistiados e libertados.

Um sorriso satisfeito ficou estampado no rosto de Jafar.

— Quanto ao crime da morte dos membros do Pelotão de Guarda designado para proteger a Vila dos Crentes, ordeno que o general Agamenon seja julgado pelo conselho sob a presidência do rei. Que assim seja feito!

— Mas, minha rainha! – O sorriso de Jafar se desmanchou imediatamente sob seu protesto. – Nunca o rei presidiu o conselho. Não há jurisprudência para isso.

— Jafar, você é o presidente do conselho e deve saber a punição para quem não obedece a rainha – Argumentou o rei calmamente se dirigindo ao encontro do ancião. – Nada me daria mais prazer do que ver a expressão na sua cara quando sua cabeça caísse rolando na areia – Creonte falou ao ouvido de Jafar, que mirou para o rosto da rainha. Um brilho negro em seus olhos lhe causou um peso na alma.

— Sim, minha senhora! Assim será feito – Respondeu Jafar inclinando seu corpo para frente em reverência.

Na verdade, em sua mente, apesar do medo que tomou conta de sua alma, tudo estava saindo bem. Seu filho juntamente com seus aliados se livrou da prisão e ninguém perdeu seu cargo. Em pouco tempo, poderiam remontar a rebelião e até tomar o trono. E quanto a Agamenon, a roda ainda estava girando.

— Prepare o julgamento para amanhã! – Ordenou Creonte.

— Pois não, meu rei. Assim será feito. – Respondeu Jafar se esforçando para esconder um sorriso confiante.

Naquela tarde, Jafar, antes de mandar libertar o detido Nikolas, ordenou que o trouxessem a sua presença na sala da presidência do conselho. O ancião estava sentado atrás de uma grande mesa. O Ladrão entrou e ficou em pé a sua frente.

— Você é Nikolas de Ebrão? Pelo que pude apurar, é o melhor amigo do general Agamenon – Indagou Jafar.

— Sim, fui o primeiro a encontrá-lo, e posso dizer que sou seu melhor amigo.

— Como você o encontrou?

Por um momento de inocência o Ladrão conta a história com riqueza de detalhes, o que cansou o presidente do conselho que acabou bocejando.

— Então você não sabe de onde ele veio e nem o seu verdadeiro nome? – Jafar se levantou e foi até o Ladrão, colocou o braço sobre seu ombro. – Gostei de você Nikolas, você será libertado e poderá seguir a sua vida como se nada tivesse acontecido. Mas, o seu amigo será julgado pelo cruel Creonte amanhã. Ele nem sonha o que o espera. Eu poderia te passar umas informações importantes para a defesa dele e te libero uma rápida visita em sua cela. O que você me diz?

— Por que o senhor, o presidente do conselho, faria isso? – A experiência do Ladrão, agora alerta, deixou-o um pouco desconfiado.

— Muita gente deseja o fim do reino de Creonte – Jafar aproximou sua boca do ouvido do Ladrão e complementou: – Inclusive eu, que sou o pai de Cael – Ele se afastou e continuou. – Então vou lhe contar alguns detalhes do julgamento que poderão mudar o destino do seu amigo.

Jafar explicou detalhadamente o que Agamenon devia fazer para se livrar da condenação à morte. Logo em seguida, ele autorizou o Ladrão a visitar o seu amigo.

***

No dia seguinte, a hora do julgamento havia chegado e Creonte estava impaciente sentado no lugar mais alto da mesa. Era o lugar destinado ao presidente do conselho. À sua direita estava o parquet (o promotor responsável pela acusação) e a sua esquerda o advogado. Os conselheiros ficavam sentados numa outra mesa em forma de ferradura de frente para a mesa da presidência. O espaço no centro estava destinado à cadeira do acusado. Era o local onde o réu respondia as perguntas do acusador, do advogado e do presidente do conselho. Nesse espaço, o advogado e o parquet se revezavam, movimentando-se livremente para ressaltar suas argumentações. Caso algum conselheiro tivesse dúvida, deveria se dirigir diretamente ao presidente e relatar sua necessidade de esclarecimento do ponto que não ficou claro. Creonte sabia que isso poderia seguir por dias. Mas não deixaria que Agamenon fosse condenado sem a sua garantia de um julgamento justo.

— O detido Agamenon! – Anunciou o meirinho (oficial de justiça).

Ele entrou algemado nos braços e nas pernas, uma corrente foi presa a uma coluna do prédio. Estava acompanhado de dois guardas. Quem assistia a cena tinha a impressão de que era um pai com dois filhos menores, devido à diferença de altura e porte.

— O detido é acusado do crime de chacina do 3º Pelotão de Guarda que estava em deslocamento para responder ao pedido de ajuda da Vila dos Crentes na Lemúria – Prosseguiu o meirinho.

Agamenon ouve a leitura da acusação, a lista de testemunhas. Nem Zaede, nem Jade estavam entre os citados. Apenas o Ladrão era um nome conhecido. Agamenon estava sentado à frente de Creonte, agora calado, aguardando a hora que pudesse falar. Seus olhos revelavam o ódio que estava destilando em sua alma. Enquanto Creonte só observava o desenrolar do julgamento, preocupado com qualquer artimanha de Jafar.

O parquet caminhava de um lado para o outro na frente dos conselheiros, realizando a sua exposição dos fatos apurados na investigação do governador Cael, que cumpriu o que prometeu para Jade, mas traiu Agamenon.

— Nobre parquet, esses fatos têm vínculo com o genocídio dos crentes? – Creonte interrompeu dirigindo-se ao Acusador.

— O genocídio não está pautado neste julgamento. Não existem provas robustas que o réu foi o responsável por esse trágico fato. – Respondeu o acusador.

— Minha pergunta é: Como anda a investigação desse crime? Pois, segundo li nos autos, existe sim um vínculo entre o caso do pelotão e o do genocídio.

— Não, meu senhor, infelizmente neste caso não restou nenhuma prova de autoria ou qualquer indício de culpabilidade. Mas é certo que a caravana chegou após os fatos, e que Agamenon estava na caravana – Respondeu Jafar novamente conduzindo a discussão para o acusado, neste caso, como se estivesse retirando dele a suspeita.

— Então, ninguém sabe nada sobre o genocídio? – Questionou o rei indignado.

— Não está sendo investigado, porque o responsável foi o rei. – Protestou aos berros Agamenon se levantando da cadeira.

Um burburinho cresceu entre os conselheiros, revoltaram-se com a petulância do réu ao acusar o rei Creonte de tamanha atrocidade.

— Escutem! – Pediu a palavra Agamenon.

— O réu não tem o direito de falar até o momento de sua inquirição – Avisou o parquet.

— Senhor presidente do conselho, acredito que o réu tenha algo a dizer que pode mudar o rumo desse julgamento. Por isso, peço que seja dada a palavra a ele – Interferiu o advogado que já tinha montado a estratégia de interromper o julgamento quando houvesse a oportunidade.

O advogado era muito querido por Jafar. Eles já haviam conversado sobre essa injustiça que estava sendo feita ao réu. Já que todos foram anistiados, menos Agamenon. Afinal, os crimes haviam sido cometidos em nome da rebelião.

— Pois não. O réu pode falar – Creonte deu a palavra ao réu.

Ao fundo se pode ouvir novo burburinho devido à decisão tomada pelo presidente.

— Silêncio! – Protestou Creonte. – Agamenon, fale!

— Conselheiros, eu fui nomeado general pelo governador Cael, comandei suas tropas e, portanto, sou um militar. Estou correto?

Agamenon falou olhando nos olhos de todos os conselheiros, que entreolhando-se, assentiram com acenos de cabeça e confirmações silenciosas.

— Então, tenho todas as prerrogativas de um militar e ao que prescreve o Código Penal Militar. Estou correto?

Novamente os conselheiros concordaram.

Creonte se ajeitou na cadeira, pois estava prevendo aonde estava levando esse raciocínio. Na verdade, ele não queria perder a chance de entender o que aconteceu com Agamenon. Caso o desfecho fosse o que estava se apresentando, com certeza iriam matá-lo. Seria uma luta arranjada. Dificilmente seria justa. Queriam usá-lo como um exemplo do poder dos Primordiais.

— Então invoco o direito sagrado de conquistar minha liberdade na arena! – Um silêncio tomou conta de todos ali presentes.

— Não é possível! Os requisitos não estão sendo atendidos! As provas são claras! O próprio réu assumiu sua responsabilidade no inquérito realizado pelo governador Cael – Protestou o parquet.

— O inquérito perdeu seu valor no momento que o governador o acolheu em seu exército e o transformou em general. O próprio governador se tornou criminoso e até cúmplice, ao não ter prendido e entregue o acusado as autoridades. E, neste momento, não vejo o governador Cael aqui entre o rol de acusados – A alegação do advogado foi convincente para os conselheiros.

— Vou colocar em votação! – Prosseguiu Creonte decepcionado com o que se desenrolou. – Os que concordam que o réu tem direito ao desafio na arena fiquem como estão, os que não concordam levantem a mão.

Para surpresa do próprio Agamenon, apenas Jafar ergueu a mão.

— Votado e decidido! – O presidente do julgamento bateu o martelo. – Vamos ver quem vai aceitar o seu desafio. Até lá, deve ficar recolhido à prisão do conselho e não numa prisão normal – Creonte explicou a Agamenon.

— Eu já tenho quem quero desafiar! – Protestou Agamenon.

Creonte já aguardava esse desfecho. Parecia que todos os seus temores estavam se concretizando na sua frente.

— E quem seria? – Perguntou Jafar impaciente para ver seu plano se desenrolar.

— O rei Creonte! – Respondeu o desafiante.

O susto dos conselheiros ficou marcado por um "oh" uníssono e longo.

— O rei não precisa aceitar o desafio, pode indicar algum militar de prestígio nas armas – Avisou o parquet.

Todos, agora em pé, esperavam a resposta do rei. Será o rei corajoso o suficiente de enfrentar alguém a sua altura e bem mais jovem? Ou seria um covarde indicando outro para morrer em seu lugar? Essa era a impressão que Creonte tinha do que todos estavam pensando ao ver seus rostos voltados para ele. Ele não podia demorar a responder. Caso aceitasse demonstraria ao povo que ainda estava firme para defender o seu reinado. Também poderia evitar que matassem Agamenon antes de descobrir tudo que precisava saber sobre ele. Mas, sempre haveria o risco de Agamenon vencer e ter o direito a desposar Esther, tornando-se rei. Isso se Cael não o matasse antes do casamento e reivindicasse para si o trono.

— Preciso responder rápido. – Murmurou Creonte.

XII

O DESAFIO

No dia seguinte à derrota de Cael na Batalha do Lago Itgos, o Ladrão, que havia sido incumbido de comandar a segurança da Lemúria enquanto Cael e Agamenon estavam em batalha, acordou ao lado do corpo de uma linda mulher. Não resistiu ao impulso de acariciá-la.

— O que é isso?

Ela saltou da cama com um grito. Poucos véus cobriam seu corpo. O Ladrão, com olhos esbugalhados, sem entender nada, sentiu apenas uma dor forte na cabeça. Era a ressaca. O hálito estava carregado de álcool, e na língua perdurava o gosto do vinho. Seu marido, Adamo, entrou esbaforido ao chamado da esposa, ficando imóvel feito uma estátua, indeciso, com uma espada na mão.

— Perdão, Marido! – A senhora riu. – Acordei de um pesadelo e me deparei com o general Nikolas ainda na minha cama.

Ela começou a se cobrir. Já havia recebido o general algumas vezes desde que o conhecera no banquete à rainha.

— Senhor general, já está quase na hora da primeira refeição, por isso deve se retirar.

— Sim, me perdoe, Alexia – Falou o Ladrão. – Ontem bebemos e nos divertimos tanto que passei da hora.

Ele se levantou, vestindo seu uniforme de general. Ao passar por Adamo, colocou a mão em seu ombro.

— Você é um homem de muita sorte!

— Sim, eu sei disso. – Respondeu Adamo.

Alexia e Adamo estavam casados há alguns anos e não geraram filhos. Mesmo experimentando outras relações, Alexia não recebeu a bênção do Deus dos Quatro Ventos. Eram nobres por ascensão social, portanto, desconheciam a existência da separação genética entre sangue real e replicantes. Adamo e Alexia não eram compatíveis. Em sua ignorância, acreditavam que já deveriam ter pelo menos uma filha para dar continuidade na Casa de Vanish. Mas, para ela, até um menino lhe agradaria muito, seu desejo era ser mãe.

Um servo abriu a porta da residência. Apesar de pertencer a uma Casa nobre, Alexia não tinha prestígio junto à Casa que governava Lemúria, por isso, moravam próximos aos muros da cidade.

O sol daquela manhã já iluminava os prédios mais altos. As pedras polidas refletiam os raios do sol. À frente da casa, havia uma praça com muitas árvores, flores e outras plantas rasteiras. Caminhos ladrilhados conduziam até uma fonte central. O canto dos pássaros foi abafado pelo ruído ritmado dos cascos dos cavalos puxando as carroças. Nelas, os comerciantes levavam seus produtos para vender no mercado público no centro da cidade.

O Ladrão inspirou fundo o ar da manhã. Estava feliz. Alcançou o que sempre sonhou: Dinheiro, comida farta, roupas boas, mulheres e, o mais importante para todo integrante daquela sociedade, prestígio. Dirigiu-se ao acampamento do batalhão que ficou de guarda nas cercanias da cidade. Em seu caminho, observou que a cidade mais bela do reino se transformava ao transpor a muralha. Lá dentro, a riqueza de uma cidade reformada pela mãe de Cael era evidente, mas do lado de fora prevaleciam a pobreza, a fome e o crescimento desordenado. Marcas do esquecimento intencional das administrações de Jafar e Cael. Aos amigos do governador, tudo; aos pobres, nem as sobras. As vielas estavam atulhadas de lixo, única renda de muitas famílias. Até os comerciantes, artesãos e produtores, de todo tipo, viviam em condições precárias. Os tributos cobrados pelo governo eram muito altos, necessários para manter um exército equipado e bem adestrado. As únicas classes residentes do lado de fora dos muros que eram privilegiadas eram os militares e os armeiros.

O Estado criado por Jafar, pai de Cael, era um Estado policial. Aos nobres, era dado o prazer de uma vida segura e plena dentro dos muros da cidade; aos pobres, aplicava-se uma lei implacável. Jafar culpava a Norma Fundamental de Creonte por essa dissonância.

Quando o Ladrão se aproximou do acampamento, notou que muitas barracas estavam desmontadas. No mastro à frente do seu PC tremulava o estandarte do rei, e, antes que pudesse reagir, ouviu a voz grave de Abissalau às suas costas.

— General Nikolas de Ebrão?

— Sim, sou eu – Respondeu o magrelo, bem uniformizado.

— O senhor está preso pelo crime de alta traição, participação em rebelião e luta armada.

— Mas...

— O senhor será levado para Nova Athenas, onde será julgado pelo Conselho de Anciãos... – Abissalau viu algo que mudou a continuidade de seu discurso. – ou não, vai depender dele. – Apontou com o dedo para o homem que se aproximava a cavalo.

O Ladrão viu Creonte se aproximando em um grande Corcel negro. Realmente, o rei era gigante. Ele desmontou do cavalo bem à sua frente e desembainhou a espada. Ao ouvir esse som, Níkolas, o Ladrão, engoliu em seco e se ajoelhou. Seu corpo foi tomado por um tremor que não podia controlar. Nunca foi um guerreiro. Entrou nessa aventura por conta do destino. Enfim, estava encarando o que acreditava serem seus últimos momentos de vida.

— Você é o general Níkolas, melhor amigo do traidor Agamenon? – Perguntou Creonte, com a espada na mão.

— Sim, meu senhor. Ele está vivo?

— Está, será julgado pelo Conselho.

O Ladrão abaixou a cabeça, deixando o pescoço exposto. Preferia uma morte rápida.

— Vai me dizer que foi o Agamenon que o envenenou contra mim, como fez o covarde Cael?

— Não, meu senhor. Na verdade, fui eu que o incentivei contra o seu governo. Vivi toda a minha vida lutando por comida e água. Eu, como toda essa gente... – O ladrão apontou para as casas envolvidas em lixo. – sonho apenas com o básico. Queremos comida, água e uma chance de ter uma vida digna. Agamenon sucumbiu à revolta quando viu o massacre na Vila dos Crentes.

Nesse momento, o Ladrão olhou diretamente nos olhos de Creonte, com sinceridade.

— Agora estou pronto. Se o único amigo que tive nesta vida miserável será condenado à morte, prefiro morrer. Não mereço viver mais do que ele.

Ele abaixou a cabeça com os olhos fechados e ouviu o som da espada sendo embainhada.

— Você demonstra nobreza de caráter. Será tratado com as prerrogativas de um oficial general.

Creonte passou a mão na cabeça do Ladrão e seguiu seu caminho em direção à cidade. Estava ansioso para rever Esther.

O Ladrão esbugalhou os olhos com uma cara de desconfiança e olhou lentamente para trás, para ter certeza de que Creonte já havia seguido seu caminho.

— Vamos, "general"! – Abissalau pronunciou com desdém.

Afinal, ele entendia que um general que abandonava o acampamento para se divertir à noite não merecia ser equiparado a ele.

* * *

De volta ao julgamento de Agamenon no Conselho:

— Eu aceito! – Respondeu Creonte. – Que seja marcada a luta. Até lá, o réu ficará na prisão do palácio, sendo alimentado e tratado com as prerrogativas de general, para que, conforme a lei, esteja à altura do desafiado.

No dia marcado, o rei e um representante do conselho foram verificar as condições de Agamenon. Era necessário que o desafiante estivesse em condições de lutar de igual para igual com o rei. Caso a saúde física e mental de ambos estivesse em condições para o desafio, o evento seria confirmado e a venda de ingressos seria liberada.

Ao chegar à prisão do palácio, o som de batidas e gritos de luta foi ouvido. Creonte se assustou e se apressou até a área de sol de onde vinha o som. Encontrou doze guardas do palácio, dos quais três eram mulheres, treinando golpes com espadas de madeira sob a orientação de Agamenon. Creonte entrou no espaço, que media cerca de vinte por quarenta passos, no centro havia uma fonte de água e as paredes eram cobertas de vegetação até a altura de quarenta palmos.

Ao verem o rei, todos entraram em forma e se ajoelharam perante o rei, menos Agamenon, é claro.

— Estão ajudando no treinamento dele contra mim? – Disse Creonte, com um sorriso jocoso no canto da boca que não ficava coberto pela máscara de metal. – Levantem-se, todos em posição de luta.

Todos se assustaram, mas obedeceram ao rei, enquanto Agamenon ficou em pé, sem saber o que aconteceria com aqueles guardas com os quais ele já estava familiarizado.

— Soldado, passe para cá um desses rudos.

Creonte pegou a espada de madeira e mandou o primeiro soldado lhe atacar. O movimento foi diferente do que era treinado na instrução de combate. Creonte se defendeu e recebeu um contragolpe também imprevisto, do qual se defendeu novamente.

— Muito bom, soldado! O próximo!

O rei foi realizando ataques, defesas, investidas, saltos e percebeu as novidades introduzidas por Agamenon na prática dos guardas.

— Em forma!

Ao comando dado por Creonte, todos se alinharam na posição de descansar (em pé, pernas levemente separadas acompanhando a linha dos ombros e as mãos postadas atrás das costas).

— Excelente! É uma pena que Cael o encontrou primeiro – O rei falou olhando diretamente para seu desafiador.

— Não me juntaria a um tirano! – Respondeu Agamenon.

— Melhorou a boquinha, neném?

Debochou Creonte, colocando o rosto a dois palmos de Agamenon, que conseguiu ver seu reflexo na máscara de metal maleável.

— Foi só um carinho. Essa tua mãozinha de fada velha não assusta ninguém.

Agamenon não resistiu a retrucar a brincadeira. Por um momento, esqueceu que o odiava.

— É, mas essa mãozinha te botou para dormir por mais de quatro horas e te deixou falando "fofo" durante uma semana. Há, há, há...

Creonte chegou a se abaixar de tanto rir, e os soldados, com os olhos arregalados, não sabiam se riam ou se ficavam quietos.

— Foi à traição, Carcaça velha! Você é surdo! O Deus dos Quatro Ventos te chamou há muito tempo e você não ouviu!

E novamente caíram na gargalhada Agamenon e toda a guarda.

— Concordo! Então você apanhou de um velhote!

Creonte não se ofendeu e se deixou levar pelo desafio verbal. Todos riram.

— Soldados, agora podem ir e continuem treinando entre vocês o que aprenderam com o garoto metido aqui.

Após os soldados saírem, o rei conversou com o representante do conselho.

— Meu senhor, vejo que o desafiante está em condições de defender sua condenação na arena – Decretou o ancião.

— Então confirme a cerimônia, abra as bilheterias e deixe-me a sós com o rapaz.

— Perdão, meu senhor. Deste momento em diante, ninguém pode se aproximar dele. Já houve na história um desafiante que foi estocado com uma pequena lâmina.

— Certo, então se afaste um pouco, desejo privacidade para conversar com ele.

— Está bem, meu rei. Vou ficar observando do portal.

O ancião se deslocou lentamente, devido ao avanço de sua idade.

— O que você quer, Creonte? Você não vai me intimidar!

— Garoto, daqui a cinco dias nós vamos nos enfrentar com armas de verdade. Não serão rudos ou outras armas do circo. Será uma luta justa, mas mortal, e pode haver qualquer resultado.

Creonte agora estava com semblante sério e falava calmamente. Seu olho bom estava fixo em Agamenon.

— Vai pedir penico, carcaça? – Agamenon sacudiu a cabeça de um lado para o outro e levantou os braços.

— Não é isso, porra! – Creonte começou a rir novamente. – Estou falando sério!

— Sei! Então desembucha, velhote!

— Caso você vença...

— Eu vou vencer! Isso é certo!

— Está bem... Quando você vencer, case com Esther e assuma o trono.

— O quê! Você está louco, velho? Por que eu me casaria com a rainha Esther?

— Porque, senão, Cael vai dar um jeito de matar você e terá todo o reino do seu lado. Ele já a sequestrou. E, caso eu não esteja mais aqui e nem você, o que vai impedi-lo de se casar com Esther?

— Ela mesma, ora. Ela é a rainha. Ela decide!

— Nesse caso, não é bem assim. Ela tem o dever de aceitar. Existem muitos motivos que a obrigam a fazer isso: Cael é o único homem sangue real solteiro; a Casa de Lêmur é a próxima a se candidatar a assumir o trono caso Esther morra; a rainha não pode governar sozinha, senão perde o direito de manter consigo a energia vital do planeta e assim será substituída por Virgínia, a irmã de Cael. Pense bem! O desafio poderá definir uma nova era de ouro, ou uma era de trevas. Até a luta na arena!

Creonte saiu sob o olhar pensativo de Agamenon, que preferiu o silêncio a responder algo ao rei.

***

A arena de Nova Athenas em dia de espetáculo se transformava no único assunto da cidade. As casas eram decoradas com bandeirolas. As ruas ficavam abarrotadas de pessoas se dirigindo para lá. Havia muitos comerciantes em meio à multidão vendendo seus produtos. Apostadores por todos os cantos da arena indicavam o seu preferido. Mesmo sendo um desafio tão importante, o costume das apostas nunca era esquecido. Pelo contrário, nesse dia foram atingidas as mais altas apostas. Ainda havia filas enormes nas bilheterias, faltando pouco tempo para começar o desafio. Um *ludo* foi encarregado de apresentar lutas preliminares para entreter o público até que chegasse a hora tão esperada.

A arena estava lotada. Nos camarotes, os nobres estavam inquietos, pensando no que poderia acontecer com suas Casas e seus negócios. Nunca houve uma possibilidade de alguém vencer o rei.

O camarote da rainha ainda estava com as cortinas fechadas. Lá dentro, Esther estava se preparando para assumir seu lugar. A última conversa que teve na cama com Creonte a assustou. Ele havia demonstrado muita amargura devido a tantas mortes envolvendo essa revolução. Ela se sentou no trono e assistiu as cortinas se abrirem, e a luz do sol do quase meio-dia penetrar o camarote. Sentiu a vibração da Grande Mãe em seu peito. Algo importante iria acontecer hoje. Algo além do que os olhos poderiam ver.

As trombetas soaram. Os lutadores que se apresentavam nas areias se retiraram. Um silêncio tomou conta de toda a arena. A hora tinha chegado. Ao sinal do 1° ajudante, uma fanfarra cortou o silêncio, tocando uma música de impacto para a entrada do rei. Ele adentrou com passos firmes. Uma gritaria ensurdecedora tomou conta das galerias. As pessoas pulavam e aplaudiam. Uma cascata de papéis picados caía da última arquibancada. Ele levantou os braços para a plateia, que foi ao delírio com o seu rei. As crianças gritavam seu nome. Creonte ficou imóvel no canto nascente da arena.

Soaram novamente as trombetas, e um portão se abriu, como para soltar um animal. Um homem entrou olhando para os lados, como se procurasse por alguém na plateia. A fanfarra tocou uma música jocosa, e todos riram do louco que ousou desafiar o rei. A risada geral foi substituída lentamente por uma vaia pesada. Gritos de morte ao traidor começaram a se ouvir. Agamenon não conseguiu encontrar Jade na plateia, nem nos camarotes. Apenas identificou a rainha Esther e Virgínia em camarotes separados. Ele se posicionou no lado poente da arena.

A rainha assistia a tudo com o coração muito acelerado. Estava com medo do que poderia acontecer. Sentia que havia muita coisa a ser decidida naquela luta. Não só os destinos do reino, ou dela. Amava Creonte e gostava muito de Agamenon. Um deles poderia morrer, ou ser banido, conforme o resultado do desafio. De qualquer forma, um deles ela não veria mais após o cumprimento da sentença.

A trombeta soou, o sol estava na posição para o início da luta. A rainha viu os dois correrem para o centro. Eram gigantes lutando com armas mortais. O tilintar das espadas fazia a rainha tremer a todo o instante. Os dois eram fortes. Agamenon atacava enquanto Creonte só se defendia, desviando a espada do destino que era o seu corpo. Um vai e vem, para frente e para trás. Um ou outro murro acabava escapando no rosto de Agamenon, que deu um golpe com a espada na horizontal, mas Creonte se esquivou e, ao passar a espada, ele chutou com a planta do pé o peito de Agamenon, jogando-o a vários metros de distância. Agamenon se levantou e sacudiu a cabeça, um pouco tonto. A plateia foi ao delírio. Creonte aproveitou para saudar a todos, aparentemente dando tempo para Agamenon se recuperar. A rainha começou a sentir seus pés esfriarem e as mãos adormecerem devido ao nervosismo.

O juiz parou a luta e perguntou se o rei desejava trocar de arma. Creonte fez um sinal que foi entendido como não. Agamenon concordou em continuar com as espadas e foi para cima com tudo. Quanto mais forte era o ataque dele, maior era o resultado da defesa de Creonte. Agamenon começou a sentir suas forças se esvaírem. Estava ficando exausto, enquanto Creonte continuava firme na posição, não se esforçava muito, apenas usava a própria força de Agamenon para revidar.

— Você é osso duro de roer, velhote!

— A experiência faz a diferença, garoto!

— Mas eu vou derrotar você! – Ele retrucou, empunhando com força a espada.

Novamente no centro da arena, os golpes continuavam com cada vez mais velocidade, até que os espectadores não conseguiam perceber os movimentos mais rápidos do que um olho humano podia acompanhar. Uma espada foi lançada ao ar, tendo como destino a madeira do cercado da arena. O corpo de Agamenon foi jogado contra o portão de entrada, que se quebrou. Creonte se voltou para a plateia e ergueu os braços. Todos gritavam.

Na arquibancada junto ao portão estava um servo de Cael, disfarçado com capuz. Ele jogou uma adaga para Agamenon matar Creonte enquanto ele estava de costas.

A rainha, no camarote, perdeu a consciência, vagando por centenas de imagens em sua mente. Ela agora estava entendendo tudo, finalmente descobrindo qual era a identidade do oponente de Creonte.

Agamenon, totalmente esgotado, não conseguiu raciocinar. Em sua mente perturbada pelo cansaço, lembrou-se de que o Ladrão havia explicado as consequências do desfecho desse desafio. Precisava matar Creonte. Resolveu pegar a adaga e correu na direção de Creonte, que não percebeu que Agamenon se aproximava devido ao som do delírio da plateia.

– Não! – Gritou a rainha. – Essa luta não pode prosseguir!

XIII

A SURPRESA

O grito da rainha vibrou no peito de Creonte; era algo que só ele podia sentir. Ele se virou em um movimento reflexo, segurando com sua mão biônica o braço de Agamenon, que já estava no ar para estocá-lo com a adaga. A força empregada esmigalhou os ossos do braço de seu desafiante. Um grito de dor não conseguiu ser contido. Creonte arregalou os olhos e finalmente entendeu o real motivo da existência de um braço biônico.

— Por que fez isso, garoto? – Creonte deixou uma lágrima escapar do canto do olho.

Ele soltou o braço do rapaz, que caiu na areia quase desmaiado. A dor não o impediu de notar a reação de Creonte, mas por fim, perdeu os sentidos.

A rainha chorou e, em seguida, perdeu a consciência, caindo, acudida pelas damas de companhia. Ao se levantar, não se lembrava de mais nada do que tinha descoberto. Mas algo novo a assustou: Estava sentindo a essência da Grande Mãe muito fraca dentro dela.

Creonte, insatisfeito com o resultado, saudou os espectadores, que retribuíram o gesto. O espetáculo acabou, e as pessoas das arquibancadas se retiravam aos empurrões. Para elas, Agamenon não passava de um mau caráter que iria matar o rei pelas costas, uma covardia. Isso iria se espalhar de boca em boca por todas as cidades. Não era esse o desejo de Creonte.

***

Agamenon acordou amarrado numa maca na enfermaria do palácio. A dor era insuportável; o braço estava preso numa espécie de tábua que o fixava numa posição para a cirurgia. Ele levantou a cabeça e viu Creonte se aproximando.

— O que você quer, velhote? Veio tripudiar sobre a minha desgraça? Ahhh!

Agamenon soltou um gemido de dor que era impossível de ser contido.

— Não, garoto! Vim aqui para ver como você está – Respondeu o rei ao lado da maca. – Por que você tomou aquela atitude covarde? Isso não combina com você.

— Eu tinha que vencê-lo a qualquer custo para evitar que você mandasse matar meus amigos do circo. Agora você vai matar a todos.

— Você está louco? Eu nunca faria isso. Até aquele traidor do Cael saiu ileso dessa merda. Muita gente morreu por causa dessa revolução idiota. Quem te disse que eu faria isso?

— Para quem mandou matar uma vila inteira... Imagina o que não faria com quem desafiou o seu poder. Um membro do seu governo nos avisou do seu plano de aniquilar todos os integrantes da caravana.

— Eu sei que existem traidores no governo. Mas posso lhe garantir, eu não tenho nada a ver com esse massacre. Eu vou fazer de tudo para descobrir quem foi.

— Balela. Você é um assassino!

— Não fui eu quem tentou matar alguém pelas costas – Replicou Creonte.

— Ahhh! Essa dor está insuportável.

— Eu tenho uma coisinha bem antiga aqui. Isso vai tirar totalmente a sua dor.

Creonte pegou um dispositivo que não pertencia àquela época e passou sobre o braço de Agamenon. Ele liberava uma luz azul e, por onde passava, aliviava totalmente a dor, como se fosse algo mágico.

— O que é essa feitiçaria?

— Feitiçaria nada. É tecnologia, gorducho! Agora você conseguirá suportar o que precisa ser feito.

Por um descuido, a luz do dispositivo passou sem intenção pela cabeça de Agamenon, que começou a recobrar algumas lembranças e sentimentos. Inclusive fez surgir uma certa cordialidade por Creonte.

— O que foi, Agamenon?

— Comecei a me lembrar de algumas coisas... – Sua voz mudou.

— O que você se lembrou? – Perguntou Creonte.

— Uma vida na fazenda, meus pais, minha namorada. Antes daquela maldita guerra.

— Agamenon, pode ser um delírio devido ao efeito colateral do tratamento. Você logo ficará inconsciente.

Creonte colocou a mão no ombro de Agamenon, olhou bem em seus olhos e disse:

— Eu sei exatamente pelo que você vai passar. – Creonte ergueu o braço biônico para que ele pudesse ver.

Agamenon não teve tempo de responder e sucumbiu ao sono da anestesia. Nem chegou a entender que seu braço estava perdido. Apenas a amputação poderia livrá-lo de uma morte dolorosa. Creonte sentiu profundamente o que causou. Ele se lembrava de quanto sofreu para se adaptar. Agora, diante desse desfecho, mil anos depois, entendeu muito do que se passou com ele na guerra dos três mundos.

***

O palácio de Creonte supostamente voltou à rotina. A agenda tinha que ser cumprida. Naquela manhã, a luz do sol já adentrava pela grande janela retangular que dava vista para o nascente. Daquele ponto, podiam ser vistas as crianças brincando e sendo educadas por seus professores. Mas nenhuma com sangue real. Não existiam mais. Creonte, que já havia comido o seu desjejum matinal, aguardava sentado em seu trono a leitura da agenda oficial.

— Compromissos e mais compromissos. Enfim, tudo voltou a ser como antes – Desabafou o rei.

Na verdade, ele sabia em seu íntimo que tudo mudou, apesar da aparente normalidade. Um preso em sua cela, em especial, era prova disso.

— Meu rei! Uma senhora de uma casa nobre o aguarda e tem prioridade de atendimento – Interrompeu Ícaro, fiel ajudante de ordens da rainha.

— Prioridade? É uma senhora do reino, se pediu prioridade, vamos atender! – Excelente oportunidade de fugir da leitura cansativa das ordens do dia. – Estranho uma senhora me procurar diretamente. Normalmente, elas procuram a rainha. Mande-a entrar!

— Pois não, meu senhor!

Ícaro se dirigiu à grande porta. Ao abri-la, a luz forte do sol refletiu no piso de mármore e ofuscou a visão do rei. Ele não conseguia definir o vulto que se dirigia lentamente ao centro do salão. Ícaro fechou novamente a porta, o que tornou o vulto reconhecível: era Jade, a Senhora de Ur. Seus cabelos, com cachos miúdos, estavam soltos, alcançando a altura das costas, os seios estavam avolumados, suas pernas grossas, seu rosto redondo e sua barriga nua revelavam estar portando o final de uma gravidez.

— Senhor, meu rei! – Saudou Jade.

Creonte não se conteve no trono e foi em sua direção. Ficou admirando o seu estado. Não se lembrava de ver alguma coisa tão linda quanto a gravidez daquela mulher.

— Preciso lhe falar, eu não tenho mais como esconder esse segredo.

As lágrimas começaram a escorrer pelo rosto negro de Jade. Creonte se compadeceu, mas antes de pedir uma cadeira a Ícaro, a porta que dava acesso aos aposentos reais se abriu. Era a rainha, que ao ver a cena de Creonte com a mão na barriga de Jade, lembrou-se da gravura na passagem secreta e arregalou os olhos, temendo o pior.

— Jade! O que a Senhora de Ur faz aqui? – Perguntou Esther, preocupada.

— Ícaro, traga logo uma cadeira! Ela não pode ficar assim em pé, no seu estado – Enfim ordenou Creonte.

— Meu marido Zaede está morto. Acredito que foi assassinado – Começou a contar Jade, entre soluços.

— Jade, acalme-se e explique melhor essa história – Disse a rainha Esther. Ela deduziu que algo muito grave estava acontecendo e que a rebelião apenas estava começando. – Primeiro, você é membro da família real, casou-se com um homem do povo e, portanto, não poderia engravidar dele ou de qualquer outro que não possua sangue real. Agora, você está aqui, linda, ostentando essa barriga. – Esther se aproximou e passou a mão sobre a barriga de Jade. Ao primeiro toque, sentiu o chute do bebê. – É um menino e será, pelo visto, forte como o pai.

O olhar decepcionado de Jade antecipou a história sórdida a que foi submetida.

— Na noite posterior ao massacre dos aldeões e do pelotão real, Cael estava realizando as investigações e havia descoberto que o responsável pela morte dos soldados era Agamenon – Creonte demonstrou inquietude perante a afirmação. – Meu rei, ele estava tomado pela fúria, acreditava na culpa do pelotão no massacre de toda aquela gente.

— Continue – Solicitou Esther.

— Cael chamou meu marido e contou o que tinha apurado nas investigações. Ele não poderia nos deixar sair ilesos dessa história. Nós sabíamos da sua combinação com Agamenon. Assim que os garotos partissem para Lemúria, ele mandaria nos matar e nos enterraria junto com os corpos dos aldeões. Quando Agamenon descobrisse sobre nossa morte, culparia o senhor, meu rei. Dessa forma, ele propôs que, se eu me entregasse a todas as suas vontades naquela noite, nos deixaria partir. Mas, a qualquer senão, um olhar contrariado sequer, nos levaria à morte. Ele, sendo o louco que é, impôs todas as suas perversões.

Esther não conseguiu conter as lágrimas, lembrando que esteve perto de algo parecido. Já Creonte se deu conta do golpe que estava sendo armado.

— Agora estou grávida, meu marido e minha irmã gêmea foram mortos, o que me faz presumir que ele sabe da minha gravidez, ou apenas está matando quem sabe o que aconteceu. Assumindo o meu posto no governo da minha cidade e grávida de Cael entro na linha de sucessão. Por isso, preciso da sua proteção, meu rei.

— Creonte! – Esther começou a explicar sua teoria. – Caso Cael pegue essa mulher, ele poderá reivindicar o trono sem desafio algum. Terá um herdeiro com sangue real e você não. Basta que algo me aconteça... Ele já me sequestrou com o intuito de se casar comigo. Conseguiu que você lutasse com Agamenon, na esperança de que o matasse. Provavelmente, ele o mataria para ficar com o reino. São várias linhas de ação com o mesmo objetivo. Cael não vai parar enquanto não usurpar o trono.

— Agamenon está vivo? – Perguntou Jade.

— Sim, tem sido meu passatempo preferido conversar com ele. Mas não consigo vencer o seu ódio.

* * *

Todas as manhãs, Creonte ia até o pátio da prisão. Lá, mandou colocar uma mesa e cadeiras para conversar com aquele rival, literalmente, à sua altura. Enquanto o seu braço não ficasse totalmente cicatrizado, não poderia ser executada a pena de banimento. Com isso, aproveitava o tempo que podia para conquistar a sua confiança.

Numa das noites em que não conseguia dormir, pensando em mil situações que seu filho perdido passou longe de sua proteção, mandou buscar Agamenon. Em um terraço do palácio, montou uma mesa.

— Olá, gorducho!

— Que você quer, velhote? Está ficando caduco? Esqueceu que já encheu meu saco hoje por toda manhã?

— Trouxe um vinho que tem mais de mil anos, mas precisava de um amigo para dividir.

Agamenon se sentou e não conseguiu mais resistir à insistência de Creonte em fazer amizade. Reconhecia uma parceria sincera. Não conseguia entender como ele podia ser esse tirano. Talvez tenham construído a figura de um monstro em sua mente.

— Esse vinho eu peguei numa adega com meu melhor amigo na época da guerra. Seu nome era Atreu, vivíamos implicando um com o outro. Mas, na hora do pau, não tinha para ninguém. A gente derrotava todo mundo. Claro que não éramos somente eu e ele. Tinha o Joshua ou Carter, sei lá. Aquele garoto tinha problema de dupla personalidade, bem doidinho. Eu e meu amigo nunca sabíamos quando era para chamar por um ou pelo outro nome. Cara, ele era um baixinho metido do caralho. Mas bom de briga. Conheci esse meu parceiro numa briga dos dois. Quase se nocautearam mutuamente.

— O que aconteceu com eles?

— Morreram certamente – Creonte mirou os olhos de Agamenon e depois observou o céu à vista da janela. – Fiquei incumbido de reconstruir esse mundo e nunca mais tive sinal do exército de Osíris.

— Osíris! Quem é Osíris?

Agamenon começou a se interessar pela conversa. Sempre que alguém começava a contar essa história para ele, algo impedia a sua conclusão. Cada um contava do seu jeito, e ele acabava ficando com muitas dúvidas sobre qual realmente era a história de Acart.

— Osíris era o nosso comandante. Para muitos, era um deus. Realmente, ele tinha algumas características bem interessantes. Mas, para mim, ele era um grande homem, de muito poder, mas apenas um homem. Eu era um de seus generais. O comando era composto por mim, Carter ou Joshua, nunca sei... – Creonte riu novamente da situação – o Apolo, Atreu e a Isis. Ela era a mulher de Osíris, dizem que ela o trouxe de volta dos mortos. Mas, para mim, era tudo fantasia das pessoas.

— É, tem muita doideira nessas histórias...

— Notei, oh escolhido! – Os dois riram. – Depois da batalha final, fiquei aqui com um pequeno grupo de membros da rebelião, com várias pessoas de etnias diversas. Pouca gente para recomeçar o planeta. Por isso, foi necessário nos utilizarmos da engenharia genética dos observadores. Mas, como você já deve ter deduzido, logo fiquei sozinho. Meus amigos foram morrendo e eu aparentava não envelhecer um ano sequer. Esses mil anos parecem ter levado menos de vinte anos da minha vitalidade.

— Observadores?

— Sim, era o nosso inimigo. Era um povo com uma tecnologia muito à frente da nossa. Na época, havia a desconfiança de que foram eles que alteraram a forma dos moradores nativos. Logo descobrimos que usaram a sua tecnologia genética para evoluir a raça humana. Para eles, éramos somente um experimento. Nossa evolução, sociedade, cultura, avanços tecnológicos, eles apenas observavam. Por isso, eram chamados de observadores.

— Mas por que viraram inimigos? Afinal, seriam quase como criadores de uma nova espécie.

— Isso é uma história bem longa. Deixa-me continuar. Para que sobrevivêssemos, fui obrigado a criar uma ramificação da nossa espécie, como se fossem clones. Entre nós, chamamos a eles de replicantes. Precisávamos repovoar o planeta e essa estratégia foi eficaz. Mas, com o passar das décadas, notamos que houve alguns efeitos colaterais que eu não esperava.

— O que aconteceu? – Agamenon não escondia a sua curiosidade.

— As pessoas só podiam se reproduzir com os seus iguais. Mais tarde, com o passar das gerações, a vida dos replicantes foi ficando mais curta, com uma duração média de quarenta anos, e a sua estatura foi diminuindo em relação aos de sangue real.

— Esses de "sangue real" viraram os nobres e os restantes viraram a plebe, certo? – O rosto de Agamenon avermelhou com tanta raiva desse tipo de discriminação.

— Na verdade, restaram tão poucos de sangue real, que é muito difícil distinguir quem é quem. Um exemplo perto de você, Jade é de sangue real, e Zaede é um replicante. Por isso, não podiam ter filhos. Somente os de sangue real sabem disso. Não é divulgado aos replicantes. Não precisam saber que existe alguma diferença.

— Eles não sabem de nada?

— Não.

— Agora me responda! Você é imortal?

— Não sei o motivo. Achava no início que não me expunha à morte. Eu envelheço muito lentamente. Estou um pouco mais velho do que era na guerra. Realmente, não sei o que causou, mas foi depois desse estrago – Creonte apontou para o lado do seu corpo que estava coberto de metal, depois retirou o capacete.

— Nossa! Coloca essa merda de volta. Parece um zumbi. Tá uma carcaça mesmo!

— Engraçadinho! A explosão de energia me deixou assim. Eu deveria ter morrido, mas Atreu se jogou na minha frente e apenas parte do meu corpo foi atingido.

— E ele? O que aconteceu com o seu amigo?

— Morreu na hora. Seu corpo caiu no chão já sem vida e se dissipou como fumaça.

— Bela história! Quero continuar ouvindo, mas depois de um copo desse vinho.

— É para já.

Creonte arrancou com facilidade a rolha com os dentes e serviu os copos. Os dois os pegaram com a mão esquerda; ambos haviam perdido o braço direito. Jogaram na boca, ao mesmo tempo, todo o conteúdo dos copos.

— Puta que pariu! – Agamenon cuspiu tudo.

— Porra, virou vinagre essa merda! – Complementou Creonte.

— Você pensou que duraria para sempre, gênio? – Agamenon caiu na gargalhada.

— Ícaro! Traz um vinho da minha adega. Um da safra mais recente... – Antes do ajudante de ordens se retirar, Creonte reforçou: – Ícaro! No máximo do ano passado.

* * *

— Creonte... Creonte! – Esther insistiu em chamar a atenção do seu marido, quase como uma reprovação à sua falta de atenção. – Você está vagando em seus pensamentos?

— Perdão, Esther.

Creonte tentou manter o ar sério que a situação requeria, mas por dentro estava rindo da lembrança da situação que passou com seu amigo.

— Meu rei, gostaria de ver Agamenon – Solicitou Jade, limpando suas lágrimas no véu azul que cobria o seu corpo.

— Ele era o seu preferido, não?

— Sim, meu rei. Até aquela trágica noite. Depois, nunca mais nos vimos.

— Você sabe que ele está condenado ao banimento? – Perguntou a rainha.

— Não, não sabia, minha senhora. Então gostaria de vê-lo pela última vez.

— Está bem! – Consentiu o rei. – Se eu liberei aquele amigo dele, por que não deixaria uma mulher grávida? Mas não quero que vá até a prisão. Mandarei trazê-lo aqui, até uma sala segura.

— Muito obrigada, meu rei.

Esther passou a mão novamente na barriga de Jade; não sentiu nenhuma maldade de Cael na criança, e ela teve certeza de quem era o pai. Mas, de súbito, um calafrio lhe subiu pela espinha, não pela criança, mas por um pensamento que invadiu sua mente: Sua jornada como instrumento da Grande Mãe estava chegando ao fim.

* * *

Dois dias antes, o Ladrão teve a oportunidade de visitar seu amigo na prisão.

— Que saudade de você, grandão!

Saudou o magrelo adentrando a pequena cela, que tinha tudo o que era necessário para manter uma pessoa com um mínimo de dignidade. Tinha uma cama com colchão, mesa e uma cadeira estofada e um compartimento para tomar banho. Tudo estava muito limpo. Talvez por ser uma prisão no palácio, onde seriam presos apenas generais e altas autoridades.

— Até que sua cela não é tão ruim.

— Ah, meu amigo. Que bom ver você. É verdade, essa cela é melhor do que imaginei; tenho hora para me exercitar. Ensino os soldados da guarda do Creonte alguns truques de combate. Até a comida é boa. E ele vem todos os dias conversar comigo. Tem horas que até acredito nele.

— Amigo, eu não acredito em mais ninguém. Não fique bobo. Só consigo acreditar em você.

— E a Jade? E Zaede?

— Você não sabe? Zaede foi morto; ninguém sabe quem foi.

— Não acredito! Como está Jade?

— Não se preocupe com aquela mulher, nunca mais foi vista na rua. Ela deveria ter vergonha do que fez.

O olhar de reprovação do Ladrão surpreendeu Agamenon.

— Ela nos expulsou porque estava com medo, e mesmo assim Zaede acabou morto – Justificou Agamenon.

— Não, Agamenon! Eu vou te contar o que aconteceu naquela noite. Eu não conseguia dormir, então resolvi me levantar para tomar um ar. Foi aí que vi.

O Ladrão contou tudo o que viu e ouviu sem esconder nenhum detalhe do amigo.

— Neste momento, Cael vive confortavelmente na Lemúria. Sua irmã ainda é a herdeira e, por enquanto, continua administrando a cidade. Todos foram anistiados, continuam suas vidas. Menos você, que optou pelo desafio e perdeu desonradamente.

Agamenon ficou atônito com tudo que lhe foi revelado. Não conseguiu falar mais nada. O Ladrão se deu conta de que falou o que não devia. Às vezes, alguns segredos devem continuar como são: Segredos. Ele guardou esse por meses, e agora, que não devia, deixou escapar. Seu melhor amigo, que já estava numa situação difícil, agora estava numa pior. A batida forte na porta de madeira avisou que o tempo de visita havia terminado.

— Perdão, meu amigo. Não deveria ter contado isso. Mas, afinal, você nunca mais vai poder vê-la mesmo. Desculpe esse seu amigo língua solta aqui. É difícil, mas adeus, meu melhor amigo de toda a vida.

O Ladrão deu um forte e sincero abraço em seu amigo e saiu com a cabeça baixa.

* * *

No mesmo dia em que Jade pediu asilo ao rei.

Agamenon acordou naquela manhã como nas anteriores. Uma tristeza consumia sua alma. Um pensamento insistia em atordoar a sua mente: Ele tinha sido um joguete nas mãos dos amantes que queriam apenas o trono. Todos eram podres: Jade, Cael, Virgínia, Esther e principalmente Creonte.

A batida na porta da cela indicava visita.

— Será que Creonte chegou mais cedo hoje? Não estava com saco para ouvir as mentiras dele. Mas quer saber? É melhor falar com ele do que ficar preso aqui, sozinho.

— Visita para você, mas dessa vez é no palácio – Avisou o carcereiro.

Dois homens conduziram Agamenon algemado nos pés e nas mãos até um salão que estava decorado com quadros com passagens históricas. Cortinas na cor creme bloqueavam o excesso de luz da manhã que normalmente entrava pelas enormes janelas. Havia algumas estátuas de mármore espalhadas pelo salão. Eles o sentaram numa cadeira e fecharam o cadeado da corrente presa na coluna de mármore. Creonte entrou nesse momento.

— Até parece que isso o deteria. Na verdade, é para manter os soldados tranquilos – Creonte riu das medidas de segurança dispendidas a Agamenon. – Tenho uma surpresa para você, barrigudo.

— Não sendo vinho estragado, qualquer coisa, carcaça velha.

Novamente, são as brincadeiras com Creonte que o faziam esquecer-se da mágoa que estava lhe consumindo.

Creonte se retirou do salão e, pela mesma porta, Agamenon viu surgir a pessoa que tanto desejou reencontrar, mas que agora era a absoluta dona de sua dor. Jade entrou ostentando sua barriga, que revelava o final de uma gravidez, o que confirmava a história do Ladrão. Cael era um sangue real e Jade também; portanto, um herdeiro de Cael estava para nascer. Mas tudo isso não era maior que o amor que ele sentia por ela. Jade se dirigiu até a cadeira com um largo sorriso e muitas lágrimas escorrendo pelo seu rosto.

— Meu amor! Não aguentava mais, precisava te encontrar.

E por mais que quisesse afastar o abraço de Jade, Agamenon não conseguiu. Seu orgulho não era mais forte do que seu coração. Cedeu, abraçou, acariciou e a beijou. E a cada beijo sua mente gritava: *É ela! A mulher que eu amo!* Ela era a sua razão de viver. Sua dor parecia agora tão pequena, tão insignificante frente àquela mulher. Naquele momento, era ela que precisava de sua força, de sua garra, de seu carinho; enfim, ela estava precisando do seu homem. Não, não seria ele que lhe traria tristeza. Agamenon a ouviu atentamente, e ela contou tudo, sem omitir nenhum detalhe.

— Cael sempre me usou. Agora ele poderá lutar novamente pelo trono – Desabafou Agamenon.

— Eu sempre disse para você: Creonte nunca foi mal. Ele era a força necessária para manter esse povo tão diferente unido. Ele reconstruiu esse mundo destruído por uma guerra envolvendo outros mundos, desta e de outras dimensões.

Creonte permitiu que ficassem juntos até que o sol dormisse no poente. Mandou preparar aposentos para Jade no palácio. Lá, ela estaria segura, longe de Cael. Mas deveria fazer cumprir a sentença do Conselho de Anciãos no dia seguinte.

Naquela noite, Agamenon sentiu um peso sair de seus ombros; seu coração estava leve, sem mágoas novamente.

— Ainda bem que segurei o meu ímpeto de protestar, de ofendê-la, de duvidar de sua sinceridade – Falou Agamenon a uma cela vazia.

Nessa noite, ele conseguiu dormir e sonhar. Não foi um de seus sonhos estranhos. Sonhou com Jade numa casa de tamanho médio, com um belo quintal, onde um cachorro vira-lata rolava no chão com uma garota. Essa garota era sua filha. Era um mundo diferente desse que conhecia, mas que fazia todo o sentido.

Na manhã seguinte, foi acordado pelo ranger das dobradiças mal lubrificadas da porta. Era Creonte.

— Acorda, bela adormecida! Infelizmente, chegou o dia – Agamenon se sentou na cama esfregando os olhos. – Desculpa eu ter mantido esse segredo de você, mas o conselho exigiu a execução da pena.

— Não! Agora não! Reencontrei a Jade – Agamenon se levantou da cama e se ajoelhou aos pés de Creonte, que imediatamente se abaixou também para ficar na mesma altura. Não queria que ele se humilhasse.

— Acredite, se eu não soubesse o que vai acontecer, mudava a lei para te manter aqui comigo, meu amigo.

Agamenon viu verdade no olho de Creonte. Enfim, ele entendeu que depois de lutas e disputas, Creonte nunca o humilhou, sempre o respeitou, e, ao esmagar o seu braço com sua mão biônica, estava se defendendo de um ataque traiçoeiro. Agora os dois não possuíam o braço direito.

— Levante, meu amigo – Creonte o abraçou. – Você tem direito a uma refeição escolhida por você. Deixarei que a realize com Jade. Mas depois, dois anciãos enviados pelo conselho acompanharão toda nossa jornada até o banimento. Vou pessoalmente com você.

O almoço com Jade foi como ele desejou. Não deixaram que tristezas atrapalhassem. Apenas sorriam e desfrutaram do momento. Agamenon sentia que queria ser o pai daquela criança na barriga de Jade. Teve tanta sorte de tê-la conquistado. Não poderia se esquecer dela nunca mais. Estava decidido: ele daria um jeito de voltar e fugir com sua mulher e filho. Ao se despedirem, Agamenon prometeu voltar para buscá-la. Ela sabia que ninguém nunca voltou do banimento e olhou para o rei que o aguardava. Ela ficou assistindo até ele sumir de sua vista. Então, se recolheu em seu quarto, onde chorou pelo resto da tarde.

O deslocamento até a montanha do banimento levou dois dias. Enquanto não chegavam, os dois combinaram de não falar coisas tristes, e a viagem foi um festival de traquinagens; pareciam dois garotos. Os representantes do conselho, que os acompanhavam, estavam espantados com a intimidade do rei com um criminoso condenado. Mas a jornada chegou ao seu fim. Os dois desmontaram dos cavalos. A entrada da caverna estava à sua frente. Agamenon ficou com medo por um instante. Poderia ser tudo mentira e, na realidade, seria sumariamente executado, mas o pensamento logo foi expulso pelo abraço forte do rei.

— Aqui está a sua espada!

Creonte entregou a espada envolvida numa bainha de madeira revestida de couro preto.

— Essa caverna levará você para fora do reino. Lá, a natureza se recupera sem a presença dos homens.

Creonte se aproximou e falou baixo para que os anciãos não escutassem.

— Eu sei que você vai fugir de lá, e nos encontraremos novamente.

Agamenon pegou a espada, colocou-a a tiracolo e seguiu para a entrada da caverna. Foi chamado mais uma vez por Creonte.

— Não mencione que o vinho virou vinagre. Vai estragar a surpresa.

Creonte falou alto, já montado no cavalo. Agamenon abriu um sorriso, sem entender nada, e continuou sua caminhada para o fundo da caverna.

* * *

Dois dias depois, Creonte retornou ao palácio.

— Meu senhor!

Apressou-se Ícaro em chamar seu senhor para uma reunião que estava se realizando na sala da rainha.

— O que houve? Mal cheguei, nem consegui usar o banheiro.

— Meu senhor, eu acredito ser urgente. Foi ordem da rainha que o chamasse assim que chegasse. Ela já o está esperando desde que o mensageiro avisou de sua entrada na cidade.

Creonte se dirigiu com pressa para a sala. Ao abrir a porta, encontrou Esther, Jade e Virgínia sentadas à mesa.

— Meu amor, ainda bem que chegou. Temos um novo problema.

— Sim, minha rainha! O que houve? – Questionou o rei.

XIV

O VELHO

Virgínia se levantou lentamente, sem desviar os olhos da rainha. A barriga revelava que ela também estava grávida. Creonte entendeu a importância daquela notícia. Havia mais munição para alimentar as artimanhas de Cael.

— Virgínia! Que bom vê-la tão... grávida.

Creonte não conseguiu esconder o seu constrangimento diante dessa surpresa. Mas precisava perguntar.

— Desculpe, mas...

— É de Agamenon, Creonte! – Interrompeu a rainha. – E sim, os dois devem ser de Agamenon.

— Claro. Como não previ isso? – Creonte suspirou. – O que vamos fazer? Eu acabei de acompanhar o banimento dele. Ninguém nunca conseguiu voltar. Com ele, não vai ser diferente. O destino dele já está traçado – Lamentou Creonte, tendo certeza do futuro de seu amigo.

— Meu rei! – Interveio Virgínia. – A verdade é que Cael está articulando mais um golpe. Ele quer sequestrar a minha criança quando nascer. Não encontrei uma alternativa, senão vir em busca da sua proteção.

— Agora temos dois balões prestes a estourar – Comentou Jade, não contendo o riso ao olhar para ambas as barrigas. – Perdão, eu estou tão nervosa que acabei falando besteiras. Mas é óbvio que Cael não vai descansar enquanto não possuir uma de nossas crianças em suas mãos. Um sobrinho ou um suposto filho.

— Na verdade, Jade, você seria o alvo principal. Ele acredita ser o pai da sua criança e seria fácil provar isso no conselho. Já Virgínia – Esther falou olhando diretamente para ela – é sua irmã. Sempre existirá a possibilidade de contrair um casamento, ficando pronta para assumir a essência da Grande Mãe. Isso aumentaria muito o seu tempo de vida. Ele morreria muito antes de você, Virgínia. E, portanto, afastaria qualquer possibilidade de ele assumir o trono – Explicou Esther, enquanto observava a expressão de preocupação do rei. – Creonte, o que faremos?

— Protegê-las, é claro! Cael sabe que a Jade está aqui?

— Meu rei, infelizmente ele já sabe de tudo, inclusive acredita ser o pai da criança – Informou Virgínia. – Por isso, eu fugi para cá. Ele já está tramando com os seus aliados uma ação contra o seu reinado.

— Creonte, nós precisamos agir com vigor! – Determinou Esther.

***

A cada passo para o fundo da caverna, era um passo rumo à escuridão. Agamenon caminhava com cuidado; qualquer desatenção poderia lhe causar algum ferimento. Ele não estava acostumado a se virar com um braço só. Após alguns minutos de total escuridão, tateando a parede e verificando com a espada se não havia um buraco à frente, ele começou a vislumbrar uma claridade que o ajudou a se deslocar com mais facilidade.

Ao sair do outro lado da caverna, a luz brilhante do sol ofuscou sua visão. O vento fresco, o cheiro de mata e os sons de vários animais geraram em sua mente uma imagem de paraíso. Conforme foi recobrando a visão, pôde ver um mundo selvagem. A boca da caverna ficava um pouco acima da copa das árvores, dando-lhe uma visão de milhares de passos à frente. O céu estava com poucas nuvens e o clima era agradável. Mas a sensação do corpo era como se tivesse saído da água para terra, um peso anormal. Seu corpo parecia um fardo; suas pernas chegavam a estar trêmulas.

— Bom, agora tenho que achar uma fonte de água, comida e um lugar para montar um abrigo para passar essa noite. Creonte estava certo: a natureza se recuperou sem a presença da humanidade.

Agamenon seguiu descendo até a orla da floresta, procurando uma passagem na vegetação fechada. Mas foi em vão. Depois de mais de três mil passos, notou um amontoado junto a uma vegetação rasteira. Parecia algum tipo de tecido. Ele correu ao local e foi só então que notou que eram, na realidade, os restos de um corpo que se encontrava ali há muito tempo. Deveria ser algum banido do passado.

Ao examinar o corpo, notou marcas de corte nos ossos. Deduziu que o pobre desconhecido foi morto. Pelo visto, poderia não estar sozinho na área destinada ao banimento. As roupas envoltas no corpo eram diferentes das roupas que existiam no reino. Mas ele conhecia. Sim, com certeza conhecia. Era uma jaqueta e calça jeans, no seu pulso havia um relógio digital e em um dos seus pés estava calçando um tênis Nike branco.

— Eu conheço isso!

Ele deixou o nojo de lado e examinou o corpo à procura de mais alguma pista. Achou a carteira com algumas notas de real espedaçadas. Uma carteira de identidade militar; era um oficial. Orestes era o seu nome. Era possível ver o seu rosto na foto da carteira. Era um jovem de no máximo trinta anos.

— Como ele veio parar aqui?

O barulho de galhos sendo quebrados o assustou. Pulou de súbito para trás e se viu cercado por quatro homens nus, com lanças de galhos de árvores nas mãos, que projetavam sons indecifráveis. Eram todos quase do seu tamanho, mesmo assim, acreditou que seria fácil derrotá-los. Como não esboçavam atitude pacífica, Agamenon resolveu lutar para salvar sua vida. Segurou na lança do mais próximo, na tentativa de tirar-lhe a arma da mão, usou toda a sua força, mas não teve êxito e recebeu uma paulada na cabeça como contragolpe. Ele sentiu dor. Fazia tempo que não sentia dor numa briga, com exceção da luta com Creonte. Os nativos se entreolharam e partiram para cima dele, todos de uma vez. Agamenon não conseguia se defender das pauladas. A surra passou a ser diversão para os homens nus, que riam e falavam palavras desconhecidas a cada gemido de dor do seu alvo. Aparentemente, não queriam matá-lo agora. Agamenon se defendia, girava para um lado e apanhava, girava para o outro e apanhava. Conseguiu dar um tapa na cara de um deles, mas não fez nenhum efeito; apenas lhe rendeu mais uma paulada. De repente, eles pararam de agredi-lo com um olhar de espanto e começaram a andar para trás lentamente. Agamenon ergueu bem o corpo, acreditando que, enfim, ficaram com medo dele. Mas o som de passos às suas costas indicou que não era bem ele que os assustou.

— Vão, crianças da floresta. Deixem esse fedorento comigo – Disse um velhinho magro, já com a coluna afetada pela idade. Mas parecia ter sido um homem alto na juventude.

— Fedorento eu?

— Cala a boca, seu catinguento. Aqui a gente sente o cheiro das coisas. Tô salvando a tua pele, ou vai querer morrer também? – Disse o velhote apontando para o corpo no chão. – Eles se divertem e depois matam os banidos. Eles normalmente comem suas vítimas, mas esse aí não fazia parte do cardápio deles, ao que parece. Acho que foi o cheiro de perfume barato. Que desperdício, poderiam ter feito uma ótima refeição.

Aqueles homens, que pareciam primitivos, na verdade, apenas viviam em paz com a natureza. Um deles se encheu de coragem e avançou contra o velhinho. O tabefe que o ancião deu na cara dele jogou o nativo girando no ar a vários metros dentro da mata. Os outros, ao verem o destino de seu companheiro, não arriscaram; preferiram sair em disparada pela floresta.

— Puta, velho! Que pancada! – A força do velhinho impressionou Agamenon.

— Cala a boca! Não tem nada nessa cabeça? Não lembra mais de mim? – O velhote pegou sua bengala e bateu várias vezes na cabeça dele.

— Aí, para com isso! Está doendo essa merda.

— É para doer mesmo. Vamos ver se esse chip pega no tranco. Vai, vai, vai – Ele continuou batendo.

— Dá para parar de me bater! – Agamenon pegou na bengala, mas foi inútil; foi jogado longe pela força do velho.

— Vem comigo, guri! Eu estava com muita saudade de você. Envelheci te esperando – Ele o abraçou e ficou com os olhos cheios d'água. Agamenon não estava entendendo nada.

Os dois homens entraram na mata através de uma trilha imperceptível ao olho descuidado. Estava camuflada, e olhar diretamente de nada adiantava; somente de um ponto de vista específico podia ser encontrada.

— Você me conhece?

— Não, imagina... Fui eu que te criei, abestado! Eu te treinei e mandei você para vários pontos no tempo e no espaço. Essa merda do chip na sua cabeça deve ter sido afetado pela explosão da bomba lançada por aqueles filhos da puta. Por isso, você não se lembra de mais nada. Ainda bem que eu consegui te tirar a tempo. "Agamenon" – O velhote cuspiu no chão – Você não é o Agamenon, seu chulezento!

– Então, quem é Agamenon?

— O dono dessa espada aí, seu metido!

— E eu, quem sou?

— Ah, não vai começar com essa ladainha novamente. Mesmo não se lembrando de nada, continua um choramingão.

— Agora fiquei mais perdido ainda.

— Tá, tá! Vamos até a cidade. Você vai comer e descansar. Aí vou te recuperar. Mas acredite no que eu digo: Antes do fim dessa primavera, você vai estar pronto para saber a verdade. Mesmo que seja meio amarga.

O velho fez uma careta de quem provou uma fruta muito azeda. Agamenon ficou tão surpreso que não sabia nem mais o que dizer.

A "cidade" que o velho falou eram ruínas de arquiteturas helênica, egípcia, oriental, entre outras. Podia ser visto ao fundo da paisagem uma construção que deveria ter sido um prédio moderno, com andares à mostra, pela ausência dos vidros. A vegetação tomava conta das ruas. Eles se deslocavam através da vegetação alta, ultrapassavam ruínas de pedras e córregos de água que surgiram na cidade com o passar dos séculos. Chegaram ao que deveria ter sido a praça central. Ali, se encontrava um monumento com três estátuas de mármore branco, possuíam mais de quarenta palmos de altura. Estavam erguidas numa plataforma circular de mármore negro. Cada uma estava voltada para um lado. Era a única parte das ruínas que estava sendo cuidada. Pelo velho, é claro.

— Veja! – Apontou o velhote. – Esses eram heróis de verdade! – Ele abriu um sorriso de orelha a orelha.

— Quem são esses homens?

— Oh, Guri! Você não reconhece ninguém?

— Não! Por quê? Eu deveria?

— Ora! É teu pai, teu avô e teu tio-avô – Identificou o velho, apontando um por um.

— Sério? Meu pai? Qual o nome dele? E os outros?

— Pois é. Vou dizer para você. Eu sou aquele bonitão ali – Ele apontou para o mais alto e magro com um olhar orgulhoso.

— Você é meu avô? Sério?

— É. Eu sou o famoso Seth.

— Famoso quem?

— Famoso sim! Tá de sacanagem? É cada uma que eu tenho que aguentar... – Lamentou o velho, já cheio de rabugice. – Eu sou seu avô!

— Não acredito! – Agamenon o abraçou e pulou com Seth.

— Calma aí, guri! Eu tô muito velho, vai quebrar meus ossos.

— Besteira, você botou aquele bando para correr.

— Bom, isso é outra coisa que te explicarei mais tarde – Disse o velho.

— E quem é aquele que parece ser o mais elegante e mais sábio dos três?

— Malditos escultores... – Resmungou ele, fazendo caretas. – É o Osíris, meu irmão. Foi ele que me prendeu aqui.

— Por que ele te prendeu?

— Por uma besteirinha...

— O que você fez?

— Eu... – Seth ficou cabisbaixo e falou tão baixo que ficou impossível entender.

— O quê? Não ouvi! Fala mais alto!

— Eu desmembrei o corpo dele, escondi em vários locais e em tempos diferentes.

— Você matou o próprio irmão? – Gritou Agamenon, horrorizado.

— Eu estava com ciúmes...

— Sério, velho! Eu já estava gostando de você.

— Ele é imortal. Nem sentiu nada. Só a cabeça dele que ficou presa numa pirâmide por alguns milênios, hi, hi, hi...

— Você ainda ri! – Protestou Agamenon.

— Eu me redimi, tá! Ajudei a Isis a recuperar o corpo dele. Mas... aproveitei e roubei o chip da cabeça dele e pus na sua. Mas não tá funcionando muito bem, pelo visto. Seu cabeça dura! – Seth levantou a bengala para bater novamente, mas Agamenon se afastou. – Mas a verdade é que cometi muitos erros antes de me arrepender. Eu revi tudo que fiz, literalmente. Voltei no tempo em que as coisas aconteceram e assisti a tudo novamente. Para você entender: Há alguns anos, eu vi você matar todos aqueles soldados, também estava presente na vitória do general Aníbal no lago Itgos.

— Anos? Como assim, anos? – Agamenon levantou os braços aguardando explicações. – É muita informação de uma vez só. Você parece uma metralhadora.

— Metralhadora? Então você está se lembrando de algumas coisas. Vamos embora! – O velho foi puxando-o pelo braço. – É hora de parar de falar e andar! – Decretou Seth.

— Não, Espera! Faltou você me dizer quem é aquele ali. Afinal, quem é o meu pai?

— Primeiro preciso fazer funcionar essa bugiganga na sua cabeça. Somente assim você conseguirá sair daqui novamente.

— Ah, não! Eu preciso saber quem é o meu pai! O que tem na minha cabeça, deixa para depois.

— Está certo! Mas primeiro vamos comer, já está anoitecendo. Aquele templo ali é a minha casa.

Eles entraram numa construção com características egípcias, através de uma passagem que levou ao subsolo. Ali, conforme entraram, as luzes se acenderam. Havia eletricidade. Um painel se iluminou e começou a passar as notícias do dia no mundo do século XXI. Era uma televisão com mais de sete palmos.

— Eu conheço isso. Estou me lembrando deste lugar.

— Claro! Você foi criado aqui. Fazia uma bagunça danada. Tinha muita energia!

— Eu já era forte quando era criança?

— Não! Quebrava tudo mesmo. Era um pestinha... Nossa! Eu precisei viajar para fazer compras várias vezes para substituir o que você quebrava.

Seth foi para a cozinha para fazer uma comida rápida, enquanto Agamenon ficou vasculhando o lugar, tentando trazer mais alguma lembrança à tona. Mas não conseguiu. Na hora de comer, Seth avisou:

— A hora da refeição é uma hora sagrada. Tem que ficar em silêncio. Se você comer tudo e se comportar, vou te dar um presente.

— O velho ainda acha que sou criança! – Pensou Agamenon, comendo com vontade o que Seth tinha preparado.

— Agora você lava a louça! – Ordenou o Seth.

Agamenon levantou a mão, dando a entender que devido a ter somente um braço poderia deixar um prato quebrar.

— Tá com pena de si mesmo, coitadinho... Deixa de ser bobalhão. Vai logo lavar isso!

Enquanto Agamenon lavava a louça, Seth pegou uma caixa de transporte, feita de um metal muito polido que parecia ser até um espelho escuro. Ele a colocou em cima da mesa e apertou um botão; foi possível ouvir um sinal bipando, e a mala se abriu. O som chamou a atenção de Agamenon, que parou o que estava fazendo, com dificuldade, diga-se de passagem.

— Venha aqui, garoto. Olha o teu presente.

— O braço de Creonte? – Estranhou Agamenon.

— Não, cabeçudo! É o teu. Ele pegou de você depois. Espera, vou pegar um medicorp.

— Depois? Como assim? Tá caducando, velho? Ah! Deixa pra lá! O que é esse medicorp?

— Um dispositivo médico dos observadores. Isso vai me ajudar a consertar esse chip na sua cabeça e ajudar na implantação do teu braço novo.

Agamenon abriu um sorriso indisfarçável. Sabia que conseguiria se lembrar de tudo que precisava. Poderia então voltar para buscar Jade.

— Não vai, não! Você não pode mais voltar. Isso iria mudar o que aconteceu.

— Eu não falei. Você leu o meu pensamento?

— É... isso é um dos meus segredinhos. Quando alguém reza para mim em silêncio, eu escuto a voz da sua alma. Então, sim, eu posso ler os pensamentos de qualquer pessoa, menos do sem graça do meu irmão. Mas, também, nem faço questão. Ali só tinha caretices.

— Como assim, rezam para você? Você é uma espécie de deus?

— Tá, tá... Toda vez que eu pensei desse jeito, eu fiz merda. Agora tento controlar o meu ego. Mas, eu já tô velho demais e acabei entregando meu segredo pra você. Na verdade, eu tenho alguns dons. Eu posso parecer com quem eu quiser, posso curvar o tecido do espaço-tempo, posso ouvir os pensamentos das pessoas, ver os seus sonhos e influenciá-los para o bem ou para o mal. Agora, deita aí, seu tagarela.

Seth, apoiando-se na bengala, abriu mais uma das gavetas da caixa e pegou um instrumento idêntico ao que Creonte usou para lhe aliviar a dor. Ele acionou o medicorp para que começasse a emitir a conhecida luz azul. Passou por todo o corpo de Agamenon, começando pelos pés. Quando chegou à cabeça, Seth apertou um botão que mudou a cor da luz para vermelha. Agamenon sentiu como se um fluxo de água fria estivesse caindo sobre a sua cabeça, era refrescante. Agamenon adormeceu.

No outro dia.

— Acorda, guri!

— Oi... Que foi? Dormi muito.

— Como está o braço?

— Normal – Ele levantou o braço biônico de maneira natural e observou toda a sua extensão. Mas, ao invés de alegria, o que sentiu foi tristeza.

— Movimenta o braço para ver se obedece ao teu comando – Ordenou Seth.

Agamenon movimentou. Mas não era isso que preenchia sua mente naquele momento. Ele estava tendo acesso a muitas lembranças, mas a maioria ele não reconhecia como sendo dele. A imagem de Isis veio à sua mente.

— Estou lembrando, velho!

— Não força a mente, guri! Eu preciso ainda te reensinar a usar esse chip orgânico. Você vai controlar tudo o que ele pode fazer.

— Certo, mas o que tem na minha cabeça?

— Nada! Com certeza, deve ter um eco tremendo aí dentro, seu cabeça oca! – O velho Seth caiu na gargalhada.

— Fala sério, Seth! O que é esse chip? – Perguntou ele, irritado com o deboche do velho.

— Tá bom! Seu sem-graça... Esse chip é um dispositivo de armazenamento de alta capacidade. É orgânico, foi implantado em Osíris quando ele foi treinado. Nele estão armazenadas todas as lembranças dele, eu disse todas. E é muita lembrança – Seth deu uma gargalhada.

— Mas eu não estou lembrando. Apenas vêm à minha mente algumas imagens perdidas. E elas não fazem sentido nenhum para mim.

— São mais de três mil anos de memórias. Se tudo isso surgisse na sua mente, você enlouqueceria. Não saberia o que foi a sua vida e o que foi a dele. As lembranças necessárias serão liberadas quando você precisar.

— Entendo – Resignou-se Agamenon.

— Esse chip tem outras capacidades – Seth esfregou as mãos, fazendo uma cara de maluco.

— Qual?

— O dispositivo possui a capacidade de liberar a química necessária para te dar força e velocidade acima do normal. Nele também está gravado todo o conhecimento necessário para realizar qualquer tarefa, basta você saber acionar os arquivos no seu chip que conseguirá fazer tudo o que for necessário. Eu vou te ensinar como usar.

* * *

Os dias, as luas e até alguns meses foram passando. A primavera teve um fim.

Agamenon foi aprimorando o uso do chip e do braço, recuperou a sua força e estava preparado para uma batalha inevitável. Uma noite, Seth o chamou para sentar-se ao lado de sua cama.

— O que foi, velho?

— Minha energia está acabando.

— Qual é, Seth? Você é imortal!

— Aqui, não, guri. Neste lugar, o tempo passa para mim, devagar, mas passa. E vou envelhecendo sem sentir. Estou preso aqui há mais de mil anos, pelo tempo dessa realidade; podia sair, mas tinha que retornar com brevidade. Preciso que fique calado, para que eu consiga dizer tudo o que você precisa saber para sair daqui.

— Mas, se você sabia como sair, por que não fugiu daqui?

— Essa era a minha redenção. Estou entregando a você a minha imortalidade para que você viva, ajude meu irmão e salve o seu pai. Estamos vivendo em um looping, e só você pode quebrar esse eterno retorno.

— Como?

— Na hora, você saberá. Agora, fecha a matraca – Seth deu uma bengalada na cabeça do Agamenon, que apenas riu. – Eu não tenho tempo e preciso te passar muita coisa. Você se lembrou de ter sido criado aqui com ajuda do medicorp, mas não se lembrou do que aconteceu antes de você chegar aqui, quando ainda era menino. Estamos em um dos mundos intermediários entre as várias realidades. É uma zona fantasma que funciona como um refúgio. É o meu porto seguro, ou prisão, dependendo da maneira que você encare a situação.

— Em Acart, acreditam que aqui é o exterior do reino.

— Mas não é! Naquela caverna, existe um portal que traz quem a atravessa direto para cá. Em Acart, existe uma única saída e é através do mar, mas ninguém sabe como encontrar sem a ajuda de instrumentos apropriados. Para o povo do reino de Acart se libertar, será necessário que quebrem o sistema que controla a cúpula. Somente assim poderão sair e ver a natureza recuperada. Já para sair daqui, meu filho, é preciso usar esse anel – Seth mostrou o anel no seu dedo. – Ele é composto de um elemento muito denso, tão pesado quanto um universo inteiro. A gravidade é tão poderosa que nada deveria existir ao seu redor. Mas, a tecnologia dos observadores o produziu. Com ele, você pode viajar para qualquer lugar no tempo e no espaço enquanto estivermos nesse looping. Na verdade, a existência dele nesse universo é a causa desse looping.

— Por que você não usou?

— Usei... e usei muito. Mas estou cansado e quero ter o direito de morrer. Se usasse novamente para fugir, daria continuidade a tudo isso e poderia mudar o seu destino. Agora, eu vou te contar sobre a sua chegada aqui da primeira vez – Seth engoliu em seco, passou a língua nos lábios e sentiu que sua redenção dependia dessa conversa. – Meu filho, eu preciso que você me perdoe. Amei você mais do que tudo. Criá-lo me mudou; deixei que se dissipasse o rancor que eu tinha do meu irmão Osíris – Uma tosse forte atacou Seth.

— Cadê o aparelho? – Agamenon olhou em volta procurando pelo medicorp.

— Não vai adiantar. Já está na minha hora. Escute! Fui eu que sequestrei você de seus pais.

— Você fez o quê? Quem são meus pais? Quem sou eu?

— Seu nome é Atreu, filho de Creonte e Esther.

— Não acredito! Estava tão próximo deles. Meu Deus! Desejei matar meu pai... E quase consegui. Por que você me sequestrou?

— Queria impedir o futuro. A vitória de Osíris. Mas nem sempre o que fazemos impede o desenrolar da história, mas sim provoca que o inevitável aconteça de uma forma mais dolorosa. Você vai lutar ao lado de seu pai. Mas não pode nunca revelar para ele nada do que sabe. Disso depende o futuro dos seus filhos.

— Filhos? Eu terei filhos?

— Já teve! Agamenon é o nome do seu filho com Jade. E, como você pode deduzir, é o verdadeiro dono dessa espada. Ele é quem poderá libertar o povo do tirano rei Menelau. Mas tem um probleminha – Ele deu uma pequena pausa para tomar ar e fez uma careta. – Menelau também é seu filho com a rainha Virgínia.

— Meus filhos serão inimigos?

— Sim, mas não sabem que são irmãos. Nenhum deles sabe que é seu filho. Você se tornou apenas uma lenda do passado. Cael foi aclamado como grande salvador do reino e acabou com o matriarcado. Assim, seu herdeiro e sobrinho Menelau assumirá o trono. Mas a fome, a miséria e uma grande desigualdade farão com que o povo queira fugir do reino. O verdadeiro

Agamenon poderá ser o grande libertador desse povo. E a história desse planeta poderá recomeçar.

Agamenon, ou Atreu, ficou sem palavras e, ao mesmo tempo, queria falar muito, expulsar a raiva que estava sentindo de Seth. Mas apenas ficou compadecido com a aproximação do fim da vida do velho. Atreu não ficou sabendo de todos os crimes que ele havia cometido. Apenas tinha a lembrança de um bom pai. Que, no início, era arredio e foi cedendo a ponto de rolar na grama com ele como se fossem duas crianças.

— Olhe! Assim que você colocar o anel, ele te levará para onde é o seu lugar. Com ele, passado, presente e futuro são a mesma coisa. O braço vai retardar o seu envelhecimento; se não morrer de alguma causa não natural, não morrerá de velhice. Sua força já está reestabelecida, mas lembre-se de não a gastar toda de uma vez. Use a força dos seus inimigos para se defender, deixe a sua energia para quando for necessária.

— Por isso o Creonte me venceu. Meu pai me venceu... – Falou Atreu, balançando a cabeça negativamente.

— Você possui agora o anel, o braço e a espada. Possui toda a sabedoria de Osíris armazenada no seu implante orgânico. Mas, você só terá acesso a essas informações e lembranças quando realmente precisar. Apenas seus erros podem levá-lo à derrota. Agora, pegue o anel e lembre-se: Amei você mais do que a mim mesmo.

Seth retirou o anel do dedo, e seu corpo começou a se desmanchar em uma nuvem de poeira. O anel caiu no chão. Atreu, agora sozinho, chorou como o garoto que estava em sua memória. Ao se recompor, ele resolveu pegar o anel e notou que o aspecto era o mesmo da mala: metálico espelhado, mas tinha uma grande pedra vermelha protegida pelo corpo do anel. Ele não sabia se devia mesmo colocá-lo. Depois de respirar fundo e limpar as lágrimas, pegou o anel com a mão biônica e colocou-o no dedo.

— Velho maluco... Nada aconteceu – Mal terminou de falar e sentiu um peso muito grande na cabeça, como se fosse desmaiar e acabou perdendo os sentidos. Ao recobrar a consciência, notou estar numa espécie de barraca militar.

— Quem é você? O que está fazendo no meu PC? – Perguntou o General Carter, o comandante da Revolução do Silêncio.

XV

A VINGANÇA

Na capital do reino, Jade e Virgínia eram protegidas pelo rei Creonte e pela rainha Esther. Sua estada ali era um segredo muito bem guardado. Seria impossível para qualquer um, fora do palácio, saber sobre isso. Mas Cael não era qualquer um. Apenas para evitar arriscar a vida dos bebês, ele não tomou uma atitude mais drástica. Preferiu dar tempo ao tempo. Quando as duas crianças estivessem em condições de serem retiradas do palácio, com certeza, ele agiria.

O tempo foi passando de maneira calma e tranquila para elas. Sob a orientação de Esther, elas aproveitaram cada momento do que restava de sua gravidez. Virgínia e Jade acabaram ficando amigas, não que não fossem antes, mas a intimidade delas, passando pela mesma experiência, fortaleceu a amizade.

Numa noite de lua cheia, Jade começou a se sentir desconfortável e pediu para avisarem a rainha. Esther notou que a hora tão esperada havia chegado. Jade entrou em trabalho de parto, E a própria rainha o realizaria. Apenas elas duas e mais uma serva podiam permanecer no aposento. Virgínia foi orientada a ficar em seu quarto para que seu nervosismo não fizesse mal à sua gravidez. À espera dos acontecimentos, Creonte estava nervoso como nos partos de seus filhos. Nem passava em sua cabeça que o filho de seu "amigo" era, na realidade, seu neto.

Após três horas de trabalho de parto, um choro muito forte de criança nascendo podia ser ouvido por todo o palácio. Era um choro que reivindicava passagem. Agamenon, o filho de Atreu, nascia para conquistar o mundo.

Esther colocou o bebê no peito de sua mãe. Ele mamou vigorosamente. Era forte, queria viver, honrava a linhagem a que pertencia. Jade, exausta do parto, admirava aquela criança linda se alimentando dela.

— Seu filho é um menino muito forte, Jade. Vai levar consigo a coragem do pai – Disse a rainha. Ela sim tinha a certeza: o menino era filho de Agamenon.

Uma batida na porta foi ouvida. Só poderia ser do impaciente Creonte, querendo ver o dono daquela força toda.

— Entre, Creonte – Liberou Esther.

Neste momento, o menino parou de mamar e ficou quietinho como se pudesse admirar sua mãe, Enquanto Creonte se aproximava.

— Jade, deixe esse rei bobão pegar o seu filho. Ele está que não se aguenta – brincou Esther.

— Sim, minha rainha.

Esther enrolou o bebê em um xale e o pegou cuidadosamente. Sentiu dentro de si a energia da Grande Mãe fluindo, escapando aos poucos. Logo deixaria de ser a rainha. Mas isso não a entristecia; assim era o ciclo da vida. Outra mulher a substituiria como Grande Mãe.

— Cuidado, Creonte! Ele tem minutos de vida.

— Sim, eu sei, Esther.

Creonte pegou o bebê com todo o cuidado e não controlou as lágrimas; teve o mesmo sentimento quando pegou seu último filho pela primeira vez. Quando aquele menino nasceu, o rei o batizou com o mesmo nome do amigo que salvou sua vida na guerra. Agora, esse recém-nascido, o tamanho, seu peso e, podia até dizer, as feições ainda inchadas lembravam seu filho Atreu. Creonte amou essa criança. Chegou a imaginar um futuro para o novo rei. Sim, ele seria seu herdeiro. E ai de quem o contrariasse.

Aqueles primeiros dias foram os mais difíceis para Jade. Precisava se adaptar à ideia de ser mãe de um herdeiro do rei. Virgínia se encolhia um pouco quando ouvia Creonte mencionar esse assunto. Ela entendia que a lei a amparava para ser a nova rainha.

Algumas semanas depois, Creonte e os conselheiros estavam jantando e debatendo sobre as dificuldades de diminuir o descontentamento da população da Lemúria. Cael estava organizando buscas por sua irmã e culpava o rei por tê-la sequestrado.

— Meu senhor, o governador Cael o acusa de ter sequestrado a sua irmã. Veja que loucura – Disse um dos conselheiros.

Virgínia entrou na sala avisando que estava tendo as dores do parto. Ela acreditava que enfim havia chegado a hora. Os conselheiros se entreolharam com um único pensamento em mente: Cael estava certo, o rei havia sequestrado a sua irmã.

— Senhores, preciso me retirar.

— Pois não, meu rei – Disseram os anciãos.

Os conselheiros terminaram o jantar em silêncio. Ninguém tinha coragem de dizer a primeira frase. Eles levantaram-se e saíram discretamente. Mas um deles já sabia o que ia fazer. Seu destino era a Lemúria. Obteve para o seu mestre a prova que precisava.

O parto de Virgínia foi difícil. A criança estava mal posicionada. Esther apelou para os poderes da Grande Mãe e conseguiu, a muito custo, tirar aquela criança que já estava entrando em sofrimento. Enfim, o choro de Menelau acalmou o rei, que novamente estava aguardando do lado de fora do quarto. Dessa vez, o trabalho de parto durou mais de seis horas.

Virgínia, exausta, desmaiou após o nascimento do menino. Esther o colocou no peito de Virgínia, mas o menino não pegou o seio para mamar. Esther pediu a uma serva que chamasse Jade. Creonte continuava ansioso do lado de fora.

— O que foi, minha rainha?

Jade entrou no aposento e notou que Virgínia estava desacordada.

— O que posso fazer para ajudar?

— Jade, amamente esse menino. Ele está com fome.

— Mas, minha rainha, eu acredito que Virgínia não iria autorizar que eu fizesse isso.

— Jade, ela não está bem. Pegue o menino enquanto eu chamo o rei.

Esther saiu na porta.

— Creonte, pegue um medicorp rápido.

— O quê?

O olhar de Esther o fez correr como se estivesse em combate, e ele retornou com o aparelho em segundos. Creonte acionou o aparelho e passou sobre o corpo de Virgínia. O lençol começou a se encharcar de sangue.

— Estamos perdendo-a, Esther – Decretou Creonte com um olhar de tristeza profunda.

O menino, nos braços de Jade, mamava tranquilamente, sem discernimento do que estava acontecendo com sua mãe. Esther tentou novamente usar os poderes da Grande Mãe. Mas simplesmente não conseguiu. Era como se nunca os tivesse possuído. O sopro da vida abandonou o corpo de Virgínia. Ela estava morta e Menelau órfão.

A morte de Virgínia no parto era um incidente impossível de consertar. Precisava ser enterrada com as honras de uma mulher de sangue real. Era a herdeira da cidade de Lemúria. Seu pai, Jafar, e seu irmão, Cael, teriam que ser comunicados. O rei ficaria desmoralizado perante a população, pois daria razão às injúrias de Cael. O que, na realidade, era para a proteção das crianças, dele mesmo. Durante todo aquele dia, Esther e Creonte ficaram discutindo como agir. Sua lei era rigorosa. O enterro deveria ser realizado como era preconizado.

Creonte decidiu pelo que previa a lei. Enviou um grupo de mensageiros da Guarda Real para convocar Jafar ao palácio, para assim, comunicá-lo do ocorrido. Ele trouxe consigo todos os outros anciãos. Parecia um gesto orquestrado. A reação de Jafar demonstrava o que ele esperava do futuro. Virgínia seria a rainha e sua família controlaria o reino por muitos séculos, como Creonte. Agora, sua esperança era o filho dela. A lei era clara, argumentou Jafar.

— Rei Creonte, esse acontecimento põe fim ao seu reinado. O senhor perdeu a capacidade de governar esse povo. Sequestrou uma menina que era herdeira da Grande Mãe, estava grávida, e o senhor a matou para continuar com seu reinado de tirania.

— Você está louco, Jafar! Eu não a matei! Foi um problema no parto.

Creonte respondeu enfurecido. Nunca tinha sido desafiado assim por um ancião. Mesmo sendo Jafar, era inadmissível. Os outros anciãos se olharam e concordaram com Jafar. Viraramse de costas para Creonte e saíram lentamente do salão.

— Rei Creonte, eu exijo que a cerimônia seja realizada em sete dias.

— Assim será, Jafar – Respondeu Creonte, resignado.

— E que o menino Menelau esteja presente, para que todos vejam o novo herdeiro do reino – Jafar tentou seu xeque-mate.

— Você está sendo precipitado. Esther é a rainha – Repreendeu Creonte.

— Pois eu acho que será assim. Por bem ou por mal! – Concluiu Jafar ao se retirar.

A vontade de Creonte era matar Jafar ali mesmo, mas não podia criar mais problemas para si.

Na noite da cerimônia, Creonte optou por não levar nenhuma das crianças. Havia decidido monocraticamente que o corpo de Virgínia seria cremado e enterrado no cemitério destinado às suas rainhas. O que envaideceu Jafar, pois sabia do fator psicológico sobre os nobres. Eles veriam sua filha sendo enterrada como uma rainha. Rainha Virgínia, assim ficaria registrado nas pedras da história.

Cael chegou alguns minutos atrasado, não o bastante para não ver sua irmã pela última vez. Ele realmente chorou pela sua morte. Virgínia era a única pessoa que o ouvia sinceramente, aparentava ter paciência com seus planos, mesmo assim, havia fugido para o palácio do rei. E sobre isso, ele não iria perdoar Creonte.

Tão logo o fogo começou, as pessoas fizeram suas orações ao Deus dos Quatro Ventos e começaram a se retirar. Creonte estava sentado numa cadeira destinada ao rei, que ficava numa sacada logo acima do local de sepulcro. Ao seu lado estava Esther. Ela não conseguia esconder a sua preocupação com o rumo que essa revolução tomaria. A essência da Grande Mãe não estava fluindo em seu corpo. Acabou. Logo seria ela sendo cremada como Virgínia e nada poderia mudar isso.

— O que está afligindo você, minha rainha?

— Creonte, eu não quero que se preocupe mais ainda. Mas é minha obrigação lhe contar que não estou mais sentindo a força da Grande Mãe presa em meu corpo.

— O quê? Mas isso é impossível. Você ainda está viva.

— Eu já tinha sentido uma perturbação no equilíbrio quando você lutou com Agamenon na arena. Havia algo de errado naquela luta. Foi como se o tempo tivesse parado e alguém modificou as peças no tabuleiro e, em seguida, o tempo voltasse a correr normalmente. Com as peças alteradas, o jogo teve outro resultado.

— Desde quando você não sente mais o poder da Grande Mãe?

— Desde a morte de Virgínia. Usei o poder para salvar o menino e depois simplesmente desapareceu.

Restavam na cerimônia o casal real na sacada, Cael e Jafar ao lado do corpo de Virgínia, que ainda estava queimando. O calor do fogo chegava a queimar a pele de quem estivesse perto. A luz produzia sombras nas lápides das antigas rainhas. Não eram muitas, cinco ao todo, mas todas foram lembradas na história do reino.

O general Aníbal entrou apressado, segurando sua espada na bainha.

— Meu rei! Estamos cercados. Tem pelo menos quatro exércitos cercando os muros da cidade. Inclusive tivemos guardas que desertaram para se juntar à revolução.

Lá de baixo, Cael encarou Creonte com um sorriso de vitória no rosto. Creonte começou a entender por que Esther não tem mais os poderes. Agora, sua única saída é fugir.

— Aníbal, prepare nossa fuga pelas vias subterrâneas – Ordenou o rei.

— Cael as conhece! – Lastimou Esther. – Tentei fugir através dos túneis, e ele estava me esperando na saída.

Eles saíram da sacada como se nada tivesse acontecido, mas Cael já tinha notado que Creonte havia recebido a notícia do cerco. Para ele, agora era a hora de agir. O governador empunhou a espada e se dirigiu para o portão para liberar a entrada dos homens que estavam infiltrados na população, aguardando para tomarem o palácio. No posto havia duas sentinelas.

— Alto! Pare! Daqui o senhor não pode passar!

Ordenou a sentinela, impedindo o avanço do governador, mas uma dor aguda invadiu sua barriga. A lâmina da espada de seu colega o havia surpreendido.

— Filho da puta! Traidor... – Foram as últimas palavras da sentinela fiel ao rei.

Cael abriu o portão, e pelo menos quinze rebeldes entraram no palácio e se juntaram a Cael para matar Creonte.

Esther buscou Jade e as duas crianças e foi ao encontro de Creonte. Aníbal o protegia com uma guarda fiel. Todos estavam vestidos como populares.

— Aníbal, você e a guarda escoltarão a rainha e o bebê até Delfos. Encontro vocês lá. Jade, você e o pequeno Agamenon vêm comigo. Vamos por outro caminho.

Existiam vários túneis a serem vigiados pelos rebeldes. Creonte apostava que Cael não conhecia todas as passagens, o que era verdade. O rei enviou Esther e Aníbal para a mais antiga, uma que nunca havia sido usada. Ela desembocava no panteão do Deus dos Quatro Ventos. Já ele e Jade pegaram o caminho mais longo. Esse dava acesso aos aquedutos subterrâneos que conduziam a água da chuva até o Rio Eufrates.

A rainha, o bebê e a guarda comandada por Aníbal saíram por uma passagem secreta atrás da estátua de mais de cinquenta palmos de altura do deus protetor do reino. O Templo estava às escuras, apenas a luz da lua cheia entrava pelas aberturas. O silêncio era total. Somente os seus passos rápidos eram ouvidos, até que a fome do bebê alertou os arredores.

— Chi, chi, chi...

Esther se agachou em um canto quase na entrada do templo para tentar acalmar o bebê, oferecendo o próprio peito para ludibriá-lo. Mas, depois de muito se esforçar para mamar sem ter êxito, um choro alto e forte chamou a atenção dos transeuntes que por ali passavam. Uma pequena guarnição a cavalo notou a confusão e seguiu para o templo.

— Minha rainha, meu general, nós estávamos à sua procura! – Explicou o comandante da patrulha, após fazer a reverência. – O rei nos mandou para reforçar a sua guarda até que possamos encontrá-lo.

— Vamos então, soldado! Estamos com pressa – respondeu Aníbal.

— Para onde, comandante?

— Para a foz do Rio Eufrates – Respondeu um dos guardas que acompanhavam a rainha.

Aníbal desembainhou a espada e começou a lutar com os soldados, o que foi seguido pelos seus comandados. Eram muitos rebeldes e, apesar de terem lutado bravamente, logo estava somente Aníbal ainda em pé.

— É uma pena, general! O senhor ter escolhido o lado errado. O meu governador Cael logo será o novo rei. O meu presente para ele será levar a rainha, o herdeiro e sua cabeça como souvenir.

Ao dizer isso, um soldado ao seu lado simulou atacá-lo, e Aníbal, surpreendido, virou-se por reflexo. O comandante da guarnição executou o golpe fatal. O som da batida seca da cabeça caindo no piso de mármore negro é seguido pela queda do corpo do jovem general. Esther, abraçada à criança, que não parou de chorar de fome, também começou a chorar quando viu os olhos parados dos seus antigos protetores. Os corpos de Gláucio e Victória jaziam no piso frio de mármore. Os cabelos de um vermelho vivo da Vic se camuflavam no mar de sangue que se espalhava pelo grande templo.

— Vamos, majestade! O governador Cael não pode ficar esperando.

A distância entre o Panteão e o Palácio era de um pouco mais de mil passos. Em poucos minutos, Cael estava encarando Esther, já sentado no trono de Creonte, como se fosse o novo rei. O bebê, ainda inquieto, resmungava de fome nos braços da rainha.

— Esse é o meu sobrinho?

— Sim, esse é Menelau. Ele está com fome.

— Alimentem o menino – Esbravejou Cael aos servos do palácio, que saíram correndo para providenciar leite para a criança.

Ele desceu os degraus lentamente na direção de Esther e tentou pegar o menino. Mas ela se recusou a entregá-lo. Cael apenas olhou em seus olhos e decretou:

— A senhora pode continuar viva como uma rainha decorativa. Casada comigo, é claro. Até que eu mude a lei e acabe com o matriarcado. Eu serei o rei até que o menino possa assumir. O que acha? Não é justo?

Ele estendeu os braços, e Esther entregou o menino. Ele tentou se confortar da morte da irmã abraçando o menino. Para ele, Menelau era o que tinha restado de Virgínia.

— Você sabe de quem ele é filho? – perguntou a rainha.

— Sim, eu sei. Se tiver as mesmas habilidades do pai, será muito útil à minha causa. Não acha? Imagine ele sendo criado por mim. Que grande rei ele se tornará.

— Mas...

— Não tem “mas” nenhum! – Cael gritou, e Menelau começou chorar. – Levem o menino para mamar – Ele o entregou a um servo.

— Recolham a rainha aos seus aposentos – Ordenou Cael. – Tenho uma armadilha para montar. – Cael piscou o olho para Esther.

— Venha, majestade. – Ícaro ajudou a rainha, dando o seu braço para conduzi-la.

— O que aconteceu, Ícaro? Como não senti tudo isso se preparando para acontecer?

— Minha senhora, o que os deuses não querem revelar fica no esquecimento. Era para ser assim, por algum motivo.

— Vão matar Creonte.

Ao chegar à porta de seus aposentos, Ícaro continuou a conduzi-la pelo corredor, sem que os novos guardas desconfiassem. Olhando para ela com cumplicidade, ele a conduziu ao quarto de Creonte. Ali, havia uma passagem secreta que levava a vários túneis.

— Fuja, minha rainha! Eu ouvi que ele pretende matá-la. Depois, Jafar irá propor a mudança na lei, pois o reino não poderá ficar sem rainha.

Logo que a porta se fechou, Esther se esgueirou pela passagem, sabendo que não podia errar. Tinha que encontrar o caminho que levava ao rio. Era imprescindível que chegasse a tempo de avisar Creonte.

* * *

Algum tempo depois, Creonte e Jade com o menino nos braços, chegaram à desembocadura dos aquedutos. A água chegava aos joelhos naquele ponto. Creonte abriu caminho por entre a vegetação. Muito silêncio, nem o coaxar das rãs podia ser ouvido. Ele saiu lentamente, precisando subir até a estrada secundária que se encontrava a uns vinte palmos acima do aqueduto. A estrada conduzia a Delfos, onde ele poderia reorganizar uma contraofensiva a Cael. Diria que o filho era dele e, tendo sangue real, poderia continuar seu reinado.

Antes que Jade conseguisse sair do aqueduto, uma tropa com tochas se alinhou na estrada acima da posição de Creonte. Eram mais de cinquenta homens, um ao lado do outro. Alguns seguravam as tochas e outros ostentavam lanças longas com ponteiras de aço, o novo metal produzido pelas forjas da Lemúria. Cael surgiu no meio deles, e antes que Creonte pudesse reagir, deu a ordem:

— Matem, matem, não vacilem, matem!

Creonte não pôde sair daquela posição, pois iria revelar a presença de Jade e do menino. A primeira lança que veio em sua direção foi facilmente defendida, mas então várias foram lançadas ao mesmo tempo. Uma atravessou a defesa de Creonte e o atingiu na barriga, parando apenas no solo barrento atrás dele. Seu corpo ficou preso ao chão, e então uma após a outra foi atravessando o corpo do rei. Jade chorou em silêncio, com a mão segurando a boca, enquanto a outra segurava o menino, que estava quietinho. Ela sentiu o toque de alguém em seu ombro e quase gritou de susto.

— Jade, temos que fugir daqui o mais rápido possível. Devem enviar um soldado para inspecionar o aqueduto. Agora, não podemos chorar a morte do rei – sussurrou Esther, com o rosto molhado de lágrimas.

Creonte ainda estava vivo quando Cael mandou cessar o ataque. Muitas lanças o atravessavam, e o sangue estava misturado ao lodo. Creonte não gritou de dor. Respirava com muita dificuldade, tossindo sangue. Cael desceu e ficou cara a cara com Creonte.

— Onde está o rei imortal? O quê? Não estou ouvindo! – Cael riu da agonia de Creonte. – O grande Creonte morrerá como qualquer um. Alcancem-me uma lança! – Ordenou ele.

Munido da arma, Cael mirou exatamente o coração de Creonte.

— Adeus, rei da Norma. Agora, a minha lei é que vai prevalecer. Eu serei o rei.

Creonte apenas observava Cael através de seu olho bom.

— Esperem! Tirem o seu capacete! Quero ver o que ele esconde.

Um soldado timidamente retirou o capacete, revelando o rosto do rei, deformado pelas queimaduras da explosão.

— Então realmente você foi atingido por uma explosão na batalha do Armagedom. – Cael começou a observar os detalhes do rosto de Creonte. – Agora, sem essa máscara de ferro, é possível achar semelhanças... Mas é claro! Agamenon é o seu filho perdido. Você não o reconheceu. Seu idiota! – Cael gargalhou. – Você baniu seu próprio filho! Nossa, era tão óbvio, e eu não tinha me dado conta.

O olho de Creonte demonstrava, além da dor, a tristeza por não ter desconfiado e aproveitado mais a presença do filho. Cael se aproximou do rosto do rei e falou baixinho:

— Fui eu que matei toda aquela gente da vila. Eu os odiava, porque minha mãe me deixava sozinho com meu pai para cuidar daquela ralé. E sabe o que é mais interessante? A história vai imputar a você essa culpa.

Um soldado foi até a boca do aqueduto, onde Jade e Esther já estavam se deslocando lentamente para não produzirem nenhum ruído. Ele pegou seu arco e lançou uma flecha no buraco escuro, que infelizmente encontrou as costelas de Jade.

— Jade, o que foi? – Perguntou Esther após ter notado que ela havia parado.

— Fui atingida nas costas, uma flecha – Respondeu ela, entre gemidos e apertando os dentes. – Segurei para não gritar, para não revelar que estamos aqui. Por favor, minha rainha, pegue o meu filho e saia logo daqui, antes que atirem outra – disse ela, entregando o menino para Esther.

— Não! Não era para ser assim – lamentou a rainha.

Com o pequeno Agamenon nos braços, Esther colocou a mão no ferimento e arrancou a flecha. Jade mordeu a própria mão para conter um grito. A dor era muita, mas precisava aguentar. Morreria em silêncio para salvar a vida do seu filho.

— Fuja, por favor. Salve meu filho. Não sei quanto tempo vou aguentar – Jade enfim perdeu os sentidos.

Esther colocou a mão novamente no ferimento e sentiu que a morte dela se aproximava.

— Grande Mãe, eu fui sua serva durante séculos. Eis aqui uma mulher que levou o seu nome consigo, e ela sim é digna de me substituir. Eu lhe imploro: devolva-me meus poderes para esse último ato.

Jade possuía o título de Senhora da Casa de Ur, o mesmo título imputado à esposa do Rei Enki, Ninursague, que era considerada a Grande Mãe da espécie humana. O corpo de Jade começou a vibrar; sua alma estava começando o caminho ao encontro da Grande Mãe.

— Não! Não, Grande Mãe! Eu entrego a minha vida pela dela. Eu morro, e ela prossegue. Ela precisa levar esse legado para as gerações futuras.

A vibração do corpo de Jade diminuiu e lentamente passou para o corpo de Esther, que começou a sentir sua dor, sua agonia, seu sangue vazando através das roupas que vestia. Era a perfuração da flecha que agora estava no corpo de Esther.

— O que houve, minha rainha? – Perguntou Jade, voltando a si, sem se lembrar dos últimos instantes.

— Fui atingida, Jade. Fuja com o menino para Lemúria.

— Para Lemúria, majestade? A senhora tem certeza?

— Sim, lá você vai procurar por Alexia e Adamo. Eles sempre quiseram um filho. Adamo tem sangue real e Alexia não. Eles não sabem disso. Entregue seu filho a eles com a condição de ser sua ama de leite e criá-lo. Alexia, por ser replicante, terá poucos anos de vida pela frente, e assim, Adamo poderá se casar com você, e ninguém vai se opor. Crie o seu filho para ser um rei, pois esse é o direito dele.

— Sim, eu ouvi o que Cael falou. Todo esse tempo, Agamenon estava perto dos pais e nem desconfiava.

— Sim, ele foi banido pelo pai que tanto o procurou. Deixe-me aqui. Vá! Você precisa fugir rápido.

— Muito obrigada, minha rainha!

Jade seguiu seu caminho pelo túnel, sem saber que, além de seu filho, estava levando consigo toda a essência vital da Grande Mãe. Esther sentiu a morte chegar. Sabia que seu marido estava morrendo junto com ela. Foi uma boa vida. Foi um privilégio ter sido a guardiã da essência da vida.

Na boca do aqueduto, Cael olhou nos olhos de Creonte, desfrutando cada minuto de sua agonia. Até que resolveu terminar o serviço. Os homens poderiam não entender o prazer que ele estava sentindo ao ver seu rei morrer. Ele empunhou a lança e, numa estocada firme, atingiu o coração de Creonte, que enfim sentiu sua vida esvair-se de seu corpo. Depois de mil anos, Creonte poderia descansar em paz. Sua vida de guerreiro acabou. Seu último pensamento foi que viveu bravamente, ajudou a libertar o mundo da ameaça dos observadores, lutou lado a lado com seu filho sem saber quem era ele, serviu Osíris e fez muitos amigos. Cael não suportou o que estava vendo. Creonte morreu com um sorriso no rosto deformado. Ele subiu novamente a ribanceira, montou em seu cavalo e voltou para o palácio. Agora, ele era o rei e nada poderia mudar isso. O povo, certamente, enfrentaria anos de sofrimento.

XVI

A REVOLUÇÃO

O local onde Atreu se materializou não passava de uma barraca, com mesa, cadeiras e muitas caixas de madeira. Um mapa da região estava pendurado em um quadro, e uma maquete improvisada de areia estava montada num caixote. Ele podia ver pela tela da barraca que estava no meio de um acampamento militar.

— Quem é você? Como entrou aqui? – Questionou Carter, já sacando um revólver trinta e oito e apontando para o intruso.

Nesse momento, afastou a lona da entrada da barraca um homem alto, com porte militar. Adentrou lentamente, observando a cena, que, para ele, parecia algo inusitado: Um homem das cavernas de sainha enfrentando um nanico de uniforme preto. Encontrou uma caixa para se sentar e cruzou os braços e as pernas à frente.

— Continuem! Não se preocupem com a minha presença. Afinal, o que será um corpo a mais no meio dessa guerra? – Ao terminar de falar, colocou um raminho de grama no canto da boca.

— Você aqui?

Atreu mal abriu um sorriso ao reconhecer aquele rosto, e o pé direito de Carter acertou sua boca. Com o golpe de surpresa, a espada lhe escapou da mão.

— Sim, eu. Mas quem é você?

Sua pergunta ficou sem resposta enquanto examinava a espada com inscrições que ele nunca havia visto. Carter jogou sua arma para o colega e partiu para o combate mano a mano. Mas seus golpes eram repelidos com facilidade pelo intruso. Para o espectador da cena, a luta parecia um balé, em vez de uma luta feroz. No entanto, um ou outro golpe de Carter atingia Atreu sem muita eficácia. Precisaria de mais força para derrotar alguém com o tamanho de Atreu. Quando o braço mecânico de Atreu era atingido, quem sentia o golpe era Carter. O gigante apenas se defendia, evitando atacar.

— Creonte, dá para segurar o teu chihuahua? Senão vou ter que dar uns tabefes nele.

— Você me conhece?

Era Creonte, sem a máscara de metal, sem o braço mecânico, rosto liso e corte militar. Aparentava uns quarenta anos, mas com certeza, era Creonte.

— Claro, não se lembra de mim?

Atreu respondeu desviando dos golpes de Carter com as mãos.

— Nunca te vi! E esse nanico é um cachorro mesmo, mas daqueles que não larga o osso. Aconselho a se render, vai ser melhor para você. Enquanto isso, eu aprecio o espetáculo.

Carter ignorava a conversa dos dois e continuava desferindo golpe atrás de golpe. Até que Atreu o levantou do chão, segurando-o pelo pescoço, forçando a esganadura.

— Chega! Dá para a criança se acalmar?

Mas Carter se enrolou no braço mecânico de Atreu como uma cobra e tentou uma chave de pernas. Apertou o máximo que pôde. Atreu, como única solução, bateu com as costas de Carter no solo e, em ato contínuo, o pequeno completou o golpe, derrubando o gigante agora numa chave de braço. Carter era exímio lutador de jiu jitsu e conseguiu dominar seu oponente. Pegou sua faca no coturno e cravou no botão que soltava o braço de Atreu do corpo. Os dois se levantaram, agora com um deles armado e o outro sem um braço.

— Chega! Foi o bastante para as crianças relaxarem.

Creonte pegou Carter pelo cangote, levantando-o do chão, e separou os dois.

— Afinal, quem é você, garoto?

— Eu sou Aga... Meu nome é Atreu. Você é Creonte, e esse nanico metido só pode ser o Joshua, ou Carter, sei lá. Esse doidinho aí.

Creonte pegou o braço no chão e, antes de devolvê-lo ao dono, o examinou cuidadosamente.

— É tecnologia dos Observadores. Como conseguiu isso? Você é um espião? – Questionou Creonte.

— Não sou nenhum espião! Estou aqui para me juntar ao exército de Osíris.

Conforme Atreu falava, lembranças de imagens e conversas iam se projetando em sua mente.

— Eu perdi meu braço em uma batalha e recebi esse aí de um velho numa dimensão onde ele estava preso. Foi ele que me mandou para cá para ajudar Osíris.

— Prisão? Ajudar? Como vou ter certeza de que você não é um robô da IA? – Perguntou Carter, agora já recomposto e com uniforme ajustado.

— Eu sou de carne e osso, apenas meu braço é mecânico.

— Os soldados do exército dos observadores são híbridos também. Nós os chamamos de bitex. Portanto, até resolvermos se você é aliado ou espião, vai ficar sem sua espada.

Explicou Carter, ainda desconfiado, devolvendo o braço. Ele sentiu, através do implante, que o intruso estava escondendo alguma coisa.

— Carter é o comandante. É ele quem manda. – Creonte olhou para o novo amigo, fez uma careta e abriu os braços, se eximindo da decisão.

— Enquanto isso, você estará preso aqui. – Decretou Carter.

— Carter, onde você vai conseguir prender alguém que se desloca entre as dimensões? – Creonte sacudiu a cabeça, demonstrando indignação. – Ele quer estar aqui. É melhor deixá-lo comigo. Não acha?

— Certo, Creonte! Mas qualquer problema que ele criar será responsabilidade sua. Entendeu?

— Sim, senhor! Supremo comandante!

Creonte debochou, contente por ter mudado a decisão de Carter, algo que sempre era muito difícil.

Atreu observava a discussão enquanto um filme da vida dos dois passava em sua mente. Ele sabia mais detalhes sobre Carter e seu probleminha de dupla personalidade do que ele mesmo. E saber por tudo que seu pai passou até aquele momento também era incrível.

— Vamos, gorducho! Agora você é responsabilidade minha. Vamos ver um uniforme para você. Peladão, vestindo somente essa sainha, não fica bem no acampamento. – Creonte debochou de Atreu.

Ao saírem da barraca, Atreu observou que estavam em um platô anterior ao cume da montanha. Muitas barracas estavam montadas. Soldados rebeldes, atarefados, circulavam de um lado para o outro, cuidando de preparativos rotineiros, nem perceberam os dois homens caminhando calmamente pelo acampamento.

Após Atreu vestir um uniforme e conhecer todo o acampamento, eles chegaram a uma cota elevada e, de lá, puderam observar o acampamento do exército dos observadores. Não eram barracas simples como as do acampamento dos rebeldes; eram alojamentos desmontáveis. Mais ao fundo, era possível ver algumas naves que se assemelhavam a setas, com mais de vinte metros.

— Por que eles não atacam e acabam logo com isso? Estão em maior número e visivelmente têm tecnologia militar superior.

— Eles não sabem que estamos aqui. Na verdade, estão protegendo a montanha acima de nós. – Creonte apontou para o cume.

— Com tanta tecnologia, não viram toda essa movimentação aqui em cima?

— Não. Estamos protegidos por um escudo de camuflagem. Eles não podem nos ver, ouvir nem atingir através de sua artilharia ou suas naves. Estamos invisíveis para qualquer instrumento. Foram anos de batalhas e muito derramamento de sangue até conseguirmos essa vantagem estratégica.

Atreu agora entendeu a natureza da cúpula de Acart. Um reino inteiro protegido e escondido de qualquer ameaça ou observação. Nem seus habitantes sabiam disso. Mas essa proteção era mais para a natureza do que para eles mesmos, o que acabou se constituindo em uma espécie de prisão necessária.

— Deve haver um motivo para vocês não atacarem a montanha. – Deduziu Atreu.

— É como um ferrão de escorpião. Se avançarmos, eles vão saber que estamos aqui e podem anular nossas defesas de dentro para fora. A montanha tem sua própria tecnologia de sobrevivência.

— Então, como esperam vencer essa guerra?

— Osíris está vindo e trará com ele uma tecnologia que poderá anular o poder das máquinas. Assim, conseguiremos algumas horas para invadirmos a fortaleza no interior da montanha. Carter já esteve lá dentro. O baixinho já foi o comandante deles.

— É! Eu sei! – Atreu notou algo a alguns metros à frente. – Se não estamos sendo vistos, por que aquela patrulha está subindo a montanha?

— Puta que pariu! Temos que descer lá antes que subam, Atreu.

— Mas se nós os matarmos, isso não vai acionar o restante da tropa?

— Temos que pegar os chips e instalar na mesa de controle de híbridos. Vai criar uma rotina que vai enganar o sistema deles por algum tempo. – Explicou Creonte.

No céu acima deles, surgiram várias luzes e começaram a se movimentar em alta velocidade. E, a cada segundo, mais delas apareciam, alterando sua coloração conforme o movimento realizado. Atreu não conseguiu disfarçar seu medo e se escondeu na primeira pedra que encontrou.

— Calma, rapaz! – Avisou Creonte. – São dos nossos. Deve ser Osíris.

— Ah! Tá! – Respondeu Atreu, envergonhado.

As luzes começaram a diminuir a intensidade e revelaram naves em formato discoide, muito maiores que as luzes que estavam projetando. Ficaram em formação a centenas de metros acima do acampamento.

A artilharia antiaérea dos Observadores começou a disparar na direção das naves, que juntas formaram um escudo. No acampamento, começou uma correria por todos os lados. Os comandantes de fração coordenavam seus homens para um ataque iminente. Mas a artilharia observadora tinha como alvo apenas as naves, o que confirmava a narrativa de Creonte.

— Agora vamos pegar aquela patrulha. Vão achar que perderam os homens repelindo o ataque das naves. – Avisou Creonte.

Eles desceram correndo a montanha, cobertos pelas árvores. Ao chegarem à orla da mata, notaram que logo abaixo estava um pelotão inteiro.

— São muitos, Creonte!

— Tá com medo, garoto? Vamos fazer assim: Metade pra mim e o restante pra você.

— Não, vamos fazer diferente! Metade pra mim e o restante pra você! – Replicou Atreu.

— Palhaço! Vamos logo! – Respondeu Creonte, sacudindo a cabeça.

— Espera! Eu estou desarmado, e eles têm pistolas.

— Mas eu tenho esse brinquedinho aqui.

Creonte mostrou uma pequena esfera metálica, um pouco maior que um ovo. Ele apertou um botão quase imperceptível e jogou no meio deles. Atreu se abaixou, tapando os ouvidos, sob o olhar debochado de Creonte.

— O que foi, Atreu? Tá com caganeira? Levanta daí, rapaz! No três, a gente cai dentro.

— Mas e as armas?

— 1, 2, 3... – Creonte pulou sobre dois soldados.

— Puta que pariu! – Esbravejou Atreu e pulou atrás, já caindo socando e chutando em tudo que encontrou pela frente.

Alguns soldados tentaram atirar com suas armas de feixes de luz, mas não funcionaram. Creonte pegou sua espada e saiu golpeando. Atreu aproveitou e partiu para cima dos que tentavam fugir.

— Garoto, não podemos deixar que alertem o restante da tropa.

Avisou Creonte sem deixar de continuar lutando. Um braço caiu na frente de Atreu, que percebeu que era um braço mecânico como o dele.

— Não são humanos, Atreu! São híbridos sem vida. São réplicas de réplicas. Eles se multiplicam conforme a ordem da central que está lá em cima da montanha.

— Entendi, agora dá teu jeito aí, carcaça! Que eu estou reciclando um maquinário aqui.

Atreu riu enquanto abria um soldado pelo peito com as próprias mãos. Algumas peças caíram soltas no chão. Mas quando ele arrancou a cabeça do último soldado ainda lutando, começou a sair um fluido parecido com sangue que manchou suas mãos, e ele se assustou.

— Calma, garoto! Eles possuem um cérebro simples, desenvolvido em laboratório. Não expressam sua vontade, apenas obedecem à sua programação.

Atreu escutou a explicação, mas se sentiu desconfortável com uma máquina que usava peças bioquímicas.

– O que era aquela granada?

— Era um pequeno dispositivo que, ao ser acionado, provoca um pulso eletromagnético controlado. Partes eletrônicas periféricas separadas do cérebro não funcionam por alguns minutos.

— Quanto tempo?

— Talvez uns dois ou três minutos... – Respondeu Creonte, puxando os lábios para a esquerda.

— O quê? Quando você ia me avisar disso?

— Depois de arrebentarmos essa patrulha... Para garoto! Você se prende a muitos detalhes...

Atreu começou a rir. Realmente, seu pai, sem toda aquela vivência no reino, era muito parecido com ele. Tinha uma confiança que beirava a petulância. Agora, ele estava convencido de que tinha voltado ao passado.

O som da artilharia parou. Atreu não viu mais as naves sob sua cabeça.

— Creonte, as naves foram embora?

— Devem ter escoltado Osíris. Ele vem para comandar pessoalmente o ataque final ao Centro de Inteligência Artificial da Horda de Observadores. Mas as naves estão lá, apenas acionaram o sistema de camuflagem.

— Então, não devemos voltar para o acampamento?

— Sim, vamos logo.

Enquanto voltavam, agora com mais tranquilidade, Creonte continuou passando informações a Atreu sobre tudo que sabia da guerra, ignorando a possibilidade de ele ser um espião. Já Atreu pensou que havia sido enganado pelo velho Seth; muitas informações ele não tinha acesso. Estava mais perdido do que quando chegou em Al-Kibar.

Um som muito alto, como o soar de uma corda de violão no tom mais grave possível, ressoou no peito de Atreu, que se viu preso em uma esfera de energia.

— CREONTE!!! – Gritou Atreu, sem saber o que o atingiu.

— Ah não, garoto! Você foi pego por uma esfera da morte. Por algum motivo, sua voz foi ouvida pelas sentinelas, que lançaram essa bola de energia sobre você. Respire bem devagar. Poupe oxigênio. Ela vai levar você para o acampamento dos observadores para ser interrogado, ou matá-lo antes disso.

Creonte apenas seguia a esfera, que estava elevada a alguns centímetros do chão, e se dirigia lentamente para o acampamento inimigo.

— Porra, Creonte! Como eu saio daqui?

Atreu tentou socar a esfera por dentro, mas não surtiu qualquer efeito.

O acionamento do dispositivo de defesa por voz despertou mais bitex, e não foram poucos. Eles começaram a surgir de várias partes da floresta, atacando Creonte, que começou a lutar agora também por sua vida. Acionou mais uma granada de pulso magnético, que inutilizou temporariamente as pistolas dos bitex, mas suas espadas continuavam a investir sobre o corpo de Creonte. A quantidade era tanta que ele começou a ficar para trás, e a esfera com Atreu ia se afastando cada vez mais.

Um inesperado espectador, vestido com um terno branco e óculos verdes pendurados ao pescoço, apreciava o evento, comendo sua pipoca uma a uma. Ele gostava muito de pipoca. Mas quando a esfera passou lentamente por ele, algo chamou sua atenção mais do que ele imaginava que deveria: O rosto de Atreu, deformado pela falta de ar. A imagem daquele garoto, neste momento adulto, que ele estava criando em sua casa localizada num espaço interdimensional, deixou claro para ele que algo estava errado. Não era assim que deveria acontecer. Uma casquinha da semente da pipoca o fez engasgar. Ele tinha que fazer algo para salvar Atreu, pois viu que Creonte não conseguiria se desvencilhar dos bitex, que aumentavam em número. Então, teve que tomar uma decisão. Iria intervir, mesmo sabendo do custo que teria que pagar. Jogou longe as pipocas e correu em direção à esfera. Usou o seu poder para impedir o deslocamento da esfera e penetrar a mão dentro dela. Sentiu sua mão queimar, carbonizando a carne. Tinha que extrair Atreu dali, mas não podia queimá-lo nesse processo. Sua mão se refez ainda dentro da esfera e começou a brilhar, e dela expandiu uma energia branca em todas as direções, que explodiu a esfera e Atreu caiu no chão, aparentemente sem vida.

Creonte foi atingido no peito por um raio de luz vermelha de alta temperatura, emitido por uma nave triangular que se aproximava de onde eles se encontravam. O grito de dor de Creonte vibrou no ouvido do homem do terno branco, que soltou toda sua raiva em uma onda de choque que deitou as copas das árvores ao redor. O som acionou toda a tropa observadora para o seu ponto de origem.

Os dois corpos foram colocados lado a lado, com os rostos virados um para o outro. Creonte e Atreu ali, imóveis, sem qualquer sinal de vida. O homem não podia suportar tanta dor. O ódio que já estava acostumado expandiu ao ponto de perder o controle. Aquele ser levantou as mãos para o céu, uma nuvem negra começou a girar sobre ele, e dela raios atingiram suas mãos. O terno agora já não era mais branco, nem ao menos era um terno; era uma vestimenta preta, apenas isso. Ele urrou como uma súplica. Os raios cessaram, e ele colocou suas mãos nos peitos de Creonte e Atreu. Seus corpos saltaram a alguns centímetros do chão. Eles continuaram desacordados, mas voltaram a respirar. Este ser poderoso ergueu seu corpo, respirou fundo, virou-se para trás e viu que centenas de bitex estavam marchando em sua direção.

— Eu adoro uma boa briga!

Disse ele com um sorriso nos lábios. Seguiu caminhando vigorosamente em direção aos soldados biônicos. Seus cabelos negros não existiam mais; agora, mechas brancas eram predominantes. Seu rosto apresentava rugas de meia-idade. Ele cedeu parte de sua essência vital para salvar a vida de Creonte e Atreu.

Conforme ele se aproximava do exército de bitex, um escudo de energia em torno dele os ia abatendo às dezenas. Eles não conseguiam se aproximar dele o suficiente para qualquer tentativa de ataque. Suas pistolas não surtiam qualquer efeito. Ele saltou sobre as naves, que se encontravam a dezenas de metros de altura. Uma após a outra, despencaram sobre o próprio exército, que, baratinado, corria em todas as direções. O misterioso homem era um deus e tinha o peso de um universo inteiro em seu dedo.

A esquadra rebelde se encontrava camuflada a alguns quilômetros de altura. Seu comandante observava atentamente o que estava acontecendo na orla da floresta. Era uma grande oportunidade para deixar passar.

— Avisem ao comandante Carter que todos continuem em silêncio absoluto. O acampamento ainda não foi descoberto. Vamos entrar nessa briga.

Uma nave se revelou e começou a fazer movimentos rápidos, mudando suas cores de forma sequencial. Era a maneira visual de transmitir as mensagens ao comando das forças terrestres.

— Comandante, quem está lá embaixo fazendo aquele estrago é Osíris? – Questionou um jovem piloto ao capitão da nave Capitânia.

— Não é bem Osíris... – Respondeu o oficial, olhando para o rapaz por cima de seus óculos Ray-Ban. – Mas, vamos dar uma ajudinha. – Ele acionou o botão de intercomunicação da frota.

— Atenção, todas as naves! Alerta vermelho. Preparar para o Combate.

A resposta veio através do painel que indicava todas as naves Rebeldes. O capitão acionou novamente o botão em sua cadeira de comando e ordenou:

— Frota! Nossos alvos são as naves e os trens de bitex que se encontram no solo. A esquadrilha Vimana deve cuidar das naves que se encontram no ar. Atenção: Descamuflar em 10,9,8,7,6,5,4,3,2,1. Senhores, nos alvos à frente, fogo à vontade.

— Senhor, quem é então? – Perguntou o curioso piloto.

— O irmão!

— Seth? Seth está aqui! Mas ele não é nosso inimigo?

— Sim, mas nesse momento o inimigo do nosso inimigo é nosso amigo. Depois cuidamos dele.

Disse o comandante, ajustando sua jaqueta jeans e pensando que tinha umas contas do passado a acertar com Seth.

A esquadrilha Vimana começou a perseguir as naves observadoras que estavam sobrevoando o local do contato. As naves interdimensionais rebeldes, que possuíam um aspecto discoide, começaram a atirar com seus canhões laser sobre os trens de bitex que corriam desordenadamente. A impressão de quem estava nas naves era de um formigueiro atingido por uma pedra.

Seth continuava destruindo tudo que se aproximava dele, enquanto seguia sua marcha em direção à central de comando da força terrestre dos observadores. A edificação possuía o formato de cubo, sua estrutura era de metal reluzente e não apresentava aberturas de portas ou janelas; possuía em torno de cem metros de aresta, algo colossal para quem a visse.

A artilharia antiaérea observadora começou a disparar contra as naves e a investir com sua esquadrilha de naves em forma de setas. Carter observava em silêncio do alto do platô no meio da montanha. A força terrestre agia semelhante a um exército de formigas e as naves como um enxame de abelhas enfurecidas. As comunicações dentro do acampamento, por segurança, retornaram a ser através da língua de sinais, como já estavam acostumados. Qualquer tom de voz humana poderia atrair o lançamento das esferas da morte. Um som estrondoso chamou a atenção de Carter do alto da montanha. Vários canhões 106 mm se projetaram através de compartimentos de dentro da montanha e começaram a atirar. Não eram armas sofisticadas; eram armas de projéteis que não utilizavam tecnologia, portanto, não sofreriam influência de um pulso eletromagnético. Os canhões estavam tentando atingir as naves que se aproximavam da montanha. No acampamento, os homens estavam sentados quietinhos para evitar qualquer contato.

Seth chegou até a central de comando dos Observadores, estalou os dedos e, com um movimento das mãos, começou a esmagar a edificação, que foi se comprimindo, comprimindo, comprimindo até o tamanho de uma caixa de sapatos. As naves observadoras caíram levemente, como se pousassem; os bitex simplesmente pararam, como se tivessem sido desligados. Tudo parou, inclusive o tempo. Seth encheu o pulmão de ar e olhou para trás, vendo tudo que tinha feito.

— Eu não podia ter feito isso. Interferi demais.

Seth colocou a mão na testa. Ele entendia os meandros do tempo e, de novo, deixou sua fúria dominá-lo.

— Bem, agora o que tá feito, tá feito.

Ele riu de sua própria desgraça. Com o tempo parado, arrastou pelos braços Creonte e Atreu até próximo ao acampamento. Notou o seu anel no dedo de Atreu. Sabia se ele estava com ele é porque sua vida em algum momento teve fim. Ele também um dia iria morrer. Resignado, ele deu uma boa olhada no campo de batalha, estalou os dedos e, assim, o tempo voltou a andar. Seth retornou à sua zona fantasma para acordar o pequeno Atreu para mais um dia de brincadeiras na sua cidade.

— Atenção a todas as naves! Camuflar em 10, 9, 8...

A esquadra rebelde desapareceu das vistas de todos depois de ter destruído todas as naves inimigas. A tropa observadora ficou lá inerte. Estava desligada.

Creonte e Atreu acordaram sem lembrar-se do que havia acontecido. Ao chegarem ao acampamento, encontraram todo o exército rebelde em forma. À frente estava Carter, fazendo a apresentação da tropa à autoridade ali presente. Não era Osíris. Era alguém que montou todo esse exército e trouxe seu rei do mundo dos mortos.

Atreu teve a visão da mulher mais poderosa de todos os três mundos: Olhos de um profundo azul, pele branca com algumas sardas em volta do nariz e um cabelo vermelho como o fogo. Há aqueles que acreditavam ver asas em suas costas, mas era tolice dos crentes. Logo após o cerimonial, Carter convidou-os para irem para o PC, onde já estava tudo preparado para receber Osíris. Todos entraram, inclusive Atreu, sob o olhar de reprovação de Carter, que ele nem deu atenção, pois sabia que sua presença era imprescindível à rebelião.

– Creonte! Vejo que arranjou um amigo. – Disse Ísis.

— Sim, minha rainha. Esse garoto veio se juntar ao exército de Osíris. Tem grande força e velocidade.

— Mas está preso! – Retrucou Carter.

— Cadê o Joshua? – Questionou a rainha.

Creonte começou a rir, enquanto Atreu não entendeu nada.

— Venha aqui, rapaz. – Chamou Ísis. – Você tem um rosto muito familiar. Ela começou a examinar seu braço biônico. – Por favor, abaixe a cabeça. – Ela procurou uma cicatriz de implante. – Qual é o seu nome?

— Meu nome é Atreu. – Respondeu ele, estendendo a mão para cumprimentá-la. Ela olhou para ele e para Creonte sucessivamente. Mas não falou nada e também estendeu a mão.

— Muito prazer, garoto da terra. Eu sou Ísis.

— Como assim, garoto da terra? Como você sabe disso?

— Você deu a mão para cumprimentá-la. – Respondeu Carter. – Você é da terra como Creonte e Joshua.

— Mas você não é o Joshua? – Perguntou Atreu com cara de bobo, propositadamente.

— Nesse mundo, sou Carter. Na terra, sou Joshua.

— É simples, meu anjo. Esse anel aí na sua mão te trouxe para cá por algum motivo. – Explicou Ísis. – Só existe um em cada plano. – Carter mostrou a mão com um anel igual para ele.

— Como podem coexistir dois ao mesmo tempo? – Questionou Carter, pensando com os conhecimentos de física de Joshua.

— Três... – Um homem alto, de cabelos loiros, um pouco acima do peso, entrou na barraca mostrando a mão. Estava vestindo calça jeans, camisa listrada e tênis All Star vermelho.

— Apolo! Que bom vê-lo, meu amigo. Onde está Osíris? – Questionou Ísis, caminhando em sua direção para abraçá-lo.

— Ele vai se atrasar um pouco. – Respondeu Apolo. – Mas, enfim, chegamos a esse tão esperado dia. Os três anéis reunidos.

— Como é possível? Hoje, com Seth aqui, havia quatro? – Disse Carter, que continuou intrigado.

— Foram recolhidos em planos diferentes, e esse que está aí com você – Apolo apontou para Atreu – é o original de Osíris, que foi roubado por Seth.

— Sim, foi ele que me deu antes de morrer. – Disse Atreu.

— O quê? Seth está morto? – Surpreendeu-se Ísis. – Eu não acredito. Deve ser mais uma artimanha daquele demônio. Como você o conheceu?

Atreu contou apenas os detalhes que acreditava serem relevantes na história, evitando falar em graus de parentesco, sob o olhar desconfiado de Carter, que acabara de ver Seth em seu maior esplendor. E ele, sim, sabia de tudo que Seth era capaz.

— Você sabe que possui um implante de aumento de capacidades cerebrais? – Perguntou Ísis a Atreu.

— Sim, eu sei. Ele falou que implantou em mim quando eu ainda era um garoto.

— Com licença!

Carter, munido de um medicorp, escaneou a cabeça de Atreu e deu o veredito.

— Está limpo, não é como o meu. Esse implante foi produzido pela rebelião.

Então, Carter foi até uma caixa e pegou de dentro a espada para devolver ao seu legítimo dono.

— Muito obrigado. Estava sentindo falta dela. – Disse Atreu.

Ísis, que estava sentada ouvindo a história do recém-chegado, ao ver a espada, pediu para vê-la mais de perto. Quando tocou na lâmina, arregalou os olhos e teve a visão de tudo que passou e do que estava por vir. Para ela, havia se passado muitas horas, mas para os outros ao seu redor, não passou de uma fração de segundos, tanto que não notaram seu transe.

Um soldado trouxe refrescos e uma bandeja com alimentos. Atreu foi o primeiro a se servir.

— Você não passa de um garoto mesmo! – Falou Creonte, sacudindo a cabeça negativamente, mas ele mesmo se serviu junto. – O estômago fala mais alto sempre, né, Atreu? – Os dois se entreolharam rindo com a intimidade de velhos amigos.

Carter convidou a todos para se sentarem à mesa e discutirem as estratégias que deveriam tomar de agora em diante. A mesa era retangular, grande o bastante para sentarem-se Ísis à cabeceira, Carter, Creonte, Apolo, Agamenon, e a outra cabeceira aguardava o comandante das forças da resistência nos três mundos.

A lona da barraca foi afastada e adentrou um jovem vestido com jaqueta e calça jeans e óculos Ray-Ban tipo aviador.

— Boa tarde a todos!

— Orestes? – Questionou Atreu, levantando-se da cadeira.

FIM DO PRIMEIRO LIVRO

LIVRO II

JOSHUA E A REVOLUÇÃO DO SILÊNCIO

[...] Cael retornou ao Palácio Real. Ainda estava com o coração acelerado; havia acabado de matar Creonte e se tornado rei por suas próprias mãos. Na verdade, ele nunca pensou realmente que seus planos o levariam à conquista do trono de Acart. Ele alimentava essa ilusão para chamar a atenção de seu pai; queria que ele se sentisse orgulho dele. Uma maneira de exorcizar os demônios de tantas surras levadas na infância.

Enfim, ele entrou no corredor que tanto estimulou sua imaginação; ao fundo encontrava-se "a parede". O que Creonte guardava atrás daquela parede de metal reluzente que só podia ser vista por ele e a rainha? Um dia, quando era criança, Cael fugiu da sala de reuniões onde Esther discutia com sua mãe uma solução para pacificar os crentes rebeldes do Lago Itgos. Ele seguiu Creonte até aquele corredor e viu quando a parede se abriu como uma porta mágica e logo se fechou atrás dele.

Cael não aguentava mais nenhum dia com aquela curiosidade. Para ele, o segredo dos poderes de Creonte estava lá dentro. Seu maior objetivo era permanecer jovem para sempre. Ao se aproximar da parede metálica, tentou se lembrar do que o rei tinha feito para abrir a porta. Colocou sua mão no mesmo lugar onde recordava que Creonte havia colocado, e uma luz vermelha surgiu como magia na parede de metal.

— É isso! É claro que precisa da mão de Creonte.

Ele vibrou e socou a parede, pois tinha certeza de que descobriu a chave que abriria a porta. Voltou ao pátio do palácio. O corpo de Creonte estava chegando numa carroça conduzida por soldados. Sobre ele foi posta uma capa para evitar que fosse identificado pelos populares que, a essa altura, estavam na rua festejando a vitória da rebelião.

— Soldado! Retire o braço metálico do rei e me traga no salão do palácio!

— Sim, meu senhor! – Respondeu o soldado, que com dificuldade encontrou o botão da trava do braço do rei e o removeu.

Cael se postou à frente novamente da parede de metal. Colocou a mão biônica sobre o local, mas não surtiu o efeito esperado.

— Mas que merda! O que está acontecendo?

Ele tentou várias vezes, em muitas posições, em todas as partes da parede, mas nada aconteceu.

— Puta que pariu! É claro! Tem que ser a mão dele de carne e osso.

Cael, então, correu até a janela que dava para o pátio onde se encontrava o corpo e gritou aos homens que estavam de guarda:

— Cortem a mão deste diabo e tragam aqui agora! Embrulhem em um pano, para não sujarem o piso do palácio com esse sangue sujo.

A maneira como Cael se referia ao rei impressionou os guardas que até a pouco tempo serviam a Creonte, mas devido à comoção da população acabaram se rendendo a luta do governador da Lemúria. Um soldado tomou coragem e com muita tristeza cortou a mão acima do pulso, era uma mão muito grande, comparada a sua própria.

Cael segurou a mão decepada do rei através de um tecido e a posicionou da maneira como lembrava da cena que viu quando criança.

— Vamos lá! É agora... Vai!

Ele sorria como um louco em surto. A porta se abriu e ele entrou na sala, que aparentava ser enorme. Estava escura; era um grande depósito de caixas feitas do mesmo metal da parede. Ele jogou a mão de Creonte longe, como se fosse um lixo descartável qualquer.

— Pensei que nunca ia chegar aqui, moleque!

— O quê?

Cael se assustou e olhou em todas as direções até que viu um par de óculos verdes fixos em sua direção.

— Quem está aí? Ordeno que apareça!

— Você não ordena nada! Fala baixo! Isso acaba com minha paciência.

— Mas...

— Quietinho!

Ao ouvir isso, Cael não conseguiu mais articular nenhuma palavra.

— Agora, em qual caixa deve estar? É, moleque, eu estava esperando você abrir essa porta para eu pegar o que é meu.

Cael ainda apenas ouvia, pois a escuridão não revelava quem estava falando.

— Não tá me vendo?

Uma luz iluminou um homem jovem, de terno branco, sentado numa caixa metálica.

— Agora melhorou?

— Meu nome é Seth. Vim aqui buscar algo que nem Creonte sabia que estava escondido aqui.

Ele ficou olhando para Cael como se esperando uma resposta.

— Puta que pariu! É muito chato conversar com você. Fica aí sem falar nada!

Seth estalou os dedos, e Cael voltou a controlar a sua fala.

— Mas quem é você? – Perguntou o novo rei.

— Um deus! Mas muito descolado, por sinal. Olha só esse visual. Fui ao casamento da princesa Diana com ele. Foi um sucesso.

Cael ficou olhando sem entender nada.

— Não está entendendo, né? Já notei que você é sem graça mesmo – Disse Seth.

Ele estava apoiado numa bengala que tinha furtado do rei George III numa de suas viagens a Londres.

— Bem, bem... Vamos achar a minha caixinha. Alexa, acenda a luz! – A esse comando, o salão ficou iluminado.

— Nossa, é maior do que eu imaginava. E veja quantas caixas. Quantos segredos devem estar escondidos aqui? – Disse Cael, admirando o ambiente.

— Sim, mas não é pa-ra-o-teu-bi-co, fedelho! – Soletrou Seth. – Depois que eu achar o meu brinquedinho, você vai esquecer-se de tudo, inclusive da existência dessa sala.

— Não, eu não posso esquecer! Eu fiz tudo isso para encontrar o segredo da imortalidade de Creonte.

— O segredo tá ali ó! – Seth apontou para o braço biônico de Creonte. – Mas não vai dar certo com você, mesmo que você resolva amputar o braço. É genético. Apenas os descendentes dos "deuses" possuem a chave da eternidade.

Ao terminar a frase, Seth, que até então estava bem-humorado devido à sua conquista, viu a mão de Creonte caída no chão. Ela estava envolta em um pano encharcado de sangue.

— Você fez isso? – Perguntou Seth com o rosto contorcido de fúria.

Seth fechou o punho com força e Cael sentiu seu corpo sendo esmagado e elevado há alguns palmos acima do chão. Ele até sabia que era destino de Creonte morrer dessa forma, mas não conseguiu se controlar ao ver a mão de seu filho jogada como se não fosse nada.

— *Perdão...* – Cael suplicou a Seth; o ar mal passava por sua garganta. A sua vida estava literalmente nas mãos dele.

— Você vai fazer um enterro digno para ele, ou eu vou voltar aqui e te fazer sentir essa dor pelo resto da sua vida. E isso você vai lembrar.

— *Sim, eu prometo*.

Cael esforçou-se para responder. Não tinha mais ar para pronunciar qualquer coisa.

— Então tá bem!

Seth soltou imediatamente Cael, que caiu sentado no chão tentando se recuperar. O humor de Seth voltou a ficar como se encontrava antes, como se nada tivesse acontecido. Até para Cael isso foi impressionante.

— Moleque, acha uma caixa do tamanho de um esquife.

— Sim, meu senhor! – Disse Cael ajustando o seu uniforme.

As caixas possuíam vários padrões. Apenas uma, que estava acondicionada bem no fundo do salão, possuía a forma procurada por Seth. Cael empurrou a caixa por vários passos com grande sacrifício na direção onde Seth se encontrava. Ele estava sentado em uma caixa lixando as unhas. Cael podia dizer que estava ouvindo um cantarolar vindo daquele homem.

— Não tô cantarolando! É sua imaginação. Se eu cantasse, seria assim...

E ele saiu cantando e dançando mesmo. Mas parou ao ver a caixa sendo empurrada por Cael, já sem forças. Ele fez um gesto com as mãos e a caixa se elevou meio palmo acima do chão e veio até onde ele estava aguardando.

— Puta que pariu! Você podia fazer isso o tempo todo e não disse nada!

— Caguei, garoto! Tô muito preocupadinho com você. Olha só... – Seth apontou para os olhos. – Chego a lacrimejar! Tá me devendo muito mais que isso, moleque. Tá de sacanagem! É cada uma que me acontece... Puta que pariu! – Seth mudou o tom da fala novamente. – Agora você vai voltar para o salão e vai esquecer-se de tudo que viu, menos de dar um enterro digno ao rei dessa terra que, só por um pequeno detalhe, é meu filho. Entendeu, porra?

— Sim, meu senhor!

Cael saiu rapidamente em direção à porta, tentando se esquivar de passar próximo a Seth. Após ultrapassar o portal, em sua mente pairava um único objetivo: realizar um funeral digno do grande rei que construiu aquele reino. Por fim, Cael esqueceu que aquele salão existia.

— Que cagão! Se tivesse um pingo da coragem do meu garoto... – Seth suspirou – Era destino dele. Vamos abrir logo essa caixa.

Ao abrir a caixa, ele viu o que restou do corpo do seu irmão Osíris, com várias ligações biônicas. A cabeça estava separada do corpo. Do pescoço saíam tubos e fios envolvidos em uma gelatina amarela que o ligava a uma espinha metálica no tronco. Mas os olhos parados, sem vida, fizeram Seth relembrar façanhas infantis que há muito tempo haviam sido relegadas ao esquecimento. Mas durou por apenas alguns segundos.

— Como prometi, vou devolver o corpo desse chato para a mulher dele – Seth retirou um chip orgânico da cabeça do corpo inerte de seu irmão. – É, mas do meu jeito, é claro! – A risada ecoou pelo salão.

* * *

pólen bold 90 gr/m2
tipologia calisto mt
impresso no inverno de 2024